오만과 편견 2

세계문학산책 03
오만과 편견 2

지은이 제인 오스틴
옮긴이 붉은여우
펴낸이 안용백
펴낸곳 (주)넥서스

초판 1쇄 인쇄 2013년 4월 20일
초판 1쇄 발행 2013년 4월 30일

출판신고 1992년 4월 3일 제311-2002-2호
121-840 서울시 마포구 서교동 394-2
Tel (02)330-5500 Fax (02)330-5555

ISBN   978-89-6790-120-2   04800

출판사의 허락없이 내용의 일부를
인용하거나 발췌하는 것을 금합니다.

가격은 뒤표지에 있습니다.

잘못 만들어진 책은 구입처에서 바꾸어 드립니다.

www.nexusbook.com
지식의 숲은 (주)넥서스의 인문교양 브랜드입니다.

세계문학산책 03

제인 오스틴

오만과 편견 2

붉은여우 옮김 | 김욱동 해설

지식의숲

콜린스 씨 부부가 자기 방에서 나가자 엘리자베스는 마치 다아시 씨에게 잔뜩 화풀이를 하려는 듯, 켄트에 머무르는 동안 제인에게서 온 편지를 모조리 꺼내어 다시 읽기 시작했다. 편지 속에는 실제의 불안한 마음이나 지나간 일을 다시 언급한 대목, 또는 현재의 괴로움을 전하는 사연 같은 내용은 없었지만 대체로 구절구절마다 제인의 문장의 특징이라고 할 수 있는 명랑한 표현이 빠져 있었다.

이러한 명랑한 표현은 슬픔이 없는 평온한 마음과 누구에게나 친절한 제인의 성품에서 나오는 것으로 구름이 낀 것처럼 흐려진 적이 거의 없었다. 처음 읽었을 때에는 몰랐지만 정신을 차려 다시 꼼꼼히 읽어 보니, 그런 문장들이 제인의 불안한 마음을 전하고 있음을 비로소 알 수 있었다.

다아시 씨가 제인에게 안겨 준 불행에 대한 뻔뻔스러운 자만은 엘리자베스로 하여금 언니의 괴로움을 뼈아프게 느끼도록 했다. 그러나 엘리자베스는 로징스 체류도 2, 3일 후면 끝난다는 생각을 하고 스스로를 위로했다. 더욱이 2주일 뒤면 제인을 만날 수 있으며, 동기간으로서 최선을 다해 언니의 마음을 진정시켜 줄 수도 있다고 생각하니 한결 마음이 가벼워졌다.

다아시 씨가 켄트를 떠나면 피츠윌리엄 대령도 그와 함께 갈 것이라는 생각을 엘리자베스는 떨쳐 버릴 수가 없었다. 그러나 피츠윌리엄 대령은 전혀 그럴 의사가 없다고 말을 했었다. 피츠윌리엄 대령은 유쾌한 사람이기는 했지만, 엘리자베스는 그와 헤어지는 것이 마음 아프게 생각될 정도는 아니었다.

이런 생각에 골몰해 있다가 문에서 들리는 초인종 소리에 엘리자베스는 정신이 번쩍 들었다. 엘리자베스는 혹시 피츠윌리엄 대령이 아닌가 하는 생각에 약간 움찔했다. 그는 전에도 한 번 저녁 늦게 들른 적이 있었고, 오늘은 특히 병문안을 하러 왔는지도 모르는 일이었다.

그러나 놀랍게도 다아시 씨가 집 안으로 들어서는 것을 보자, 그런 생각은 곧 사라지고 엘리자베스는 예기치 못한 충격을 받았다. 다아시 씨는 엘리자베스의 병이 좀 낫기를 바라는 마음에서 왔다고 말하면서 조급한 태도로 건강 상태가 어떠냐고 물었다.

엘리자베스는 놀랐으나 한마디도 대답을 하지 않았다. 다시 몇 분 동안 침묵이 흐른 뒤에 그는 엘리자베스에게 다가와서 흥분한 태도로 말했다.

"발버둥을 치며 나 자신과 싸워 봤지만 소용이 없었습니다. 도무지 뜻대로 되지 않았습니다. 감정을 억제하려고 애써 보았지만 마음대로 되지 않는군요. 내가 당신을 얼마나 열렬히 경외하고 사랑하는지를 말씀드리지 않을 수 없습니다."

엘리자베스의 놀라움은 이루 표현할 수가 없었다. 엘리자베스는 눈을 동그랗게 떴다가 얼굴을 붉혔다가 의심을 품었다가 결국에는 꿀 먹은 벙어리가 되고 말았다.

다아시 씨는 엘리자베스가 자극을 받아 흥분한 탓이라 그런 거라고 생각하고는, 곧이어 그가 엘리자베스에게 오래전부터 품어 온 감정을 고백하기 시작했다. 그는 말은 잘했으나 더 구체적으로 진술해야 할 감정들이 있었음에도 불구하고 애정에 관한 화제보다는 자존심에 관한 화제에 더 열을 올렸다.

그는 엘리자베스가 자기보다 신분이 낮다든가, 그녀와 결혼하는 것이 자신의 체면을 떨어뜨리는 것이 된다든가, 좋아하기는 하면서도 신분 차이 때문에 이성적인 판단이 이를 거부하게 만든다든가, 그런 모든 생각은 결국 자신이 훼손하고 있는 자기의 높은 신분 때문인 것 같다고 열심히 말했으나, 그의 청혼은 상대방의 마음을 움직이지 못했다.

깊이 뿌리박혀 있는 증오심에도 불구하고 엘리자베스는 다아시 씨의 구혼에 전혀 무감각할 수는 없었고, 일순간이라도 엘리자베스의 생각이 변하지는 않았으나 처음에는 그가 받을 고통에 대해 미안한 마음을 지울 수 없었다.

그러나 잇따라 내뱉는 다아시 씨의 말에 결국 분노가 치밀어 올라서 분노가 모든 연민을 불살라 버리고 말았다. 그러면서도 엘리자베스는 그가 말을 끝내면 대답할 수 있도록 자신을 꾹꾹 눌러 진정시키려고 애썼다.

다아시 씨는 모든 노력에도 불구하고 억제할 수 없었던 자신의 애정을 설명하고, 이제는 엘리자베스가 구혼을 받아들여 자신의 애정에 보답해 줄 것을 원한다는 말로 끝을 맺었다. 엘리자베스는 이 말을 할 때의 그의 태도가 자기의 승낙은 추호도 의심치 않는 태도임을 알 수 있었다.

입으로는 실패의 염려와 불안을 말하고 있었으나 표정으로는 사실상의 확신을 드러내고 있었다. 이런 것들은 엘리자베스를 더욱 격분시킬 뿐이었다. 다아시 씨의 말이 끝나자 엘리자베스의 뺨은 붉게 상기되어 있었다. 엘리자베스는 이렇게 말했다.

"제가 알기로는 이러한 경우, 상대방이 고백한 애정에 대해 이쪽에서 아무리 같잖은 보답을 한다 할지라도 감사의 마음을 표명하는 것이 형식적인 관례라고 생각해요. 하기야 감사의 마음을 느끼는 게 당연하겠죠. 저도 그런 감정을 느낄 수만 있다면 지금이라도 감사를 드리고 싶어요. 그러나 저는 다아시 선생의 호의를 구할 수도 없고, 또 구하고자 하는 꿈도 꾸어 본 적이 없어요. 다아시 씨께서 지금 베풀어 주신 호의도 분명 마지못해 하신 일일 거예요. 제가 다아시 씨를 괴롭혀 드렸다니 정말 죄송하군요. 하지만 그것은 제가 전혀 모르는 사이에 이루어진 일이고, 또 괴로움이라야 얼마 지속되지도 않을 거예요. 아까 말씀하신 대로 마음속의 애정을 승인하는 것을 오랫동안 반대해 온 그런 자존심이라면, 제 말을 들으신 후 괴로움을 극복하는 것쯤은 그리 어렵지 않을 거라고 생각해요."

두 눈을 엘리자베스의 얼굴에 고정시키고 벽난로 선반에 기대어 서 있던 다아시 씨는 엘리자베스의 말 한마디 한마디에 놀라움이라기보다는 분노를 느끼는 듯했다.

그의 안색은 분노로 창백해졌고 마음의 동요가 얼굴 전체에 숨김없이 드러났다. 그는 태연하게 보이려고 필사의 노력을 했고, 자기가 이제는 냉정해졌다고 자신할 때까지는 결코 입을 열지 않았다. 이 침묵이 엘리자베스에게는 두려웠다. 드디어 그가 억지로 가라앉힌 목소리로 이렇게 말했다.

"결국 이것이 제가 모처럼 기대한 대답의 전부로군요. 예의상의 노력조차 거의 기울이지 않고 어째서 이렇게 거절을 하시는 건지 좀 알고 싶은데요. 그러나 별로 대수로운 일은 아닙니다."

이 말에 엘리자베스는 다음과 같이 대답했다.

"그렇다면 저도 물어볼 말이 있어요. 어째서 다아시 씨는 그렇게 드러내어 저를 모욕하고 제 감정을 해칠 뜻이 있으면서, 자신의 의사를 거스르고 이성을 거스르고 심지어는 자신의 인격을 거스르면서까지 저를 사랑한다고 말씀하셨나요? 이것으로 설사 제가 무례했다 하더라도 약간의 변명은 되지 않을까요? 제가 화를 낸 이유는 이것 말고도 또 있습니다. 다아시 씨도 무엇인지 아실 거예요. 설사 제가 다아시 씨를 싫어하지 않았다 하더라도, 또는 제 감정이 아무렇지 않았다 하더라도, 혹은 한 걸음 더 나아가서 제가 다아시 씨를 좋아하고 있었다 하더라도, 아무리 생각해 보아도 제가 가장 사랑하는 언니의 행복을 거의 영원히 파괴해 버린 사람을 받아들일 수 있을 것 같습니까?"

이 말을 듣자 다아시 씨는 정색을 했다. 그러나 충격은 잠시였고, 그는 엘리자베스의 말을 중단시키려 들지 않고 잠자코 들었다.

"제게는 다아시 씨를 나쁘게 생각할 이유가 얼마든지 있습니다. 어떠한 동기였다 할지라도, 다아시 씨께서 언니에게 행한 부당하고 비열한 행동을 변명할 수는 없을 거예요. 세상으로부터 빙리 씨는 마음이 변덕스럽고 쉽게 변하는 사람이란 비난을 받고, 언니는 바라던 것이 좌절되었다는 조소를 사게 하는 동시에, 두 사람을 가장 비참한 불행 속에 빠뜨린 장본인이 바로 당신이라는 것을 감히 부인하려 하지는 않으실 테고 또 부인할 수도 없으시겠죠."

여기서 엘리자베스는 말을 멈추었다. 아무런 후회의 감정도 드러내지 않은 채 잠자코 듣고 있는 다아시 씨의 태도를 보자 적지 않은 분노를 느꼈다. 다아시 씨는 도무지 믿을 수 없다는 듯한 미소까지 띠며 엘리자베스를 응시했다.

"어디, 부인할 수 있으세요?"

엘리자베스가 확인하듯 물었다. 다아시 씨는 짐짓 침착한 체하면서 대답했다.

"나는 엘리자베스 양의 언니로부터 제 친구를 떼어 놓는 일에 최선을 다했다는 것과, 또 그 일이 성공하자 즐거워했음을 부인하고 싶은 마음은 추호도 없습니다. 나는 내 자신보다 빙리 군을 더 아꼈으니까요."

엘리자베스는 그의 무례함을 눈치챘다는 기색을 보이기가 싫었으나 그 뜻만은 놓치지 않았다. 그러나 엘리자베스의 마음을 풀어 줄 만한 말은 아니었다. 엘리자베스가 이어 말했다.

"제 증오심이 뿌리박고 있는 토대는 비단 이 일뿐만이 아니에요. 이런 일이 일어나기 훨씬 전부터 다아시 씨에 대한 제 감정은 결정되어 있었어요. 다아시 씨의 인격에 대해서는 몇 달 전에 위컴 씨가 상세히 들려줘서 잘 알고 있습니다. 이 점에 대해 무슨 하실 말씀이 있으세요? 우정을 가장한 어떤 거짓된 행위로 자신을 변호하시겠습니까? 혹은 어떻게 해서든지 사실을 허위로 진술해서 다른 사람을 속이시겠습니까?"

"그 친구에게 관심이 대단하신 모양이로군요."

다아시 씨는 상기된 채 약간 침착성을 잃은 목소리로 말했다.

"그분의 불운을 알고 있는 사람치고 그분에게 관심을 갖지 않을 사람이 누가 있겠어요?"

"불운이라고요? 그렇죠. 정말 기구한 불운이었습니다."

그는 경멸하듯이 말을 받았다. 엘리자베스는 힘을 주어 외쳤다.

"다아시 씨가 그렇게 만든 거예요! 그분을 현재의 빈궁한 상태로 끌어내린 거죠, 지독한 곤경으로요. 다아시 씨는 위컴 씨 앞으로 마련된 이익을 빼앗아 버렸고, 위컴 씨의 생애에서 가장 행복한 시절부터 그가 받을 가치가 있고 또 당연히 받을 권리가 있는 독립생활까지 박탈해 버렸어요. 그런 일들을 하고도 위컴 씨의 불행을 멸시하고 조소할 수 있나요?"

다아시 씨는 빠른 걸음으로 방 안을 가로질러 다니며 그녀의 말에 대꾸했다.

"결국 이것이 저에 대한 엘리자베스 양의 견해로군요. 이것이 저에 대한 엘리자베스 양의 평가로군요. 자세히 말씀해 주셔서 고맙습니다. 이 평가에 의한다면 제 죄과는 정말 무거운데요."

다아시 씨는 걸음을 멈추고 엘리자베스 쪽으로 돌아서면서 말을 이었다.

"오랫동안 주저하면서 결심을 굳히지 못했던 저의 솔직한 고백이 엘리자베스 양의 자존심을 상하게 하지 않았더라면 이런 죄과는 그냥 묵인될 뻔했군요. 만약 제가 좀 더 술책을 부려 제 갈등을 감추고, 이성이나 반성이나 기타 하등의 제한을 받음도 없이, 아무런 생각도 없이 무작정 애정에 빠졌다고 엘리자베스 양이 믿도록 아첨이나 했더라면 이런 통렬한 비난은 은폐되고 말 뻔했습니다. 하지만 저는 위선이란 위선은 죄다 미워합니다. 그래서 저는 방금 털어놓은 제 감정을 추호도 부끄럽게 생각하지 않습니다. 제가 엘리자베스 양과 교제를 하면서 열등의식에 푹 빠지기를 기대하십니까? 지체가 나보다 결정적으로 낮은 사람과 인척 관계를 맺고 싶어 하는 제 희망을 자축이라도 하길 기대하시는 겁니까?"

엘리자베스는 순간순간마다 분노가 더 커지는 것을 느꼈으나 침착성을 잃지 않으려고 최선을 다하면서 다음과 같이 말했다.

"다아시 씨, 당신의 고백이 제 마음을 감동시켰다고 생각하신다면 그건 절대 오해입니다. 다아시 씨의 행동이 좀 더 훌륭하고 신사다웠더라면, 제가 다아시 씨의 호의를 거절하면서 당신을 노엽게 해 드리지나 않을까 걱정했겠지만, 다아시 씨의 행동은 오히려 그 불안을 제거해 주었을 뿐 그 이상의 효과는 없었어요."

엘리자베스는 다아시 씨가 이 말에 놀라는 것을 보았다. 그러나 그는 한마디도 하지 않았다. 엘리자베스는 말을 계속했다.

"온갖 수단을 다 써서 제 마음을 움직여 보려 해도 다아시 씨의 청혼을 수락할 수는 없을 거예요."

다아시 씨는 또 한 번 흠칫 놀랐다. 그는 불신과 울분이 뒤섞인 표정으로 그녀를 바라보았다. 엘리자베스는 이어서 말했다.

"저는 다아시 씨와 알게 된 첫 순간부터 당신의 태도에서 오만하고 자부심 강하고 다른 사람의 감정 따위는 멸시해 버리는 이기주의자라는 인상을 받았습니다. 이러한 것이 비난의 토대를 구축했고, 이 토대 위에다 그 후에 잇따라 일어난 사건들이 요지부동으로 증오의 건물을 세웠습니다. 한 달이 못 가서 저는 누가 뭐라고 권하더라도 다아시 씨와는 절대로 결혼하지 않겠다고 결심했죠."

"말씀 많이 들었습니다. 이젠 엘리자베스 양의 기분을 충분히 이해하겠습니다. 지금은 제 감정을 부끄러워할 뿐입니다. 이렇게 시간을 많이 빼앗아서 죄송하군요. 부디 몸조리 잘 하시고 안녕히 계십시오."

이런 말을 남기고 다아시 씨는 급히 방을 나갔다. 잠시 후 엘리자베스는 그가 현관문을 열고 저쪽으로 가 버리는 소리를 들었다. 엘리자베스는 마음의 격동이 괴로울 만큼 컸다.

그녀는 몸을 어떻게 가누어야 할지 몰랐고, 사실상 불편하기도 해서 쓰러져 반 시간 가량을 울었다. 방금 일어난 일을 돌이켜 볼 때, 돌이켜 보면 볼수록 그녀의 놀라움은 더욱 커졌다. 다아시 씨에게 구혼을 받다니! 그가 수개월 전부터 자기를 사랑하고 있었다니! 그의 친구와 자기 언니의 결혼을 반대하는 이유가 되었던 일체의 장애에도 불구하고—적어도 이 장애는 자신의 경우에도 똑같은 압력을 지니고 있을 텐데—자기와 결혼을 희망할 만큼 자기를 사랑하고 있었다니!

엘리자베스로서는 도저히 믿어지지가 않았다. 자기도 모르는 중에 그렇게도 강한 애정을 불러일으킨 것은 유쾌한 일이었다. 그러나 그의 오만, 밉살스러운 불손, 제인에게 한 행동에 대한 염치없는 공언, 이 공언을 정당화하는 변명도 못 하는 주제에 자기 행동을 승인하는 뻔뻔스러운 철면피, 위컴 씨 이야기를 할 때의 쌀쌀맞은 태도, 자기도 부인하려 들지 않던 위컴 씨에 대한 잔인성, 이런 것들이 다아시 씨의 애정에 대해 엘리자베스가 순간적으로 지녔던 동정심을 지워 버렸다.

계속 흥분한 채 생각에 잠겨 있던 엘리자베스는 캐서린 영부인의 마차 소리를 듣자 샬럿의 시선을 받는 것이 싫어서 자기 방으로 급히 가 버렸다.

35

이튿날 아침, 엘리자베스는 지난밤 잠들 때까지 떠올리던 생각이 채 가시지 않은 채 잠에서 깨어났다. 그녀는 전날의 놀라움에서 아직 벗어날 수가 없었고 다른 일에 대해선 아무것도 생각할 수가 없었다. 그녀는 어떤 일에도 마음이 내키지 않아 아침 식사를 마치자마자 곧 밖으로 나가서 운동을 하려고 마음먹었다.

그녀는 늘 즐겨 다니던 길을 걷다가 다아시 씨가 가끔 이리로 온다는 생각이 들어 발길을 멈추었다. 그러고는 공원 안으로 들어가지 않고 골목길로 접어들어 통행료를 받는 길에서 멀어져 갔다. 공원의 울타리는 아직도 한쪽으로 경계를 이루고 있었다.

얼마 후에 그녀는 공원으로 통하는 문 앞을 지났다. 골목길을 두세 번 걷고 나자 상쾌한 아침 기분에 이끌려 그녀는 공원 안을 들여다보고 싶은 유혹을 느꼈다. 그녀가 켄트에서 5주일을 보내는 동안 마을에는 많은 변화가 있었다. 수목들은 푸른빛이 나날이 짙어져 갔다.

엘리자베스가 막 다시 걸음을 옮기려 할 때, 공원을 둘러싼 작은 숲 속에 있는 한 남자가 언뜻 눈에 띄었다. 그는 이쪽으로 오고 있었다. 그가 다아시 씨일까 봐 엘리자베스는 두려움에 곧 몸을 돌려 되돌아갔다. 그러나 그녀를 알아볼 만큼 부지런히 다가온 남자는 마침내 엘리자베스의 이름을 큰 소리로 불렀다.

이미 돌아서 걷고 있던 엘리자베스는 그 목소리의 주인공이 다아시 씨임을 알면서도 몸을 돌려 공원 문 쪽으로 갔다. 두 사람은 같은 시간에 문 앞에 다다랐다. 그가 편지를 내밀자 엘리자베스는 무의식적으로 받아 들었다. 다아시 씨는 좀 거만하면서도 침착한 목소리로 말했다.

"만날 수 있기를 바라면서 숲에서 얼마간 거닐고 있었습니다. 이 편지를 읽어 주시면 고맙겠습니다."

그러더니 가볍게 인사를 하고는 공원 안으로 곧 사라져 버렸다. 즐거움을 기대한 것은 아니었지만 엘리자베스는 잔뜩 호기심을 가지고 편지를 뜯었다. 놀랍게도 봉투 안에는 종이 끝까지 빽빽하게 쓴 편지지 두 장이 들어 있었고 심지어 봉투에까지 글씨가 잔뜩 쓰여 있었다. 엘리자베스는 골목길을 걸어 나오면서 편지를 읽기 시작했다. 로징스에서 아침 8시에 쓴 편지였는데, 사연은 다음과 같았다.

이 편지가 지난밤 당신을 몹시 불쾌하게 했던 그런 감정을 되살리거나, 또는 다시 구혼하기 위한 것이라는 염려 때문에 놀라지 마시기를 바랍니다. 두 사람의 행복을 위해서는 한시라도 빨리 잊어버리는 편이 좋을 일들을 낱낱이 써서 당신을 괴롭힌다거나, 또는 저를 스스로 낮추고자 하는 마음으로 이 편지를 쓰는 것은 아닙니다.

제 성격이 이렇지 않았다면, 이 편지를 쓰는 저나 읽으시는 당신이 해야 할 수고는 덜 수 있었을 겁니다. 당신에게 주의를 기울여 읽어 달라고 요구하는 저의 무례를 용서해 주시리라 믿습니다. 당신은 마지못해서라도 이것을 읽어 주시리라 믿습니다만, 저는 당신의 정의감에 호소하고자 하는 바입니다.

질과 양이 전혀 다른 두 가지 죄과를 지난밤 당신은 제 책임으로 돌리셨습니다. 하나는 제가 빙리 군과 당신 언니 사이를 어느 편의 감정에도 관계없이 떼어 놓았다는 것이고, 다른 하나는 여러 가지 요구와 도의와 인정을 무시하면서 위컴 군 눈앞에 놓인 행복을 깨뜨리고 그의 복된 앞날을 망가뜨렸다는 것이었습니다.

내 청년기의 친구이자 내 아버지가 아끼던 청년이고, 우리 가정의 후원 없이는 거의 의지할 데가 없으며, 또 성인이 되면 출세를 위해 우리가 진력해 주어야 할 청년과의 관계를 일부러 또 공연히 끊어 버린 것은 다시없는 배은망덕한 소행이라 믿습니다. 여기에 비하면 애정의 나이가 겨우 몇 주일밖에 안 되는 빙리 군과 당신 언니 사이를 갈라놓은 일은 비교할 바가 못 됩니다.

그러나 저의 행동과 그 행동의 동기에 관한 다음 사연을 읽으신 후에, 지난밤 몇 가지 사실에 대해 마음껏 꾸짖어 주셨던 그 가혹한 비난은 면하게 해 주시기를 빕니다. 저로서는 당연했던 저의 행동과 그 동기를 설명함에 있어, 만약 당신이 불쾌하게 여길 만한 것을 불가불 말씀드려야 할 경우가 생기더라도 저는 다만 '미안합니다'라고 말할 수밖에는 없습니다. 그 이상의 사과는 어리석다고 생각합니다.

제가 하트퍼드셔에 머문 지 얼마 안 되어 빙리 군이 롱본의 어느 처녀보다도 당신 언니를 좋아한다는 것을 저도 다른 사람들과 마찬가지로 알게 되었습니다. 그의 애정이 진실하다는 것을 확실히 안 것은 네더필드에서 무도회가 열린 날 밤이었습니다.

저는 전에도 그가 사랑에 빠진 것을 가끔 봤습니다. 그날 밤 무도회에서 제가 당신과 춤추고 있는 동안, 당신 언니에 대한 빙리 군의 정성이 이제는 결혼을 기대할 정도로 발전했다는 사실을 우연히도 윌리엄 루카스 경을 통해 처음 알게 되었습니다.

루카스 경은 그 사실을 시간만 아직 결정되지 않았을 뿐이지 확정적인 것처럼 말했습니다. 그 순간부터 저는 제 친구의 행동을 주의 깊게 관찰했는데, 베넷 양에 대한 사랑은 제가 과거에 그에게서 보았던 어떤 사랑보다 훨씬 진지함을 알 수 있었습니다.

저는 당신 언니도 주의해서 보았습니다. 그녀의 얼굴 표정과 행동은 개방적이고 명랑했으며 변함없이 친절했지만, 그에게 특별한 호감을 가지고 있는 듯한 느낌은 없었습니다. 이렇게 하룻밤 동안 자세히 관찰한 끝에, 비록 베넷 양이 빙리 군의 호의를 즐겁게 받아 주고는 있으나 빙리 군과 같은 감정을 지니고 있는 것은 아니라는 사실을 확신하게 되었습니다.

이 점에 있어 당신의 생각이 착오가 아니었다면 제 생각이 그릇되었음에 틀림없습니다. 당신 언니에 대해선 당신이 나보다 더 잘 알고 계시니까, 제 잘못일 가능성이 더 크겠지요. 만약 그렇다면, 다시 말해 저의 그러한 잘못으로 당신 언니에게 괴로움을 끼쳤다면 당신의 울분은 정당한 것이었습니다.

그러나 당신 언니의 얼굴 표정과 태도의 평온함은 본인의 성품이 아무리 사랑스럽다 해도, 아주 날카롭게 관찰하는 사람의 마음까지 쉽게 감동시킬 수 있는 그런 것은 아니었다고 저는 확신하며 주장할 수 있습니다.

베넷 양이 빙리 군에 대하여 무관심했음을 제가 믿고 싶어 한 것은 사실입니다. 그러나 저의 관찰과 결심은 희망이나 근심에 좌우되는 것이 아님을 감히 말씀드립니다. 저는 제인 양이 빙리 군에 대해 무관심하기를 원했기 때문에 그렇게 믿은 것은 아닙니다. 그 행동의 합리성을 진실로 원할 만큼 공정한 확신을 근거로 믿었습니다.

두 사람의 결혼에 제가 반감을 가진 이유는, 지난밤 제 자신의 경우처럼 최대한 정열적인 힘으로 제거해야 할 필요성을 인정한 신분의 장벽 같은 것은 아니었습니다. 제인 양에게 훌륭한 친척이 없다는 사실은 제게 있어서처럼 빙리 군에게도 결정적으로 나쁜 조건은 될 수 없습니다. 제가 반감을 지닌 데에는 다른 원인이 있었습니다.

그 원인이란—빙리 군의 경우나 제 경우나 똑같이 아직 존재하고 있는 것이지만—그것이 직접 제 앞에 닥치지 않았다는 이유로 해서 저 자신도 잊으려고 노력했던 원인입니다.

간단하게나마 저는 이것을 말씀드려야겠습니다. 당신 어머니 측의 가정 형편이 비록 불만스러운 것이라 해도 그것은 당신 어머니와 세 동생, 또 때로는 아버지조차 번번이 저지르는 무례에 비하면 아무것도 아닙니다.

용서하십시오. 이런 말씀을 드려서 당신의 감정을 상하게 하는 저 역시 괴롭습니다. 그러나 당신만은 이와 같은 비난을 받지 않도록 행동하셨습니다. 그것은 당신과 당신 언니, 두 분의 교양과 인격에 부끄럽지 않을, 칭찬할 만한 행동이었습니다.

이 점을 생각하시고, 당신 가족의 결점을 걱정하거나 그러한 결점의 노출을 불쾌하게 여기는 가운데에서도 위로를 얻으시길 바랍니다. 아무튼 저는 무도회 날 밤에 있었던 일로 말미암아 베닛 댁의 사람들에 대한 견해가 확고해졌으며, 또 가장 불행한 결혼으로부터 빙리 군을 보호해야겠다는 결심 역시 굳어졌음을 말씀드려야겠습니다.

당신도 기억하고 계시겠지만, 그 이튿날 빙리 군은 곧 돌아올 계획으로 네더필드를 떠나 런던으로 출발했습니다. 제가 한 일을 이제부터 설명해 드리겠습니다. 저와 마찬가지로 빙리 군의 누이들도 불안했던 모양입니다. 저희들의 감정이 일치한다는 것을 곧 알았으니까요.

그래서 빙리 군을 제인 양에게서 한시라도 빨리 떼어 놓아야 한다는 것을 똑같이 깨닫고, 우리는 곧 그를 런던으로 데리고 가기로 결정했습니다. 우린 런던으로 갔습니다. 거기서 저는 빙리 군에게 이 결혼의 불행을 깨우쳐 주는 역할을 선뜻 맡았습니다. 저는 열심히 설명하고 강조했습니다.

그러나 이런 간절한 충고에 아무리 그의 결심이 동요되었다 해도, 제가 자신 있게 보증하는 빙리 군에 대한 당신 언니의 무관심을 그가 확신하지 않고는 그들의 결혼이 결국 깨지리라고는 생각하지 않았습니다.

빙리 군은 제인 양이 그의 애정을 성실하게―동등한 수준은 아니더라도―보답하고 있다고 믿었습니다. 그러나 그는 자기 자신의 판단보다 제 판단에 더 많이 의존하는, 천성이 무척 겸손한 사람입니다. 그래서 착각하고 있다는 사실을 그에게 확신시키기는 그리 어려운 일이 아니었습니다.

그러한 확신을 준 뒤에는 하트퍼드셔로 돌아가지 않도록 그를 설득하는 일은 아주 쉬웠습니다. 이러한 모든 행동에 대해 제 자신을 비난하지는 않습니다만, 제가 만족하게 생각하지 않는 단 하나의 행위는, 비열하게도 제인 양이 런던에 와 있다는 사실을 빙리 군에게 숨기려고 술책을 썼다는 것입니다.

빙리 양도 저도 제인 양이 런던에 온다는 것을 알고 있었습니다만, 빙리 군은 모르고 있었습니다. 그들이 만나더라도 별달리 나쁜 결과는 생기지 않으리라 짐작하고는 있지만, 저는 제인 양에 대한 그의 호감이 제인 양을 만나도 아무 위험이 없을 만큼 충분히 식었다고는 생각하지 않았습니다.

이러한 거짓 행위는 아마도 제 품위를 떨어뜨리는 짓이겠죠. 하지만 저는 그것이 최선의 방법이라고 생각했습니다.

이 문제에 대해선 더 이상 말씀드릴 것도 사과드릴 것도 없습니다. 만약 제가 당신 언니의 감정을 상하게 해 드렸다면 그것은 나 자신도 깨닫지 못했던 일이며, 또한 저를 지배했던 동기가 비록 당신에게는 부당한 것으로 여겨질지라도 저는 지금도 그 동기를 비난하고 싶지는 않습니다.

위컴 군을 해쳤다는, 좀 더 무거운 또 하나의 비난에 대해서는 저희 가정과 그와의 관계를 전부 이야기함으로써 반박할 수밖에 없습니다. 그가 '특히' 저를 뭐라고 비난했는지는 모릅니다만, 지금부터 제가 말씀드리는 것은 한 사람 이상의 정직한 증인을 부를 수 있을 만큼 의심할 바 없는 사실입니다.

위컴 군은 여러 해 동안 펨벌리의 재산 관리를 맡았던 매우 훌륭한 분의 아들입니다. 그분은 맡은 바 임무를 잘 처리했기 때문에 자연히 아버지는 그분을 돕고 싶어 했고, 따라서 그의 대자(代子)인 조지 위컴 군에게도 관대한 친절을 베풀었던 것입니다. 아버지는 그의 학비를 대 주셨고 후에는 케임브리지까지 보내 주셨는데, 부인의 낭비벽으로 늘 가난했던 그의 아버지가 그를 신사가 되기까지 교육시킨다는 것은 불가능했으므로 이것은 가장 귀중한 도움이었습니다.

품행이 단정하고 언제나 상냥한 이 청년을 아버지는 매우 좋아하셨을 뿐만 아니라 그를 무척 신용하셨고, 또 목사가 되길 바라시고 그에게 목사직을 주기로 작정하셨습니다. 그러나 저는 여러 해 전부터 전혀 다른 각도로 그를 생각하기 시작했습니다.

악하고 무절제한 성격을, 그는 가장 절친한 친구인 저에게까지도 조심해서 숨기려 했습니다만, 그와 거의 동년배이며 그가 방심하고 있는 순간을 관찰할 기회가 많았던—아버지에겐 이런 기회가 없었습니다—제 눈은 속일 수가 없었습니다.

여기서 또 당신을 괴롭혀야겠습니다. 그 괴로움의 깊이가 어느 정도인지는 당신만이 아십니다. 위컴 군이 당신 마음속에 일으킨 감정이 어떠한 것이든 저는 그의 본성을 밝혀야만 하겠습니다. 이것은 제가 말씀드려야 할 이유를 덧붙인 것일 뿐입니다.

훌륭하신 저의 아버지께선 약 5년 전에 돌아가셨는데, 위컴 군에 대한 그분의 애정이 최후까지 어찌나 확고하셨던지 그의 직업이 허락하는 범위 내에서 그의 출세를 위해 최대한 노력해 줄 것을 제게 유언에서 특별히 부탁하셨으며, 또 그가 성직에 나가면 귀한 목사직 자리가 비는 대로 곧 그에게 줄 것을 명하셨습니다. 그에게는 또한 천 파운드의 유산도 남겨 주셨습니다.

그의 아버지는 저의 아버지보다 오래 살지 못하셨는데, 이런 일들이 있은 지 반년도 못 되어 위컴 군은 자기에게 아무런 이득이 없는 목사직을 단념하고 대신 좀 더 직접적으로 돈을 벌 수 있는 길을 택하기로 결심했다고 하면서, 이를 부당하게 생각하지 말아 달라는 편지를 제게 보내 왔습니다.

그는 또 덧붙여 쓰기를, 자기는 법학을 연구해 볼 생각인데 이 점에 있어 천 파운드의 이자는 매우 부족한 학비임을 알아달라는 것이었습니다. 그의 진실성을 믿었다기보다는 진실성을 갖기를 원했던 것인데, 하여튼 저는 그의 제안에 응하기로 했습니다. 그는 목사가 될 인물이 아님을 저는 알고 있었던 것입니다.

문제는 곧 해결되었습니다. 설령 그가 목사직에 임명될 경우가 생긴다 해도 목사가 되는 데 따르는 원조에 대한 모든 권리를 양도하는 대신 3천 파운드를 주기로 했습니다. 우리들 사이의 모든 관계가 그로써 사라진 것처럼 보였습니다. 저는 그를 아주 나쁘게 생각했기 때문에, 펨벌리에 초대하지도 않았고 런던의 저택에 출입하는 것도 허락지 않았습니다. 그는 주로 런던에서 살았는데 법률을 공부한다는 것은 일종의 구실에 불과했고, 모든 구속으로부터 해방된 그는 게으르고 낭비하는 생활에 빠지고 말았습니다.

약 3년간 저는 그의 소식을 거의 듣지 못했는데, 그를 위해 마련했던 목사 자리의 소유자가 죽자 그는 또 목사직에 자기를 추천해 줄 것을 편지로써 부탁했습니다. 그는 자기가 무척 곤궁한 처지에 빠졌다는 것을 제게 납득시켰는데, 그 점은 어렵지 않게 믿을 수 있었습니다. 그는 법률이 거의 무익한 학문임을 알았다고 하면서, 만약 제가 문제의 목사직에 자기를 추천해 준다면 이젠 목사가 되기로 단단히 결심했다는 것이었습니다.

또한 제가 달리 추천할 사람도 없다는 것을 자기는 확신하며, 또 제 존경하는 아버지의 의도를 잊을 수도 없을 테니까 제가 추천해 주리라고 분명히 믿는다는 것이었습니다. 제가 이러한 간청에 응하기를 거절했다거나, 또는 거듭되는 탄원을 무시했다고 해서 당신은 저를 책망하지는 않으실 겁니다.

그의 울분은 자신의 처지가 곤궁해짐에 비례하여 커졌는데, 저를 몹시 비난하는 것과 더불어 남들에게도 제 욕을 무척 심하게 했던 모양입니다. 그 후로 우리들 사이에는 일체의 표면상의 교제조차 끊어지고 말았습니다. 그가 어떤 생활을 했는지 저는 모릅니다. 그러나 지난여름 그는 또다시 제 신경을 날카롭게 만들었습니다.

이젠 저 자신도 잊고 싶고, 또 지금 같은 경우가 아니라면 다른 어떤 경우라도 아무에게도 말하고 싶지 않은 사정을 말씀드려야만 하겠습니다. 제가 이렇게 많은 일에 대해 자세히 말씀드리면 모든 의심이 풀리리라고 확신합니다. 저보다 열 살 아래인 제 누이 조지아나는 어머니의 조카 되는 피츠윌리엄 대령과 저의 보호를 받고 있었는데, 약 일 년 전에 학교를 그만두고 런던에 집을 한 채 갖게 되었습니다. 지난여름 제 동생은 이 집을 관리하는 영 부인과 함께 램즈게이트에 갔습니다. 그런데 그곳에 위컴 군도 따라갔습니다.

영 부인과 그는 전부터 아는 사이였다는 것이 밝혀졌는데, 틀림없이 미리 계획했던 모양입니다. 하여튼 그 부인 덕분에 우리는 참 비참하게 속았지요. 이 부인의 묵인과 도움으로 그는 조지아나와 친하게 되었는데, 친절한 그의 인상이 아직 어린 조지아나의 상냥한 마음속에 깊이 박혀서 그 애는 그를 사랑한다고 굳게 믿게 되고, 나중엔 둘이 함께 도망치기로 작정하기에 이르렀던 것입니다.

그때 동생의 나이는 겨우 열다섯 살이었는데 핑계를 댄다면 어렸다는 핑계뿐이겠죠. 지금 조지아나의 경솔함을 말씀드렸는데, 다행히도 그 사실을 제게 알린 사람도 조지아나였습니다. 계획했던 도망을 실행하기 전 이틀간을 정말 우연히도 제가 램즈게이트에서 지내게 되었는데, 이때 조지아나는 자기가 거의 아버지처럼 존경하는 오빠를 슬프게 하고 괴롭힌다는 생각을 참지 못해 마침내 모든 것을 털어놓았던 것입니다.

제 감정이 어떠했고, 또 어떻게 행동했을 것인가 하는 것은 당신의 상상에 맡깁니다. 동생의 체면과 감정을 존중해서 그 사실을 일절 밖에 드러내지는 않았습니다만, 곧 여기를 떠나라는 편지를 위컴 군에게 보내고, 물론 영 부인도 해고해 버렸습니다. 확실히 위컴 군의 주목적은 3천 파운드라는 조지아나의 재산이었을 겁니다. 저에 대한 원한을 풀고자 했던 것도 강력한 한 유인(誘因)이라고 생각하지 않을 수 없습니다. 정말이지 완전한 복수가 될 뻔했습니다.

엘리자베스 양, 이상은 위컴 군과 저와의 모든 관계에 대해 사실대로 말씀드린 것입니다. 만약 이것이 거짓이라고 전적으로 부인만 하지 않으신다면, 위컴 군에게 제가 잔인했다는 오해는 이후로는 면해 주실 것으로 믿습니다. 그가 어떤 방법으로, 또 어떤 거짓의 탈을 쓰고 당신을 속였는지는 모릅니다. 그러나 그러한 그의 성공은 조금도 놀랄 게 못 됩니다. 당신은 그의 과거 행동을 알지 못할 뿐만 아니라 현재의 행동도 잘 모르기 때문입니다. 당신의 힘으로써는 이런 일들을 탐지할 수 없으며, 또 당신의 기질로써는 사람을 의심한다는 것은 있을 수 없는 일이기 때문입니다.

당신은 아마, 왜 제가 이런 모든 것을 지난밤에 말씀드리지 않았나 하고 의아해할지도 모릅니다. 그러나 그때는 저도 제 감정을 억제할 수 없어서 무엇부터 얘기하고, 또 알려야만 할지를 몰랐습니다.

여기 말씀드린 모든 것의 진실성에 대해서는, 저의 친척이
자 친구이며 또 아버지 유언의 집행자 중 한 사람으로 이 사
건의 전말에 대해 상세히 알고 있는 피츠윌리엄 대령의 증언
을 특별히 간청할 수 있습니다. 그러나 만약 당신이 저를 증
오해서 모든 주장을 일고의 가치도 없는 것으로 간주하신다
면, 같은 이유로써 피츠윌리엄 대령도 신임할 수 없을 것입니
다.

아무튼 그와 의논할 가능성이 있을 것 같기에 내일 아침
안으로 이 글을 당신에게 전할 수 있는 길을 찾아보도록 하
겠습니다. 하느님의 축복이 내리시기를 빌면서……

피츠윌리엄 다아시 올림

36

다아시 씨가 엘리자베스에게 편지를 건넸을 때, 설사 그 일을
통해 그가 다시 구혼하리라고 기대하지는 않았다 할지라도 그
녀는 편지 내용에 대해서 조금도 예상하지 못했다.

그러나 사연이 그러했으므로 엘리자베스가 얼마나 열심히

편지를 읽었을 것인가, 또 상반된 감정이 얼마나 그녀를 흥분시켰을 것인가 하는 것은 쉽사리 상상할 수 있었다.

편지를 읽어 내려가는 동안 그녀의 감정의 변화는 거의 표현할 수조차 없을 정도였다. 처음에는 놀라운 마음으로 그가 사죄할 여유쯤은 가진 사람이라고 알았는데, 다음에는 수치를 아는 사람이라면 속을 감출 텐데 변명조차도 할 줄 모르는 사람이라는 것을 알았다.

그의 모든 진술에 강한 편견을 갖고서 엘리자베스는 네더필드에서 일어났던 일에 대한 그의 설명을 읽기 시작했다. 이해할 겨를도 없이 재빨리 읽으면서 다음 문장이 초래할 결과를 어서 알고 싶은 마음에, 읽고 있는 문장의 뜻을 제대로 알기도 전에 눈이 먼저 다음 문장으로 옮겨 갔다.

그녀는 자기 언니가 무감각하다는 그의 말을 곧 거짓이라고 단정했고, 실제적인 최악의 경우에 대비해서 두 사람의 결혼을 반대했다는 그의 변명은 어찌나 그녀를 화나게 만들었는지, 다아시 씨를 냉정하게 판단하고자 하는 의욕마저도 없애 버릴 정도였다.

그는 자기가 한 일에 대해서 엘리자베스를 납득시킬 만한 사죄도 표하지 않았다. 그의 문장은 반성의 여지가 전혀 없이 불손했으며, 오만하고 무례하기 짝이 없었다. 그러나 언니 이야기에 이어 쓴 위컴 씨에 대한 진술은 좀 더 분명한 주의력을 요구했다.

그리고 그것이 사실이라면 위컴이라는 인물에 대해 그녀가 품었던 모든 생각과 그의 신상에 대한 놀라운 호감을 뒤엎어 버려야 했기 때문에, 엘리자베스의 마음은 몹시도 아팠고 말로 표현할 수가 없었다. 놀라움과 두려움과 심지어는 공포의 전율이 그녀를 압박했다.

'거짓말이다!', '그럴 리가 없다!', '가장 비겁한 거짓말이다!'라고 거듭 외치면서 전적으로 믿으려 하지 않았다. 편지를 다 읽었을 때에는 마지막 한두 페이지에 무슨 말이 쓰였는지 미처 그 뜻도 파악하지 못한 채 급히 편지를 접어 넣으며, 이 편지에 마음을 쓰지 말자고, 다시는 이 편지를 보지 않겠다고 마음속으로 다짐했다.

이렇게 아무것에도 정착할 수 없는 혼란스러운 마음으로 엘리자베스는 줄곧 걸었으나 걷는 것만으로는 좀처럼 진정이 되지 않았다.

30초도 못 되어 그녀는 편지를 다시 펴 들었다. 그러고는 될 수 있는 한 마음을 가다듬어 위컴 씨에 대한 대목만을 다시 정독하기 시작했고, 각 문장의 의미를 정확히 음미하기 위해 감정을 억제했다.

위컴 씨와 펨벌리 집안의 관계에 대한 다아시 씨의 진술은 위컴 씨가 이야기한 것과 꼭 같았고, 돌아가신 다아시 씨 부친이 그에게 친절했다는 사실도, 비록 그 친절의 정도는 몰랐으나 위컴 씨의 말과 거의 일치했다. 거기까지는 두 사람의 말이 같았으나 유언에 관한 내용은 전혀 달랐다.

목사 자리에 관한 위컴 씨의 말은 그녀의 기억에 아직도 생생했다. 그의 말을 회상해 보았을 때, 그녀는 어느 쪽이든 한쪽은 비열하게도 겉과 속이 다름을 인정하지 않을 수가 없었다. 잠시 동안 그녀는 위컴 씨 쪽이 옳다고 믿는 마음이 잘못이 아니기를 바랐다.

그러나 면밀한 주의력을 가지고 다시 읽어 보았을 때, 곧 이어서 위컴 씨가 목사 자리에 대한 모든 권리를 양도했다는 것과 대신 3천 파운드라는 거액을 받았다는 점 때문에 엘리자베스는 주저하지 않을 수 없었다.

그녀는 편지를 내려놓고, 자기로서는 공평무사한 태도라고 믿는 마음으로 모든 사실을 심사숙고해 보고 각 진술의 타당성을 심사해 보았으나 헛수고였다. 두 사람의 얘기가 모두 근거 없는 주장뿐이었다. 엘리자베스는 세 번째로 편지를 다시 읽었다.

그러나 어떤 계략을 쓰더라도 그 사건에 있어서 다아시 씨의 행동을 파렴치하지 않은 것처럼 보이게 할 수는 도저히 없다고 믿었던 사실이 바뀌어, 모든 사건을 통해 볼 때 그는 전적으로 결백하다는 증거가 더욱 뚜렷해질 뿐이었다.

다아시 씨가 낭비와 방탕의 책임을 주저하지 않고 위컴 씨에게 돌린 것은 그녀에게 매우 큰 충격을 주었고, 그러면 그럴수록 그 부당성을 반증할 수가 없었다. 그가 어떤 주의 의용군에 입대하여 런던에서 우연히 만나 잠깐 사귀게 된 어느 청년의 설득으로 그 부대에 몸을 맡기고 있었다는 이야기를 엘리자베스는 전혀 들어 본 적이 없었다.

그의 과거에 대해서도 자기가 말한 것 외에는 하트퍼드셔에서도 알고 있는 것이 없었다. 그의 본래 인격에 대해서 알아볼 방법이 있었다 하더라도 엘리자베스는 그러고 싶은 마음을 느껴 본 적조차 없었고, 그의 용모와 음성과 태도만을 보고서 그가 모든 미덕을 겸비한 사람이라고 믿어 버린 것이었다.

다아시 씨의 공격으로부터 그를 구해 줄 수 있는, 그의 어떤 선행의 실례나 고결하고 자비로운 특성을 상기해 보려고 엘리자베스는 애썼다. 적어도 이러한 뛰어난 미덕으로써 그의 우연한 과실을 보상하려 했고, 이 '우연한 과실'이라는 명목에다 여러 해에 걸친 그의 태만과 다아시 씨가 악덕이라고 일컫는 그의 비행을 분류해 넣으려고 했다.

그러나 이러한 생각도 엘리자베스를 돕지는 못했다. 그녀는 매력이 넘치는 위컴 씨의 풍채와 태도를 곧 눈앞에 떠올릴 수는 있었으나, 이웃 사람들이 일반적으로 시인하는 것 이상의 실제적인 미덕과 곤경 속에서도 꿋꿋이 지녀 온 그의 사회적인 능력은 상기할 수 없었다. 이 점에 대해 오래 생각하고 나서 엘리자베스는 다시 편지를 계속해서 읽었다.

가엾게도 다음 대목에 나오는 다아시 양에 대한 그의 음모 이야기는, 바로 전날 아침 피츠윌리엄 대령과 자기 사이에 있었던 일에서 어떤 확증을 얻게 했고, 마지막에는 사건 전말의 진위를 피츠윌리엄 대령에게 조회해 달라고 쓰여 있었다.

엘리자베스는 전에 피츠윌리엄 대령으로부터 그의 사촌인 다아시 씨에 관한 일이라면 무엇이든 잘 안다는 이야기를 들은 적이 있었는데, 그의 인격을 의심할 하등의 이유가 그녀에게는 없었다.

한때 그녀는 그에게 마음을 바치기로 거의 결심한 적도 있었지만 이런 생각은 처음에는 어색한 감정 때문에 중단되었고, 나중에는 만약 다아시 씨가 그의 사촌의 확증을 믿지 않았다면 자기에게 청혼하는 위험을 무릅쓰지 않았으리라는 신념 때문에 아주 사라져 버리고 말았다.

엘리자베스는 위컴 씨를 이모부 댁에서 처음 만나던 날 저녁에 그와 나누었던 대화 내용을 모조리 기억하고 있었고, 그의 말씨까지도 생생히 기억했다. 엘리자베스는 그제야 초면인 사람에게 그러한 대화는 온당치 않았음에 생각이 미쳤고, 지금까지 그런 생각을 하지 못했던 것을 의아하게 여겼다. 엘리자베스는 비로소 그가 했던 야비한 행동과 언행의 불일치를 깨달을 수 있었다.

엘리자베스는 위컴 씨가 다아시 씨를 만나는 것을 조금도 두려워하지 않는다고 자랑하던 것, 오히려 자기가 의도를 변경하지 않는다면 다아시 씨가 네더필드를 떠날 것이라고 말하던 것, 그러면서도 바로 그다음 주에 네더필드에서 열렸던 무도회는 피했던 사실을 상기했다.

또한 네더필드 일가가 떠나기 전까지는 위컴 씨가 자기 이야기를 그녀 외에는 아무에게도 말하지 않다가 그들이 떠난 뒤에야 그의 이야기가 모든 곳에서 논의되었다는 것과, 다아시 씨 부친에 대한 자신의 존경심이 다아시 씨의 비행을 세간에 폭로하지 못하게 한다고 그녀에게 확신시켰으면서도 그가 다아시 씨의 인격을 깎아내리는 데에는 사양이나 주저함이 없었던 사실을 상기했다.

위컴 씨에 관한 모든 일이 이제는 왜 그렇게 사뭇 달리 보이는지 몰랐다. 킹 양에 대한 그의 친절도 오로지 돈만 바라는 가

증스러운 결과로 보였고, 그 여자의 재산이 많지 않은 수준임에도 결혼에 대한 그의 희망이 줄어들지 않았다는 것은 그가 아무것이나 붙잡으려고 갈망하고 있었다는 증거였다.

자기에 대한 그의 행동 또한 지금 생각해 보면 결코 용서할 수 없는 것이었다. 그는 엘리자베스가 재산이 좀 있는 줄 알았거나, 그렇지 않으면 엘리자베스가 경솔하게 보여 준 호감을 즐김으로써 자기의 허영심을 만족시키고 있었거나 둘 중의 하나였다.

위컴 씨에 대한 호의를 유지해 보려는 모든 노력은 점점 덧없어지고 반면에 다아시 씨의 정당성은 더욱 확신하게 되자, 오래전에 빙리 씨가 제인의 질문을 받고 그 사건에 있어서 다아시 씨의 결백을 주장하던 것을 인정하지 않을 수 없었다.

또한 다아시 씨의 태도가 비록 오만하고 냉담하긴 했어도 알고 지낸 이래―근래에는 상당히 가까워졌고 또 그의 생활 방식도 좀 이해하게 되었지만―그가 파렴치하다거나 부정하다고 말할 만한 행동을 하는 것은 한 번도 본 적이 없었고, 남들이 그의 불경하고 부도덕한 습성에 대해 말하는 것도 들어 본 적이 없었다는 사실을 수긍하지 않을 수 없었다.

그뿐만이 아니었다. 그가 자기 친척들 사이에서 존경을 받았다는 것, 위컴 씨조차도 그가 오빠로서는 훌륭하다고 인정했으며, 다아시 씨도 자애로운 감정을 느낄 수 있음을 입증할 만큼 자기 여동생을 무척 사랑스럽게 이야기하는 것을 그녀도 가끔 들었다는 것, 또 만약 그의 행위가 위컴 씨가 말한 대로였다면 그런 엄청난 범법 행위가 세상에 드러나지 않을 리가 결코 없다는 것, 그리고 그런 일을 할 수 있는 사람과 빙리 씨같이 상냥한 사람과의 우정은 결코 성립될 수 없다는 것 등도 인정하지 않을 수 없었다.

엘리자베스는 점점 부끄러워졌다. 다아시 씨든 위컴 씨든 그들을 생각하기만 하면 엘리자베스는 자기가 우매하고 편파적이었으며 편견을 지녔고 어리석었음을 통감했다.

엘리자베스는 속으로 부르짖었다.

'내 행동은 얼마나 비열했나! 안식(眼識)과 재능을 뽐내고, 언니의 관대한 담백함을 멸시하고, 공연히 아니꼬운 불신의 허영에 만족하지 않았던가? 얼마나 창피한 일이냐! 그러나 마땅하지! 내가 사랑에 빠졌더라도 그 이상 우매하진 않았으리라. 하지만 사랑이 아니라 허영이 내 과오였다. 한 사람의 편애에 기뻐하고, 다른 한 사람의 무시에는 화를 내고, 이래서 우리가 처음 사귈 때부터 나는 편견과 무지를 사모했고, 두 사람이 관련된 사건에 있어서 분별력을 잃어버렸다. 이 순간까지 나는 나자신을 까맣게 모르고 있었다.'

자기에게서 제인에게로, 또 제인에게서 빙리 씨에게로 그녀의 생각은 줄지어 이어졌다. 여기까지 이르자 이에 대한 다아시 씨의 설명이 매우 불충분하다는 생각이 들어서 엘리자베스는 다시 한 번 편지를 읽어 보았다. 찬찬히 읽어 본 결과는 매우 달랐다.

그녀가 믿지 않을 수 없었던 위컴 씨 건에 대한 다아시 씨의 주장을 어떻게 부인할 수 있단 말인가? 그는 제인의 애정을 전혀 의심치 않아 왔다고 분명히 말했고, 또 엘리자베스는 샬럿의 의견이 무엇이었던가를 상기하지 않을 수 없었다. 제인에 대한 다아시 씨의 진술의 타당성도 또한 부인할 수 없는 것이었다.

제인의 감정은 비록 열렬하기는 했어도 거의 드러나지 않았고, 또 제인의 태도와 품행에는 가끔 감정과 결부되지 않는 자기만족이 있었다. 다아시 씨가 그녀의 가족을 비난한—억울하지만 받아 마땅한—대목에 이르렀을 때, 그녀의 수치심은 더욱 깊어졌다.

이 비난의 타당성은 그것을 부정하기에는 너무도 강했으므로 엘리자베스에게 충격을 주었고, 네더필드의 무도회에서 일어났던 일과 또 처음에 다아시 씨가 확실하게 불만을 갖게 된 것은 그에게보다 엘리자베스의 마음에 더 강한 인상을 주었다.

엘리자베스와 언니에 대한 찬사는 자기 가족이 스스로 초래한 모욕을 조금 무마해 주긴 했지만, 그녀에겐 그다지 위로가 되지 못했다. 또 제인의 실망도 실상은 자기 식구들이 초래한 것이었고, 또 그런 창피한 행동 때문에 자기들 두 사람의 체면이 실제적으로 얼마나 손상되었는가 하는 데 생각이 미치자 엘리자베스는 한 번도 느껴 보지 못한 우울증에 빠졌다.

그녀는 사건의 전말을 재고해 보기도 하고, 그 타당성을 추정해 보기도 하고, 또 그렇게도 갑작스럽고 중대한 변화를 될 수 있는 한 수긍해 보기도 하면서 골목길을 무려 두 시간 동안이나 배회했다. 결국 몸도 피곤하고 또 오랫동안 집을 나와 있었다는 생각이 들어 집으로 돌아오고 말았다.

집으로 들어가면서 엘리자베스는 여느 때와 다름없이 유쾌한 기색을 보이려 했고, 사람들과의 대화를 방해할 만한 생각은 억누르기로 마음먹었다. 집 안에 들어서자마자 엘리자베스는 그녀가 나간 사이에 로징스에서 두 사람이 각각 다녀갔다는 말을 전해 들었다.

한 사람은 다아시 씨인데 겨우 몇 분 있다가 가 버렸고, 또 한 사람은 피츠윌리엄 대령으로 그녀가 돌아오기를 한 시간 동안이나 기다리다가 나중에는 그녀를 찾으러 가겠다고 하며 나갔다는 것이다.

엘리자베스는 그를 못 만난 것을 근심하는 체했으나 사실은

기뻤다. 피츠윌리엄 대령은 그녀에게 더 이상 문제가 되지 않았다. 그녀는 오직 편지만을 생각할 뿐이었다.

37

이튿날 아침 두 신사는 로징스를 떠났다. 콜린스 씨는 그들에게 작별 인사를 하려고 문지기 집에서 기다리고 있었는데, 로징스에서 최근에 우울한 일이 있었음에도 그들이 심신 양면으로 건강하고 명랑해 보이더라는 기쁜 소식을 들을 수 있었다. 콜린스 씨는 캐서린 영부인과 그 딸을 위로하느라고 로징스로 급히 달려갔으며, 돌아올 때엔 영부인이 무척 우울해서 그들과 저녁을 같이하고 싶어 한다는 매우 만족스러운 소식을 가지고 왔다.

엘리자베스는 캐서린 영부인을 대할 때마다 만약 자기가 원하기만 했다면 지금쯤은 자신이 미래의 조카며느리로 영부인에게 소개되었을 것이라는 생각을 하지 않을 수 없었고, 또 그럴 경우 영부인이 화내는 모습을 생각하고는 웃지 않을 수 없었다.

'영부인은 뭐라고 말할까? 어떻게 행동할까?'

엘리자베스는 이런 생각을 하면서 혼자 즐거워했다. 처음 화제는 로징스 파티의 사람 수가 줄었다는 것이었다. 캐서린 영부인은 이렇게 말했다.

"그 점을 나는 무척 가슴 아프게 생각해요. 친구를 잃는 것을 나만큼 절실하게 느끼는 사람도 아마 없을 거예요. 그 젊은이들에게는 특별한 애착을 느끼고 있었는데…… 물론 그 애들도 내게 무척 애착심을 가지고 있죠. 그런데 가 버리다니 정말 몹시 섭섭하군요. 하지만 그 애들은 늘 그래요. 대령은 마지막까지 곧잘 기분을 돌이키곤 하지만, 다아시는 지난해보다도 더 가슴 아프게 여기는 것 같더군요. 아마 로징스에 대한 애착이 커졌나 봐요."

콜린스 씨가 그녀의 말에 맞장구를 치면서 대화에 끼어들었다. 그러자 캐서린 영부인과 그 딸은 친절하게 찬성의 뜻을 표했다. 식사 후에 캐서린 영부인은 엘리자베스가 의기소침해 있는 것을 보고, 집에 돌아가는 것이 싫어 그러는 줄로 지레 짐작하고 이렇게 말했다.

"정 그렇게 떠나기 싫으시다면 좀 더 오래 머무르겠다고 어머님께 편지를 드리세요. 콜린스 씨 부인도 퍽 기뻐할 거예요."

"친절하신 초대에는 정말 감사드립니다. 그렇지만 그것을 받아들이는 것은 제 권한 밖의 일이에요. 전 다음 토요일에 런던에 가 있어야 하니까요."

엘리자베스가 대답했다.

"아니, 그렇다면 엘리자베스 양은 이곳에 겨우 6주일간만 머무르는 게 아녜요? 난 두 달간이라고 생각했는데. 엘리자베스 양이 오기 전에 콜린스 부인도 그렇게 말했죠. 이렇게 일찍 갈 필요가 있나요? 엘리자베스 양의 어머님도 2주일간 더 머물도록 허락하실 거예요."

"하지만 아버지께선 허락지 않으실 거예요. 빨리 돌아오라고 지난주에 편지까지 하신걸요."

"아이, 어머님이 허락하신다면 아버님께서도 허락하시겠죠. 딸들이란 아버지에겐 그리 대단한 존재가 아니거든요. 그리고 만약 한 달만 더 머문다면, 두 분 중 한 분은 내가 런던까지 데려다 주죠. 6월 초에 한 일주일간 런던엘 다녀와야 하니까요. 도슨이 마차의 마부석에 앉는 것을 싫어하지 않으니까 한 분쯤은 탈 자리가 있을 겁니다. 그리고 또 다행히 날씨가 선선해진다면 두 분 다 데리고 가죠. 두 분은 모두 몸이 작은 편이니까."

"친절은 고맙습니다만 아무래도 처음 계획대로 해야 할 것 같습니다."

캐서린 영부인은 단념했다.

"콜린스 부인, 두 분에게 하인을 딸려 보내야겠어요. 난 언제나 마음속에 있는 것을 털어놓는다는 사실을 아시지요? 젊은 아가씨 단둘이서 역마차로 여행한다는 것은 상상할 수도 없어요. 당치 않은 일이에요. 어떻게 해서든지 누굴 좀 딸려 보내세요. 정말 안 될 일이에요. 젊은 여자들이란 지위에 따라서 늘 적당한 보호를 받고 시중을 받아야 되는 법이죠. 질녀인 조지아나가 지난여름 램즈게이트에 갈 때에도 남자 하인들을 딸려 보냈죠. 그렇지 않았더라면 펨벌리의 다아시 씨 따님인 다아시 양과 앤 부인이 온당하게 보이지 않았을 겁니다. 난 이런 일에는 상당히 마음을 씁니다. 콜린스 부인, 존을 이분들과 함께 보내세요. 마침 생각이 나서 이런 말을 하게 되니 다행이군요. 정말이지 그냥 보냈더라면 망신 당할 뻔했어요."

"외삼촌께서 하인을 보내 주실 거예요."

"아, 외삼촌이라고요? 그분은 남자 하인도 부리고 있으시겠지요? 이런 일을 생각해 주시는 분이 계시다니 기쁘군요. 어디서 말을 바꾸겠어요? 아, 물론 브롬리에서겠죠. 벨 여관에 가서 내 이름을 대면 시중을 잘 들어 줄 거예요."

이 밖에도 캐서린 영부인은 그들의 여행에 대해 질문을 많이 했다. 그런데 자기가 한 질문에 대해 일일이 대답을 기다리지는 않았으므로 엘리자베스는 주의해서 듣지 않으면 안 되었다. 그것이 이다음에 도움이 되리라고 엘리자베스는 믿었다.

그렇지 않았더라면 그녀는 어수선한 마음에 자기 위치마저 잊어버렸을 것이다. 생각은 조용한 시간을 위해 남겨 두어야 하는 법이다. 홀로 있을 때면 엘리자베스는 언제나 커다란 안도감으로 생각에 잠기곤 했다. 하루라도 혼자 산책하지 않는 날이 없었고, 그럴 때면 으레 불유쾌한 회상에 잠기곤 했다.

다아시 씨의 편지는 이제 훤히 외울 지경이 되었다. 엘리자베스는 문장을 하나하나 검토해 보았다. 그럴 때마다 그에 대한 감정이 훨씬 달라졌다. 그가 구혼했을 때의 말투에 생각이 미치면 엘리자베스는 아직도 격분을 느끼지만, 그러나 자기가 또 얼마나 부당하게 그를 비난하고 꾸짖었는가를 생각하면 그녀의 노여움은 자신에게로 되돌아왔고 다아시 씨의 실망에 동정을 느꼈다.

그의 야성은 엘리자베스로 하여금 감사하는 마음을 일으키게 했고, 그의 무던한 성격은 존경심마저 일게 했다. 그러나 엘리자베스는 아직도 다아시 씨를 시인할 수가 없었고, 또 자기가 거절했던 것을 잠시라도 뉘우치지 않았으며, 더구나 그를 다시 만나고 싶은 마음은 조금도 없었다.

엘리자베스 자신이 과거에 한 행동은 괴로움과 후회의 원천이 되었고, 자기 가정의 불행한 결함 속에는 아직도 쓰라린 슬픔의 주원인이 있었다. 게다가 이런 것들을 구제할 희망이란 없었다. 엘리자베스의 아버지는 이런 것들을 대수롭지 않게 웃어

넘기는 것으로 만족하면서 젊은 딸들의 무모한 경솔함을 다스리려고 노력해 본 적이 없는 사람이었고, 또 어머니는 그런 나쁜 것은 자신에게는 있을 수도 없는 일이라며 전혀 무감각한 태도를 보이는 사람이었다. 엘리자베스는 종종 제인과 합심해서 캐서린과 리디아의 경솔한 언행을 제지해 보려고 노력했지만, 어머니의 관대함이 그들을 지지해 주는 한 개선의 여지가 있을 수 없었다.

마음이 여리고 성미가 급하여 동생인 리디아의 영향마저 받는 캐서린은 언니들의 충고가 모욕이나 되는 것처럼 늘 화를 냈고, 또 무엇이든지 제멋대로 하려 들고 조심성이 없는 리디아는 언니들의 말에 거의 귀를 기울이지 않았다.

동생들은 무식하고 게으르고 게다가 허영심까지 있었다. 메리턴에 장교들이 있는 한 그들은 장교들과 어울릴 것이고, 메리턴이 롱본에서 걸어갈 수 있을 정도로 가까운 곳에 있는 한 그들은 언제까지나 메리턴을 왕래할 것이다.

제인을 위한 걱정은 엘리자베스에게 또 하나의 커다란 관심사였다. 다아시 씨의 변명으로 그녀는 빙리 씨를 전처럼 훌륭한 사람이라고 생각하게 되었으므로 제인이 잃은 것에 대해 많은 생각을 하게 되었다. 빙리 씨의 애정이 성실한 것이었음이 증명되었고, 또 그가 무한히 다아시 씨를 망신시키고 있다는 비난이라면 모르되, 그 외의 모든 비난은 그 자신의 행동이 제거해 주었다.

자기 가족이 어리석고 무례했기 때문에 제인이 어느 모로 보나 부유하고 행복이 넘치는 혼처를 빼앗겼다는 생각을 하면 엘리자베스는 괴롭고 슬퍼서 견딜 수가 없었다. 이러한 생각에 위컴 씨의 인격에 관한 새로운 사실이 겹쳤을 때, 전에는 거의 상처받아 본 적이 없었던 그녀의 유쾌한 마음이 이 세상에 즐겁게 보이는 것이라고는 아무것도 없을 정도로 불쾌하게 변하는 것은 당연한 일이었다.

엘리자베스의 체류 기간 중 마지막 일주일 동안에는 첫 번째 주일처럼 로징스에서 파티가 잦았다. 그녀는 마지막 날 밤도 로징스에서 보냈다. 캐서린 영부인은 또 그들의 여행에 대해 상세하게 캐물었고, 짐을 꾸리는 좋은 방법도 가르쳐 주었다. 그리고 자기가 가운을 개는 방법이 독특하며 올바르다고 어찌나 강조하던지, 마리아는 아침내 꾸려 놓은 짐을 도로 풀어 지레 짐작대로 다시 꾸려야 했다.

그들이 떠날 때 캐서린 영부인은 즐거운 여행이 되기를 바란다고 말하고, 친절하게도 내년에 다시 헌스퍼드로 와 달라고 초대까지 했다. 드 버그 양도 두 사람에게 인사를 하고 손을 내미는 수고를 아끼지 않았다.

토요일 아침 식사 때, 엘리자베스는 다른 사람들이 들어오기 몇 분 전에 콜린스 씨를 만났다. 그래서 콜린스 씨는 그가 꼭 필요하다고 생각하는 작별 인사를 엘리자베스에게 할 수 있었다. 그는 이렇게 말했다.

"엘리자베스 양, 이렇게 친절하게 저희를 찾아 주신 데 대한 마음을 아내가 이미 표시했는지는 모르겠습니다만, 아내의 감사를 받지 않고 떠나시리라고는 믿지 않습니다. 여기 오셔서 머물러 준 호의에 대해선 매우 감사히 여기고 있습니다. 이처럼 누추한 곳에 누구를 청한다는 게 얼마나 외람된 일인가를 우리는 알고 있습니다. 우리의 생활 양식이 단조롭고 방들도 옹색한 데다가 하인도 몇 안 되고, 또 우리가 세상일을 잘 모르는 탓에 이 헌스퍼드의 생활이 당신처럼 젊은 아가씨에겐 무척 지루했으리라고 여겨집니다. 그러나 당신의 친절을 우리가 감사하고 있다는 것과, 또 당신이 유쾌한 시간을 보낼 수 있도록 우리가 최선의 노력을 다했다는 것만은 믿어 주시길 바랍니다."

엘리자베스는 감사한 마음을 전하고 그동안 아주 행복했다고 진심으로 말했다. 자기는 6주일 동안 매우 즐겁게 보냈고, 샬럿과 함께 있어서 무척이나 기뻤으며, 그동안 받은 친절한 보살

픔은 자기가 많은 은혜를 입은 사람임을 느끼게 했다고 덧붙여 말했다. 그녀의 말에 콜린스 씨는 대단히 만족해하며 더욱 점잖게 미소를 띠면서 이렇게 대답했다.

"불쾌하지 않게 보내셨다니 무척 기쁩니다. 사실 우린 최선을 다했죠. 다행히도 당신을 상류 사교계에 소개해 드릴 수가 있었고, 또 우리와 로징스 댁과의 인연으로 종종 단조로운 생활에 변화를 줄 수 있었기 때문에, 당신의 이번 헌스퍼드 방문은 그래도 지루하지는 않았으리라고 믿습니다. 사실 캐서린 영부인 일가와 저희의 관계는 소수의 사람만이 자랑할 수 있는 특별한 유익과 축복을 지닌 그런 것이죠. 우리의 지위가 어떤 것이며, 또 우리가 얼마나 로징스 댁과 거리낌 없고 허물없이 교제하고 있는가를 아셨을 겁니다. 사실 이 누추한 목사관이 불편하긴 하지만, 누가 여기에서 기거한다 하더라도 로징스 댁과 친교를 맺을 수 있는 한은 결코 동정의 대상은 되지 않으리라고 저는 생각합니다."

그는 감정을 고양시키기에 말로써는 부족했는지 한동안 방 안을 이리저리 걸어 다녔다. 그동안 엘리자베스는 짧은 문장 몇 개로 예의와 사실을 결합해 보려고 했다. 그는 말을 이었다.

"이제 돌아가시거든 하트퍼드셔에 계신 분들께 우리가 아주 잘 지내고 있다는 소식을 전해 주셨으면 좋겠습니다. 적어도 전 당신이라면 그 일을 할 수 있으리라고 믿습니다. 캐서린 영부인이 제 아내를 얼마나 친절하게 보살펴 주시는가를 당신은 매일 보아 오셨으니까요. 그렇기 때문에 저는 아내가 불행하다고 전혀 생각지 않습니다. 그러나 이것은 말씀하지 않으시는 게 좋겠군요. 단지 하나 엘리자베스 양에게 확신시켜 드릴 것은, 이다음에 당신이 결혼하면 저희처럼 행복하게 되시기를 충심으로 기원한다는 사실입니다. 저와 사랑하는 아내는 오로지 한마음을 지니고 있으며, 사고방식도 한가지입니다. 모든 점에서 성격과 이상이 아주 비슷하죠. 마치 서로를 위해서 태어난 것 같습니다."

엘리자베스는 그렇게 성격과 이상이 비슷한 두 사람이 결혼한다면 매우 행복할 것이라고 편안한 감정으로 말할 수 있었고, 또 똑같이 성실한 마음으로 콜린스 씨 가정의 행복을 확신하므로 기쁘다고 덧붙여 말할 수도 있었다.

그러나 그녀가 하려던 이러한 말들은 방금 말한 가정의 행복의 원천인 부인이 방에 들어옴으로써 그만 중단되었다. 하지만 엘리자베스는 이 일을 조금도 섭섭하게 생각하지 않았다. 가엾은 샬럿! 이러한 곳에 그녀를 남겨 둔다는 것은 서글픈 일이었다.

하지만 모든 것은 그녀 스스로 선택한 것이었다. 샬럿은 그들이 떠나는 것을 분명히 섭섭해했지만 동정을 원하는 것 같지는 않았다. 샬럿의 가정과 살림살이, 교구(教區)와 닭과 오리, 그리고 여기에 딸린 자질구레한 것들은 아직 나름대로의 매력을 잃지 않고 있었던 것이다. 드디어 마차가 왔다.

트렁크는 마차에 매달고 작은 짐은 마차 안에 집어넣었다. 출발 준비가 다 되었다고 하인이 알려 왔다. 친구들과 다정하게 이별을 나눈 뒤에 엘리자베스는 콜린스 씨의 부축을 받으며 마차로 갔다.

정원을 걸어 내려오면서 그는 엘리자베스의 식구들에 대한 인사와, 지난겨울 롱본에서 그가 받은 친절에 대한 감사와, 잘 모르긴 하지만 가드너 씨 부부에게도 안부를 전해 줄 것을 엘리자베스에게 부탁했다.

콜린스 씨의 부축을 받아 엘리자베스가 마차 안으로 들어가고, 그 뒤를 따라 마리아가 올라탔다. 마차 문을 닫으려는 순간, 그가 갑자기 놀란 표정으로 이제까지 로징스의 부인들에게 인사말 전하는 것을 잊었다고 깨우쳐 주었다. 그러면서 이렇게 덧붙였다.

"물론 로징스에 계실 때 베풀어 주신 친절에 대한 감사와 더불어 인사의 말씀을 그분들께 전하기를 원하시겠죠."

엘리자베스는 이의를 제기하지 않았다. 문이 닫히고 마차는 떠났다. 몇 분간의 침묵이 흐른 뒤에 마리아가 외쳤다.

"참 이상해! 우리가 여기에 온 것이 하루 이틀밖엔 안 되는 것 같아. 그런데도 얼마나 많은 일이 있어났는지 몰라!"

"정말 많은 일이 일어났어."

엘리자베스는 한숨을 쉬며 말했다.

"로징스에선 차를 두 번 마신 것 외에도 아홉 번이나 함께 식사를 했지! 할 말이 얼마나 많은지 모르겠어!"

"나는 또 숨길 일이 얼마나 많은지……."

엘리자베스는 혼잣말로 중얼거렸다.

별로 대화도 나누지 않고, 또 별 걱정도 없이 그들의 여행은 계속되었다. 헌스퍼드를 떠난 지 4시간이 못 되어 가드너 씨 댁에 도착했다. 그들은 여기서 며칠 동안 묵기로 했다. 제인은 건강해 보였지만, 친절한 외숙모가 마련해 준 여러 가지 파티 때문에 엘리자베스는 제인의 기분을 살필 기회가 별로 없었다.

어쨌든 제인은 곧 자기와 같이 집으로 돌아가게 되어 있으니까 롱본에 가면 충분히 관찰할 시간이 있으리라고 엘리자베스는 생각했다. 그러나 제인에게 다아시 씨의 구혼 이야기를 하지 않고 롱본으로 돌아갈 때까지 기다린다는 것은 여간 힘든 일이 아니었다.

제인을 깜짝 놀라게 해 줄 만한 힘이 자기에게 있다는 것, 그와 동시에 이론적으로는 밝힐 수 없으나 아직 마음에서 가시지 않은, 자기의 허영심을 틀림없이 만족시켜 줄 만한 사실을 말할 수 있는 힘을 지녔다는 것을 알기 때문에, 모든 것을 털어놓고 이야기해 버리고 싶은 강한 유혹을 느꼈다.

이 유혹은, 그녀가 어느 정도까지 제인에게 이야기해 줄지를 아직 결정짓지 못했다는 것과, 또 그 화제를 일단 꺼내기만 하면 빙리 씨 이야기가 자꾸 튀어나와서 제인을 더욱 비탄 속에 빠뜨리지나 않을까 하는 걱정 외에는 다른 어떠한 것도 억제할 수 없는 강렬한 유혹이었다.

39

5월 둘째 주일, 세 젊은 아가씨는 그레이스처치 가를 출발하여 하트퍼드셔의 어느 곳으로 향했다. 베넷 씨의 마차가 그들을 기다리기로 약속한 여관에 가까이 오자, 마부가 시간을 지킨 보람이 있어 그들은 키티와 리디아가 이층 식당에서 밖을 내다보고 있는 것을 재빨리 알아차렸다.

이 두 소녀는 맞은편에 있는 상점에 들르거나 파수 보는 문지기를 감시하고, 또 오이생채를 만드는 등 재미있게 시간을 보내면서 한 시간 남짓 그곳에서 기다리는 중이었다. 그들은 언니들을 환영한 다음에 여관 식량 저장실에서 흔히 볼 수 있는 냉동 고기로 차린 식탁을 의기양양하게 내보이면서 소리쳤다.

"근사하지 않아요? 놀랄 만큼 맛이 좋을 거예요."

리디아가 덧붙여 말했다.

"언니들을 대접할 생각예요. 하지만 돈 좀 꿔 줘야겠어요. 저 상점에서 우리 돈을 다 써 버렸거든요."

그러고는 산 것을 내보이면서 말했다.

"이거 봐요, 언니. 이 모자를 샀어요. 그리 예쁘진 않지만 사는 편이 좋을 거라고 생각했죠. 집에 가면 뜯어 버릴 거야. 그리고 근사하게 다시 만들 테니 두고 보세요."

언니들이 모자가 보기 싫다고 하자 리디아는 이에 아랑곳하지 않고 말을 이었다.

"하지만 가게에는 이것보다 훨씬 더 보기 싫은 게 두세 개나 있는걸요. 그런 것들은 빛깔이 예쁜 수실을 사서 가장자리를 새로 꾸미고 손질을 하려면 더 성가셔요. 더구나 군대가 메리턴을 떠나 버리면 올 여름엔 무슨 모자를 쓰든 그리 문제가 되지 않거든요. 두 주일만 있으면 떠난대요."

"정말 떠난다니?"

엘리자베스는 매우 기뻐서 소리쳤다.

"브라이턴 근방에서 야영하게 되었나 봐요. 난 아버지에게 여름 동안 우리들을 브라이턴에 데려가 달라고 막 조를 테야. 참 재미있는 계획이죠. 아마 비용도 얼마 안 들 거예요. 엄마도 다른 일 제쳐 놓고 가고 싶어 하실 거구요. 그렇게라도 하지 않으면 이번 여름이 얼마나 초라할 것인지 생각해 보세요."

엘리자베스는 생각했다.

'그래, 확실히 유쾌한 계획일 테지. 또 우리에게도 유익한 점이 많고. 그런데 맙소사! 브라이턴과 야영하는 군인들이라니? 한 연대의 군인들 때문에 우리가 이미 결딴이 나지 않았어? 그리고 또 메리턴에서 다달이 열리던 그 무도회는 뭐람!'

모두가 식탁에 둘러앉자 리디아가 또 입을 열었다.

"그런데 언니, 알려 드릴 뉴스가 있는데 뭔지 알아맞혀 봐요, 네? 아주 멋지고 근사한 뉴스예요. 우리들이 모두 좋아하는 어떤 사람에 대한 거야."

제인과 엘리자베스는 서로 얼굴을 쳐다보았다. 그러고는 웨이터에게 서 있지 않아도 된다고 말했다. 그러자 리디아가 웃으면서 말했다.

"아이, 언니는 저렇게 격식을 차리고 신중을 기한다니까. 웨이터는 내가 말하려는 것보다 더 나쁜 얘기들도 종종 들을 거예요. 하지만 보기 싫은데 잘 갔어요. 저렇게 긴 턱은 난생처음 봤어. 그건 그렇고……. 내 뉴스란 위컴 씨에 관한 거예요. 웨이터가 듣기엔 너무 좋은 소식이죠? 위컴 씨는 메리 킹과 결혼하지 않는대요. 어때요? 메리는 리버풀에 있는 아저씨 댁으로 갔대요. 거기 머문다나. 이제 위컴 씨는 안전하죠?"

"메리 킹도 안전하지. 재산이라는 관점에서 본다면 그런 경솔한 결혼을 면했으니 말이야."

엘리자베스가 덧붙여 말했다.

"위컴 씨를 좋아했으면서 그냥 가 버리다니 메리는 참 바보야."

"하지만 양쪽 다 열정이나 애정은 없었던 것 같아."

제인이 말했다.

"물론 위컴 씨 쪽엔 없었죠. 장담해요. 위컴 씨는 메리에겐 조금도 신경 쓰지 않았으니까요. 그렇게 작고 지저분하고 주근깨가 많은 여자를 누가 거들떠나 보겠어요?"

엘리자베스는 아무리 자신이 이러한 상스러운 표현을 쓰지 않는다 하더라도 감정의 상스러움만은, 지난날 자신의 마음이 편견 없이 품고 그렸던 것과 거의 다를 바가 없다는 생각을 하고서는 충격을 받지 않을 수 없었다.

식사를 마치자 언니들이 값을 치르고 곧 마차를 불렀다. 잠시 생각한 끝에 그들은 상자들과 반짇고리, 작은 짐 꾸러미, 또 키티와 리디아가 산 반갑지 않은 물건들을 안고 마차에 올라타 앉았다. 리디아가 또 말을 꺼냈다.

"아주 근사하게 좁혀 앉았군요. 모자는 참 잘 샀어요. 다른 상자에 있는 것은 단지 재미로 산 것이지만. 그건 그렇고 우리 집에 갈 때까지 웃고 얘기하면서 즐겁고 편안하게 가요. 우선 그동안 언니들에게 일어났던 이야기를 좀 들려주세요. 맘에 드는 남자들을 만나 봤어요? 또 재미있게 놀았나요? 돌아올 때에는 누구든지 결혼해서 오길 무척 바랐는데. 큰언니는 조금 있으면 노처녀가 되겠어요. 벌써 스물세 살 아녜요? 내가 스물세 살까지 결혼을 못 하고 있으면 얼마나 창피할까? 언니가 결혼하기를 필립스 이모가 얼마나 바라는지 언닌 생각도 못 할 거예요. 그리고 이모가 그러는데 둘째 언니는 콜린스 씨하고 결혼했더라면 좋았을 뻔했대요. 농담이라고는 생각하지 않아요. 아이, 난 언니들보다 먼저 결혼하고 싶어. 그럼 무도회에는 언니들의 보호자로 따라갈 텐데. 요전엔 포스터 대령님 댁에서 아주 재미있게 놀았어요. 그날 키티와 나는 대령님 댁에서 지내기로 되어 있었거든요. 포스터 부인은 저녁에 작은 무도회를 열겠다고 약속했죠. 포스터 부인과 나는 그 정도로 친한 사이라고요. 그래서 해링턴 댁의 두 딸을 청했잖아요. 아, 그런데 해리엇이 아프다지 뭐예요. 할 수 없이 펜이 혼자 와야만 했어요. 그래서 우리가 어떻게 했는지 아세요? 체임벌린 씨더러 여자 행세를 하라고 여장을 시켰지 뭐예요. 얼마나 우스웠겠나 생각 좀 해 보세요. 대령님과 그 부인, 키티와 나, 그리고 필립스 이모밖에는 아무도 이 사실을 몰랐어요. 이모한테서 가운을 하나 빌려야 했기 때문에 이모도 자연히 아시게 됐죠. 그래도 그가 얼마나 근사하게 보였는지 언니들은 상상도 못 할 거예요. 데니 씨와 위컴 씨, 프래트 씨, 그 밖에 두세 사람이 더 들어왔지만 그를 전혀 알아보지 못했어요. 나와 포스터 부인은 어찌나 웃었던지 죽는 줄 알았어요. 아, 그런데 너무 웃어서 남자들이 눈치챘지 뭐예요. 그래서 곧 탄로 나고 말았죠.”

리디아는 키티의 암시와 조언을 받아 가며, 자기들이 파티에 참석했던 이야기와 즐거운 농담으로 롱본까지 가는 동안 언니들을 즐겁게 해 주려고 애썼다. 엘리자베스는 될 수 있는 대로 듣지 않으려고 했으나 위컴이란 이름이 자주 언급되는 것을 피할 수는 없었다.

집에서는 무척 다정스럽게 그들을 맞아 주었다. 베넷 부인은 제인이 여전히 아름다운 것을 보고 기뻐했고, 베넷 씨는 저녁을 먹는 동안 몇 번이나 이렇게 말했다.

“리지야, 돌아와서 반갑구나.”

루카스 댁의 가족 대부분이 마리아를 맞아서 소식을 들으려고 왔기 때문에 식당에서 가진 파티는 굉장했다. 따라서 화제도 다양했다.

루카스 경 부인은 식탁 너머로 마리아를 바라보며 맏딸의 행복이나 닭과 오리에 대한 이야기를 물었고, 베넷 부인은 거기에 더해 자기보다 조금 아래쪽에 앉아 있는 제인에게서 최신 유행에 관한 이야기를 들으랴, 두 가지 일을 한꺼번에 하느라 바빴다.

리디아는 좌중에서 제일 큰 목소리로 누구든지 들으라고 아침나절의 여러 가지 즐거웠던 일들을 늘어놓고 있었다.

리디아는 이렇게 말했다.

"아, 메리 언니, 우리와 같이 갔더라면 좋았을걸 그랬어. 얼마나 재미있었다고. 갈 때에는 차일을 모두 걷어 올리고 마차 안에는 아무도 없는 것처럼 꾸몄지. 키티 언니가 아프지만 않았더라면 줄곧 그렇게 하고 갔을 거야. 조지 여관에 가서도 아주 멋지게 행동했지. 세 언니에게 세상에서 제일 근사한 냉동 고기로 점심을 대접했으니까 말이야. 언니도 갔더라면 우리가 한턱냈을 텐데. 돌아올 때에도 굉장히 재미있었어. 마차 안에 도저히 다 못 탈 줄 알았거든. 난 우스워 죽을 뻔했어. 집에 올 때까지 참 즐거웠어. 어찌나 큰 소리로 웃고 떠들었는지 아마 십 리 밖에 있는 사람도 다 들었을 거야."

이 말에 메리는 엄숙하게 대답했다.

"리디아, 그런 쾌락을 무시할 생각은 추호도 없어. 그런 것은 아마 여자의 일반적인 습성에 알맞은 것이겠지. 하지만 내겐 통매력이 없어. 난 그보다는 책 한 권이 훨씬 더 좋아."

그러나 리디아는 메리의 말을 전혀 듣지 않았다. 리디아는 누구에게든지 30초 이상 귀를 기울여 본 적이 거의 없었다. 더구나 메리의 말에는 처음부터 주의를 기울이려 하지 않았다.

오후가 되자 리디아는, 다른 처녀들과 함께 메리턴에 가서 군인들이 어떻게 지내고 있는지 보자고 성화같이 재촉했다. 그러나 엘리자베스는 끝까지 반대했다. 베넷 가의 딸들이 집에 돌아온 지 반나절도 채 안 되어 군인들을 따라다닌다는 것은 있을 수 없는 일이었다.

이유는 그 밖에도 또 있었다. 즉 엘리자베스가 위컴 씨와 다시 만나는 것을 꺼렸던 것이다. 될 수 있는 한 언제까지나 그와는 만나지 않기로 그녀는 결심했다. 머지않아 부대가 이동한다는 소식을 들은 엘리자베스의 기쁨은 사실상 말로 표현할 수 없을 정도였다.

2주일만 있으면 부대는 떠난다. 일단 떠나기만 하면 더 이상 위컴 씨의 일로 해서 자신을 괴롭히는 일이 없기를 엘리자베스는 바랐다.

엘리자베스는 집에 돌아온 지 몇 시간도 안 되어, 여관에서 리디아가 얘기했던 브라이턴으로의 여행 계획이 부모님 간에 자주 논의되고 있다는 사실을 알게 되었다. 아버지는 승낙할 생각이 추호도 없다는 것을 엘리자베스는 곧 알아챘지만, 그 대답이 너무 모호해서 어머니는 가끔 낙심을 하면서도 기어이 계획을 성사시키겠다는 희망을 아직 포기하지 않은 것 같았다.

40

엘리자베스는 제인에게 모든 사실을 알리고 싶은 충동을 더 이상 참을 수가 없었다. 그래서 제인이 관련된 모든 사항만은 빼놓기로 마음먹고, 그녀가 놀랄 것이라고 생각하면서 다아시 씨가 자기에게 구혼하던 날에 일어났던 일의 골자만을 이야기해 주었다.

제인은 매우 놀랐지만, 다른 사람들이 엘리자베스를 아무리 지나치게 칭찬한다 해도 그것을 당연하게 여기는 언니로서의 강한 편애 때문에 놀라움은 곧 가시고 다른 감정으로 바뀌었다.

제인은, 다아시 씨가 자기 감정을 그렇게도 부적절한 방법으로 엘리자베스에게 전하려 했음을 섭섭하게 생각했고, 엘리자

베스의 거절이 다아시 씨에게 주었을 불행에 대해서는 매우 안타까워했다. 제인은 이렇게 말했다.

"다아시 씨가 자신의 성공을 너무 과신한 것은 잘못이야. 더욱이 그런 감정을 얼굴에 나타내지는 말았어야 했어. 그런 만큼 그의 실망은 또 얼마나 컸겠니."

엘리자베스는 이렇게 대답했다.

"다아시 씨에겐 정말 미안해. 하지만 그분은 나에 대한 호감을 이내 씻어 버릴 다른 감정도 지니고 있어. 언니, 그분을 거절했다고 날 탓하진 않겠지?"

"널 탓한다고? 아니, 그렇지 않아."

"그래도 내가 위컴 씨를 너무 좋게 말한 것은 나무랄걸? 하지만 바로 그다음 날 벌어진 일을 마저 들어 봐."

엘리자베스는 편지 이야기를 하고 위컴 씨에 대해 모조리 말했다. 가엾게도 제인이 받은 타격은 컸다. 제인은, 많은 악을 지닌 그런 개인이 인류 중에 더러 존재한다는 사실을 모르고서도 한세상을 즐겁게 살아갈 수 있는 사람이었다.

다아시 씨의 누명이 벗겨져서 제인의 마음이 좀 기쁘긴 했지만 위컴 씨가 악인이라는 사실을 무마해 주진 못했다. 제인은 아주 진지하게 거기에 무슨 오해라도 있지 않았는지 밝히려 애썼고, 다아시 씨를 끌어들이지 않고 위컴 씨의 결백을 밝히려고 노력했다.

"소용없어, 언니. 언닌 어떻게든지 두 사람 모두를 좋게 해석하려 하지만 그건 절대로 안 될 거야. 언니 마음대로 생각하는 건 좋지만 어느 한 사람한테만 만족해야 돼. 물론 두 사람 다 장점은 있어. 그걸 합해서 꼭 한 사람의 선인을 만들 만큼 말이야. 그런데 요즘은 그 장점이 이 사람에게로 갔다가 또 저 사람에게로 갔다가 해서 도무지 누가 선인인지 분간할 수가 없어. 나는 다아시 씨가 전부 옳은 것 같아. 하지만 언니는 언니 마음대로 생각해."

얼마 있다가 제인은 억지로 웃으면서 이렇게 말했다.

"아까하고 지금 중 언제 더 충격을 많이 받았는지 모르겠어. 위컴 씨가 그렇게 나쁜 사람이라니. 도무지 믿어지지가 않아. 그리고 다아시 씨도 가엾지! 리지, 그가 얼마나 괴로워했겠나 한번 생각해 봐. 굉장히 실망했을 거야. 더구나 네가 자기를 나쁘게 생각하고 있다는 것을 알았으니 말이야. 그러고도 자기 누이동생 얘기를 해야 했으니…… 정말 너무 불쌍해! 너도 틀림없이 그렇게 생각하겠지."

"아니, 처음에는 나도 후회하고 동정했는데 언니가 그러는 걸 보고 그런 마음이 사라져 버렸어. 언니가 너무 관심을 갖는 걸 보니까 난 점점 더 무관심해지고 냉담해져. 언니가 동정심을 낭비한 대신 난 좀 절약해야겠어. 언니가 한탄하면 할수록 내 마음은 새털처럼 더 가벼워질 거야."

"가엾은 위컴 씨! 용모에는 그렇게도 착실함과 덕망이 넘치고 몸가짐도 그렇게 관대하고 정중하더니!"

"두 사람의 교육에는 아마도 어떤 커다란 잘못이 있었나 봐. 한 사람은 모든 미덕을 지니고 있고, 또 한 사람은 그 간판만 지니고 있으니 말이야."

"넌 전엔 다아시 씨란 사람이 그 간판조차도 없는 인물이라고 생각했지만, 난 한 번도 그렇게 생각한 적이 없었어."

"난 그렇게 남을 이유 없이 미워함으로써 눈에 띄게 영리해질 생각이었어. 그러면 사람의 천품이 자극을 받아서 지혜가 열리거든. 올바른 말을 한마디도 하지 않고서 남을 늘 욕할 수는 있지만, 무언가 재치 있는 말을 때때로 하지 않고서는 언제나 남을 비웃을 수는 없어."

"리지야, 그래도 네가 처음 편지를 읽었을 땐 지금처럼 자신만만하게 처신할 수는 없었을 거야."

"물론 그럴 수 없었어. 난 무척 불안했어. 불안했다기보다 불행했대도 과언이 아니야. 내가 느끼는 걸 얘기할 상대도 없었지 뭐야. 날 위로해 주고, 내가 그렇게 연약하고 허영심 많으며 또 어리석지는 않았다고 말해 줄 언니도 없었고. 하기야 지금은 내가 그랬었다는 것을 알고 있지만. 그래도 그땐 언니가 옆에 있었으면 하고 얼마나 바랐는지 몰라."

"위컴 씨 얘기를 다아시 씨에게 할 때면 언제나 강한 표현만 써 왔으니 넌 참 운도 없구 뭐니. 이제 와선 그 말들이 전혀 부당했다는 게 드러났으니 말이야."

"물론이지. 다아시 씨를 혹독하게 말한 불운은 내가 그분에 대해 가져 왔던 편견이 초래한 가장 당연한 결과야. 한 가지 언니의 충고를 듣고 싶은 게 있어. 우리가 아는 모든 사람에게 위컴 씨의 인격을 알려야 할까, 아니면 그냥 둬야 할까?"

제인은 잠깐 생각하더니 이렇게 대답했다.

"꼭 그렇게 무참하게 폭로할 필요는 없지 않을까? 네 의견은 어때?"

"나도 그런 일은 하지 않는 게 좋을 것 같아. 다아시 씨도 내게 자기 말을 공표할 권리를 준 것은 아니니까. 그건 그렇고 그분 누이동생에 관련된 사실은 될 수 있는 한 나만 알고 있을 작정이야. 그 사건 이후 위컴 씨의 소행에 관해서 지금까지 알려진 것은 모두 거짓이라고 깨우쳐 봤자 누가 날 믿겠어? 다아시 씨에 대한 일반적인 편견은 너무도 강해서, 그분을 우호적인 시각에 놓이게 하려면 메리턴 사람들이 절반은 죽어야 할 거야. 내게 어디 그럴 힘이 있어? 위컴 씨는 곧 떠나게 될 테니까, 그의 본래 인격이 어떻든 여기 남아 있는 사람들에겐 그리 대수로운 문제가 아닐 거야. 훗날 언젠가는 모든 사실이 밝혀질 때가 오겠지. 그땐 왜 그걸 바보같이 진작 몰랐느냐고 사람들을 비웃어 줄 수도 있잖아? 그러니까 지금은 거기에 대해선 아무 말도 안 할래."

"네 말이 옳아. 지금 위컴 씨의 비행을 세상에 공표한다면 영원히 그분을 망칠지도 몰라. 지금쯤은 위컴 씨도 과거에 저지른 일을 후회하고 명예를 회복하기를 원하고 있을 거야. 그분을 절망시켜서는 안 돼."

엘리자베스는 마음의 동요가 이러한 대화로 인해 가라앉았다. 엘리자베스는 2주일간 그녀의 마음을 짓누르던 두 가지 비밀을 털어놓았다. 이제는 제인이 다아시 씨든 위컴 씨든 누구 이야기를 다시 꺼내더라도 기꺼이 들을 수 있었다.

그러나 마음 한구석에는 아직도 무언가 도사린 것이 있었다. 엘리자베스의 이성은 그것을 드러내기를 두려워했다. 그녀는 제인에게 다아시 씨 편지의 나머지 절반을 감히 이야기할 수가 없었고, 더구나 빙리 씨가 제인을 얼마나 성실하게 사랑했던가를 말할 수가 없었다.

여기에 그녀만이 아는, 아무도 끼어들 수 없는 비밀이 있었다. 그리고 제인과 빙리 씨 두 사람 간의 완전한 이해만이 최후

의 장애물인 비밀을 벗겨 줄 것이라는 사실을 그녀는 잘 알고
있었다.

'일어날 것 같지도 않은 그런 일이 일어나야만, 빙리 씨가 훨
씬 유쾌한 태도로 말할지도 모를 내용을 나는 겨우 밝힐 수 있
을 뿐이야. 언어의 자유는, 그 말이 완전히 가치를 상실해 버릴
때까진 내 것이 못 돼.'

엘리자베스는 혼자 중얼거렸다. 집에 돌아와서 안정된 지금
에서야 엘리자베스는 제인의 기분을 살펴볼 여유가 생겼다. 제
인은 행복하지 않았다. 그녀는 아직도 매우 부드러운 애정을 빙
리 씨에게 품고 있었다.

과거에 사랑에 빠졌다고는 상상조차 해 본 적이 없는 제인이
었기 때문에 그녀의 애정은 초연히 모든 정열을 지니고 있었고,
제인의 나이로 인해 흔히들 초연하다고 자랑하는 그 이상의 굳
은 견실성을 지니고 있었다. 또 빙리 씨와의 추억을 어찌나 소
중히 여기고 다른 모든 남자보다 그를 어찌나 좋아하는지, 슬픔
의 늪에 빠져서 자신의 건강과 친구들의 평온을 해치지 않도록
그녀의 모든 분별력과 친구들의 동정에 대한 친절한 마음으로
억제해야만 할 정도였다.

하루는 베넷 부인이 엘리자베스에게 다음과 같이 말했다.

"그런데 리지야, 너는 언니 일을 어떻게 생각하니? 나는 이제

다신 아무에게도 그 이야기를 하지 않기로 결정했다. 요전에 필립스 이모에게도 그렇게 말했단다. 하지만 제인이 런던에서 빙리 씨를 만났는지 안 만났는지 도대체 알 수가 있어야지. 하여튼 그 사람은 아주 형편없는 청년이야. 지금도 제인이 그와 결혼할 기회가 추호라도 남아 있다고는 생각하지 않아. 알 만한 사람에겐 모두 물어봤는데 이번 여름에 그가 네더필드에 다시 온다는 말은 통 없더라."

"그분은 다시 네더필드에 와서 살지는 않을 거예요."

"그거야 생각하기 나름이지. 아무도 그가 오기를 바라는 사람은 없으니까. 하기야 난 그 작자가 내 딸을 망쳐 놓았다고 계속 떠들고 다닐 작정이다. 만약 내가 제인이라면 난 그를 그냥 두진 않았을 거야. 제인이 가슴이 터져 죽고, 그래서 그놈이 후회하는 꼴이라도 봐야 속이 좀 후련해지겠어."

엘리자베스로서는 그런 기대로써 위로를 받을 수는 없었기 때문에 대답을 하지 않았다. 그랬더니 얼마 안 있다가 베넷 부인이 다시 말했다.

"그래, 리지야, 콜린스 씨 부부는 잘 살더냐? 나야 그들이 계속 행복하기를 바랄 뿐이다. 그리고 식탁은 어떻게 차리더냐? 샬럿이야 아주 착실한 살림꾼이지. 자기 어머니의 반만큼만 야무지다면 저축도 꽤 할 거다. 그 사람들 살림에는 아마 낭비라는 건 없을걸."

"없어요, 조금도."

"꽤 잘 꾸려 나갈 거야. 틀림없지. 지출이 수입을 넘지 않도록 조심할 테고. 그래서 돈 때문에 걱정하는 일은 없을 거다. 그러는 것이 자신들에겐 좋지. 그런데 너희 아버지가 돌아가시면 롱본이 자기들 것이 된다고 가끔 얘기하지 않던? 아버지가 돌아가시기만 하면 완전히 자기들 소유가 된다고 생각하고 있을 거야."

"어머니, 그 사람들이 그런 말을 제 앞에선 할 수 없잖아요."

"암, 할 수 없지. 했다면 이상한 일이지. 그러나 자기네들끼린 가끔 얘기할 게다. 어쨌든 법적으로 자기 것이 아닌 재산을 그렇게 쉽게 얻을 수 있다면 정말 횡재하는 거지. 나한텐 다만 상속인을 한정한 것이 수치스러울 뿐이다."

41

제인과 엘리자베스가 귀가한 후 일주일이 금방 지나가고 2주일째로 접어들었다. 부대가 메리턴에 주둔하는 마지막 주일이었으므로 이웃 마을의 처녀들은 모두 갑자기 의기소침해졌고 거의 전부가 낙심을 하고 있었다.

이런 가운데 유독 베넷 가의 두 큰딸만이 여전히 먹고 마시고 잠자며 일상생활을 즐기고 있었다. 이러한 무관심에 대해 그들은 극도의 슬픔에 빠진 키티와 리디아로부터 비난을 받았는데, 이 꼬마 아가씨들은 자기 식구들이 그렇게 냉혹한 것이 도무지 이해가 되지 않았다.

"아, 이제 우린 뭐지? 어떻게 하면 좋담! 리지 언니, 언니는 어떻게 웃을 수가 있어요?"

쓰라린 슬픔에 겨워 그들은 이렇게 종종 부르짖곤 했다. 인정 많은 어머니는 그들과 슬픔을 같이 나누었다. 그녀는 25년 전에 자기도 비슷한 경우를 당해 괴로워했던 일을 상기했던 것이다. 어머니는 이렇게 말했다.

"나도 밀러 대령의 부대가 떠날 땐 꼬박 이틀을 두고 울었단다. 가슴이 미어지는 줄로만 알았어."

"정말 내 가슴이 미어질 것 같아요."

리디아가 말했다.

"브라이턴에 갈 수만 있다면 좋으련만!"

베넷 부인이 말했다.

"아, 정말 브라이턴에 갈 수만 있다면 얼마나 좋을까? 하지만 아버지가 몹시 못마땅해하실 거예요."

"해수욕을 조금만 하면 원기가 아주 회복될 텐데."

"필립스 이모가 그러시는데 해수욕이 내겐 퍽 이롭대요."

키티가 덧붙였다. 이런 비탄의 소리가 롱본 집을 끊임없이 울렸다. 엘리자베스는 그들에게 재미를 붙이려고 했지만, 즐기고 싶은 마음은 수치심 때문에 모두 사라져 버리고 말았다. 엘리자베스는 다아시 씨가 말한 이견(異見)의 정당성을 새로이 느꼈고, 전에 없이 그가 빙리 씨 일에 간섭했던 사실을 용서해 주고 싶었다.

리디아의 우울증은 얼마 안 가서 해소되었다. 연대장인 포스터 대령의 부인이 브라이턴에 같이 가자고 리디아를 초대했기 때문이다.

리디아의 이 귀중한 친구는 매우 젊은 여자로서 최근에 결혼한 부인이었다. 두 사람이 다 같이 명랑하고 쾌활했기 때문에 서로 마음에 들게 되었는데, 석 달 동안 사귀면서 둘도 없이 친한 친구가 된 것이다. 리디아의 기쁨과 포스터 부인에 대한 예찬, 베넷 부인의 즐거움, 반면에 키티의 울분 등은 이루 다 말로 표현할 수가 없었다.

리디아는 키티의 마음 같은 것은 아랑곳하지 않고, 모든 사람에게 축복해 달라고 소리치면서 어느 때보다도 더 호들갑스럽게 웃고 떠들며 기쁨에 들떠 집 안을 이리저리 뛰어다녔다.

한편 불운한 키티는 심술이 나서 조리에 맞지도 않는 말을 늘어놓으며 줄곧 투덜거리고 있었다.

"왜 포스터 부인은 리디아만 초대하고 나는 초대하지 않았는지 정말 모르겠어. 비록 내가 자기와 유별난 친구는 아니더라도 리디아만큼 나도 당당히 초대받을 권리가 있어. 내가 두 살이나 더 먹었으니까 오히려 더 많지."

엘리자베스가 알아들을 만큼 타일러 주고, 제인이 단념하도록 달래 보았으나 헛수고였다. 엘리자베스는 어머니나 리디아 같이 흥분하기는커녕 이번 초대를 리디아의 모든 상식에 대한 사형 영장이라 생각하고, 비록 나중에 자기가 한 일이 알려져서 미움을 받더라도 아버지에게 리디아를 가지 못하게 해 달라고 몰래 귀띔하지 않을 수 없었다.

엘리자베스는 아버지에게 리디아의 행동은 죄다 무례한 것뿐이라는 것, 포스터 부인 같은 여자와 사귐으로써 유익할 것이라고는 별로 없다는 것, 이곳보다 유혹이 더 많은 브라이턴 같은 데에서선 지각없는 일을 저지를 확률이 더욱 높다는 것 등을 이야기했다. 베넷 씨는 그녀의 말을 주의 깊게 듣다가 이렇게 말했다.

"리디아는 여러 사람 앞에서 한번 웃음거리가 되기 전에는 얌전해지지 않을 게다. 그리고 지금 같은 환경에선 그 애가 우리 가족에게 조금도 손해와 불편을 끼치지 않고 그런 일을 해 나가길 바랄 순 없는 일이야."

"리디아의 부주의하고 경망스러운 행동을 남들이 모두 알게 되었을 때 우리가 입을 손해가 얼마만큼 크다는 것을 아신다면 이 일을 달리 처리하실 거예요. 아니, 손해는 벌써 보고 있어요."

"벌써 보고 있다고? 아니, 리디아가 네 애인을 놀라게 해 쫓아 보내기라도 했단 말이냐? 그렇다면 안됐구나, 리지. 그러나 낙담은 말아라. 그 애가 좀 어리석은 얘기를 했다고 해서 친척으로 인연 맺기를 꺼리는 그런 쩨쩨한 청년이라면 섭섭해할 하등의 이유도 없다. 그래, 리디아의 바보짓 때문에 떨어져 나간 가엾은 친구들이란 누구누구니?"

"잘못 아셨어요, 아버지. 제가 그렇게 분개할 만한 상처를 입은 것은 아니에요. 제가 지금 말씀드리는 건 특수한 손해가 아니라 일반적인 손해예요. 리디아의 방종하고 경박한 성질, 염치도 없으며 일체의 구속을 싫어하는 그 성격 때문에 우리의 중요성과 세상에서의 책임이 영향을 받지 않을 수 없단 말이에요. 용서하세요, 이렇게 터놓고 말씀드려서. 만약 아버지께서 리디아의 그런 넘쳐흐르는 기운을 막으시고, 그 애가 현재 추구하는 것이 자기 인생에서 그다지 중요한 일이 못 됨을 가르쳐 주는 수고를 하지 않으신다면, 리디아는 아주 몹쓸 애가 돼 버리고 말 거예요. 그러한 성격은 굳어져 버릴 테고, 열여섯 살이 되면 자기 자신과 가족을 욕보이는 아주 지독한 바람둥이가 될 거예요. 그것도 가장 악하고 가장 비열한 바람둥이죠. 젊고 반반한 얼굴 외에는 아무런 매력도 없는 데다 무식하고 속이 텅 비었기 때문에 무조건 남들의 예찬을 받고 싶어 하는 그러한 광적인 열망이 초래할 세인의 경멸을 어떤 식으로든 막아 낼 도리가 없을 거예요. 이런 위험 속에 키티 역시 빠져들고 있어요. 그 애는 리디아가 이끄는 대로 어디든지 따라갈 거예요. 허영에 차고 무식하고 게으르고 게다가 전혀 간섭할 사람조차 없거든요. 아버지! 그 애들을 아는 사람이라면 누구나 그 애들을 비난하고 멸시하고 싶어질 거예요. 저희도 종종 그 치욕 속에 휩쓸리지 않을 거라고 생각하세요?"

베넷 씨는 엘리자베스의 마음이 온통 이 문제로 꽉 차 있음을 알았다. 그는 엘리자베스의 손을 정답게 쥐면서 이렇게 대답했다.

"너무 걱정하지 말아라, 리지야. 너와 제인은 어디를 가더라도 흠모와 귀염을 받을 게고, 바보 같은 동생이 두서너 명 있다고 해서 그렇게 품위가 떨어져 보이지는 않을 거야. 그러니 가게 내버려 두자. 포스터 대령은 지각이 있는 분이니까 리디아가 사고를 치지 않도록 잘 보살펴 줄 거고, 리디아도 다행히 너무 초라해 보여서 아무도 건드리려고 하진 않을 거야. 또 브라이턴에 가면 여기에서보다 더 대수롭지 않은 여자가 될 거고, 장교들은 지금까지 생각했던 것보다 더 멋진 여자를 만나게 될 거다. 그러니 리디아가 거기에 가서 자기가 얼마나 보잘것없는 존재인가를 깨닫도록 하자. 만약 그래도 잘못을 깨닫지 못한다면 그땐 리디아를 평생 가둬 둘 수밖에 없겠지."

엘리자베스는 이 대답에 만족할 수밖에 없었다. 그녀의 생각은 아직 변함이 없었으므로 실망과 섭섭한 마음을 안고 아버지 방에서 물러 나왔다. 그러나 엘리자베스는 괴로운 것을 자꾸만 생각함으로써 더 괴로워하는 그런 천성을 지닌 여자는 아니었다. 그녀는 자기 의무를 다했다는 것에 자부심을 느꼈다. 불가피한 재난에 대해 초조하게 애를 태우거나 불안과 걱정에 싸여 있는 것은 그녀의 기질에 맞지 않았다.

엘리자베스가 아버지와 이런 상의를 했다는 사실을 만약 리디아나 어머니가 알았더라면, 그들의 분노는 온갖 수다와 능변을 합한다 하더라도 다 표현할 수 없을 정도였을 것이다.

리디아의 상상 속에서 브라이턴 여행은 지상에서 있을 수 있는 일체의 행복을 의미하는 것이었다. 리디아는 환상 속에서 장교들이 득실거리는 즐거운 해수욕장 거리를 보았고, 미지의 장교들 수십 명에게 호의의 대상이 되고 있는 자신을 보았다. 그녀는 또 병사(兵舍) 안의 모든 기쁨을 보았다. 똑같은 모양의 천막이 아름답게 늘어서 있었고, 그 천막에는 눈부시게 빨간 군복을 입은 젊고 유쾌한 장교들이 있었다. 리디아는 천막 바로 밑에서 장교 대여섯 명과 함께 즐거이 놀고 있는 자기 모습도 보았다.

이러한 희망과 사실로부터 엘리자베스가 자기를 떼어 놓으려고 했다는 것을 만약 리디아가 알았더라면 그녀의 심정이 어떠했을까? 이는 리디아와 거의 똑같이 느꼈을 어머니만이 이해해 줄 수 있는 것이었다. 베넷 부인에게 있어서 리디아가 브라이턴에 간다는 사실은, 자기 남편은 그곳에 조금도 가고 싶어 하지 않는다는 확신으로 인해 생긴 우울함을 위로해 주는 전부였다.

그러나 그들은 부녀간에 있었던 일을 전혀 몰랐다. 그래서 흥분은 리디아가 집을 떠나는 바로 그날까지 계속되었다.

엘리자베스는 이제 위컴 씨를 마지막으로 보게 되었다. 집으로 돌아온 후에도 그를 종종 만났지만, 이전에 그를 유달리 좋아했기 때문에 느꼈던 마음의 동요는 모두 사라지고 없었다. 처음에는 그의 친절이 그녀를 즐겁게 해서 애정과 사람을 싫증나게 만드는 일종의 단조로움을 간파할 수조차 없었지만 지금은 모든 생각이 달라졌다. 더욱이 자기에 대한 위컴 씨의 현재 태도에서 엘리자베스는 새로이 불쾌감을 맛보았다.

위컴 씨는 처음에 그들이 사귀었을 때처럼 친절을 되풀이하려고 했으나, 헌스퍼드 사건 이후 그 친절은 엘리자베스를 불쾌하게 할 뿐이었다. 엘리자베스는 자기가 이렇게 쓸데없고 천박한 친절의 대상이라는 것을 깨닫자 그에 대한 모든 흥미를 잃어버렸다.

한편으로 엘리자베스는 자신을 꾸짖지 않을 수 없었다. 이유야 어찌 되었든 오랫동안 친절을 보이지 않다가도 다시 친절하게 대해 주기만 하면 어떤 허영심이 채워져서 자기가 그를 또 좋아할 것이라고 그가 믿게 된 것은 순전히 자기 탓이라는 생각 때문이었다.

부대가 메리턴에 마지막으로 머무는 날, 위컴 씨는 다른 장교들과 함께 롱본에서 식사를 했다. 엘리자베스는 그와 기분 좋게 헤어지고 싶은 마음이 조금도 없었기 때문에, 그가 헌스퍼드에서 어떻게 지냈느냐고 물어 왔을 때 피츠윌리엄 대령과 다아시 씨가 로징스에서 3주일을 보냈다는 이야기를 하고 대령을 알고 있느냐고 물어보았다. 위컴 씨는 당황하고 불쾌한 기색이었다.

그러나 곧 생각을 가다듬고 다시 미소를 띠면서 전에 종종 그를 만난 적이 있다고 대답했다. 대령은 몹시 신사다운 사람이었다고 말한 다음 엘리자베스에게 그를 좋아하느냐고 물었다. 엘리자베스가 상당히 좋아한다고 대답하자, 그는 아무렇지도 않은 듯이 곧 이렇게 덧붙였다.

"그분이 로징스에 얼마나 있었다고 하셨죠?"

"거의 3주일 동안이에요."

"자주 만나셨나요?"

"네, 매일 보다시피 했죠."

"태도가 사촌과는 사뭇 다를걸요."

"네, 아주 다르죠. 하지만 다아시 씨도 사귀어 보니까 점점 나아지는 것 같던데요."

"그렇겠죠!"

위컴 씨가 소리쳤다. 이때의 그의 표정을 엘리자베스는 놓치지 않고 보았다.

"그런데 저어……."

위컴 씨는 여기서 잠깐 멈추었다가 좀 더 명랑한 어조로 말했다.

"그가 나아진 것은 인사성인가요? 평소 태도보다 더 정중해지기라도 했나요? 하지만 전……."

그는 정색을 하고 목소리를 좀 낮춘 뒤 말을 이었다.

"그가 본질적으로 나아졌다고는 도저히 생각되지 않는데

요."

"아, 물론이죠. 본질적으로는 과거와 조금도 다름이 없을 거예요."

엘리자베스가 그렇게 말하자 위컴 씨는 그 말에 기뻐해야 할지 그 말의 뜻을 의심해야 할지 거의 모르는 표정이 되었다. 엘리자베스의 말에는 두렵고 불안한 마음으로 귀 기울이게 하는 그 무엇이 있는 것 같았다. 엘리자베스는 말을 계속했다.

"사귀어 보니까 다아시 씨가 나아지더란 말은요. 그분의 생각이나 태도가 좋아졌다는 뜻이 아니라, 그분을 알고 나니까 그분의 성격이 좀 더 잘 이해되더란 뜻이에요."

위컴 씨는 놀라서 안색이 더욱 변하고 당황해하는 것 같았다. 몇 분 동안 침묵한 뒤에 그는 그런 마음을 떨쳐 버리고 다시 엘리자베스를 향해 아주 은근한 어조로 이렇게 말했다.

"다아시 군에 대한 제 감정을 잘 아시는 당신은, 그가 슬기롭게도 옳은 것의 외양이나마 흉내 내려 한다는 말을 듣고 제가 얼마나 진정으로 기뻐하리라는 것을 금방 이해하실 줄 믿습니다. 거기에 대한 그의 자존심은 자기 자신에게는 아닐지라도 다른 사람들에게는 도움이 될 것입니다. 왜냐하면 사람들 앞에서나마 자기를 올바른 인간처럼 보이게 하려는 그 자존심이, 제가 받은 것 같은 해독을 남에게 끼치지 못하게 할 것이기 때문입니다. 다만 제가 걱정하는 것은, 당신이 말씀하신 그런 조심성은 다아시 군이 이모님을 방문할 때에만 나타나지 않을까 하는 점입니다. 다아시 군은 이모님의 생각과 판단을 몹시 두려워하거든요. 제가 알기로는 다아시 군이 이모님과 같이 있을 때면 그분을 어려워하는 감정이 작용해서 언제나 효과를 나타냈습니다. 또 다아시 군이 드 버그 양과 연분을 맺고 싶어 하는 이유도 매우 크게 작용했죠. 이 점을 그는 상당히 깊이 생각하고 있었다고 저는 확신합니다.”

이 말에 엘리자베스는 고소를 금치 못했으나 다만 고개를 가볍게 숙임으로써 대답을 대신했다. 엘리자베스는 그가 옛날의 화제인 ‘그의 비탄’으로 자기를 끌어들이고 싶어 한다는 것을 알았으나 그에게 마음을 쓸 기분이 전혀 아니었다.

위컴 씨가 평소처럼 명랑한 듯이 꾸미는 가운데에 나머지 저녁 시간이 흘러갔다. 그는 더 이상 엘리자베스를 아는 체하려 하지 않았다. 두 사람은 드디어 서로 정중하게 예의를 지키면서 다시는 절대로 만나는 일이 없기를 바라면서 헤어졌다.

파티가 끝나자 리디아는 포스트 부인과 함께 메리턴으로 갔다. 그들은 거기서 이튿날 아침 일찍 출발할 예정이었다. 리디아와 가족과의 이별은 애상적이라기보다는 오히려 떠들썩했다. 키티만이 눈물을 흘렸지만 그것도 슬퍼서 우는 것이 아니라

분하고 부러워서 우는 것이었다.

베넷 부인은 몇 번이나 딸의 행복을 빌면서, 인상에 남도록 될 수 있는 한 즐길 수 있는 기회를 놓치지 말라고 당부했다. 물론 충고를 덧붙인 것은 말할 나위도 없었다. 리디아가 너무 소란스럽게 작별을 고하는 바람에 언니들의 상냥한 작별 인사는 하나도 들리지 않았다.

42

만약 엘리자베스의 의견이 가족 모두에게 따돌림을 받았다면, 그녀는 부부의 행복이나 가정의 안락에 관해 즐거운 그림을 그릴 수 없었을 것이다.

엘리자베스의 아버지는 젊음과 미에 현혹되어 또 그러한 젊음과 미가 흔히 지니는 표면적인 좋은 인상에 이끌려 어머니와 결혼했으나, 어머니가 이해심이 부족하고 소견이 좁은 탓으로 결혼 초기에 이미 어머니에 대한 애정은 식어 버렸다. 존경과 신뢰감은 영원히 사라져 버렸고 가정의 행복에 대한 모든 기대는 깨져 버렸다.

그러나 베넷 씨는 자기 자신의 경솔함이 초래한 실망에 대해,

불행한 사람의 어리석은 행동이나 비행을 흔히 덮어 주는 그러한 즐거움 가운데에서 위안을 구하는 따위의 기질을 지닌 사람은 아니었다. 베넷 씨는 나라와 책을 사랑했고, 이러한 취미가 그의 유일한 즐거움이었다.

부인의 무지와 어리석음이 그의 즐거움에 기여하는 바가 없는 만큼 그가 부인의 혜택을 입은 것이라고는 거의 없었다. 이런 것은 남자가 흔히 부인의 덕으로 돌리고 싶어 하는 그런 종류의 행복은 아니었다.

다른 오락을 즐길 능력이 없는 진정한 현인(賢人)은 앞에서 말한 것 따위에서 은덕을 이끌어 내는 법이다. 엘리자베스는 아버지의 행동이 남편으로서는 온당치 않음을 모를 만큼 우매하지는 않았다. 엘리자베스는 고통스러운 마음으로 아버지의 행동을 지켜보아 왔으나, 아버지의 재능을 존경하고 자기에 대한 깊은 애정에 감사한 나머지 도저히 묵과할 수 없는 것까지 잊어버리려 애썼다. 자녀들까지 자기 아내를 무시하도록 폭로하는 따위의, 부부 상호간의 의무나 예의를 위반하는 몹시 비난할 만한 사실도 잊어버리려고 노력했다.

엘리자베스는 매우 적절치 못한 결혼이 틀림없이 수반할 불리한 손실을 지금처럼 절실하게 느낀 적도 없었다. 아버지의 재능은 올바로 쓰기만 하면, 비록 부인의 소견을 넓히지는 못할망정 적어도 딸들의 존경만은 계속 받았을 그런 재능이었다.

엘리자베스가 위컴 씨의 출발을 기뻐한 것은 단지 군대가 이동했기 때문에 만족스러워한 것뿐이었다. 다른 곳의 파티에 초대되는 일은 전보다 적었고, 집에 있는 어머니와 동생은 주위의 모든 침울한 것에 대해 끊임없이 불평을 해서 분위기를 우울하게 만들었다.

키티는 그녀의 머리를 어지럽히던 장교들이 떠나 버린 이상 조만간 본래 상태를 회복한다고 하더라도, 리디아는 커다란 죄악조차도 받아들이는 본디 성격으로 미루어 해수욕장과 병사(兵舍)라는 이중의 위험 때문에 어리석고 염치없는 면모가 한층 더 심해질 것은 뻔한 일이었다.

누구든지 때때로 경험하는 일이지만, 초조한 마음으로 기다리던 사건이 일어나더라도 기대했던 만큼 큰 만족을 가져다주지는 않는다는 것을 엘리자베스는 알고 있었다. 따라서 사실상의 행복의 시작을 위해서는 미래의 어느 시일을 정하는 것이 필요했고, 자기의 소원과 희망을 정착시킬 또 다른 지점을 발견할 필요가 있었으며, 또다시 기대의 즐거움을 누리면서 현재를 위로하고 또 하나의 실망에 대비하는 것이 필요했다.

호수 지방으로 여행하는 것은 현재 엘리자베스가 생각하고 있는 가장 즐거운 일이었다. 그것은 어머니와 키티의 불만이 만들어 내는 피할 수 없는 불안한 시간에 대한 최상의 위로였다. 이 여행 계획에 제인을 포함시킨다면 계획은 더 완전해질 것이다. 그러나 엘리자베스는 다음과 같이 생각을 바꾸었다.

'무언가 부족함이 있다는 건 오히려 다행한 일이야. 만약 모든 준비가 완벽하다면 실망하는 일이 반드시 생길 테니까. 그러나 언니가 없어서 섭섭한 마음이 늘 따라다니면, 즐거운 일에 대한 모든 기대가 실현되기를 당연히 바라게 되겠지. 여행 계획에서 기대한 즐거움이 모조리 실현될 수는 없을 거야. 여기에서 오는 실망은 무언가 마음을 괴롭히는 일이 약간 있기만 하면 예방할 수 있어.'

리디아는 떠나면서 자주 또 자세히 어머니와 키티에게 편지를 쓰겠다고 약속했다. 그러나 편지는 늘 오래 기다리게 했고 그나마도 늘 짧았다. 어머니에게 보낸 편지에는 방금 도서관에서 돌아온 길인데 거기에 모모(某某) 장교가 따라왔다는 것, 그리고 거기서 깜짝 놀랄 만한 아름다운 장식물을 보았다는 것, 또 가운과 파라솔을 새로 샀다는 것, 여기에 대해서는 좀 더 자세히 쓰려고 했는데 포스터 부인이 부르기 때문에 급히 그만두지 않을 수 없다는 것, 지금부터 병사에 간다는 것 따위의 사연뿐이었다.

키티에게 보낸 편지에는 그나마도 들을 만한 사연이 더욱 적었다. 어머니에게 보낸 편지보다 좀 더 길긴 하지만 썼다가 지운 곳이 너무 많았다. 리디아가 떠난 지 2, 3주일이 지나자 건강하고 즐거운 기분과 명랑함이 롱본에 다시 깃들기 시작했다. 모든 것이 좀 더 활기를 띠었다. 겨울 동안 런던에 가 있던 식구들도 이미 돌아왔고 여름옷과 파티에 대한 화제가 다시 시작되었다.

베넷 부인은 수다스러운 침착성을 회복했고, 키티도 6월 중순쯤엔 울지 않고 메리턴에 갈 수 있을 만큼 많이 회복되었다. 이런 일은 엘리자베스로 하여금, 만약 육군성(陸軍省)이 잔인하고 심술궂은 배치를 해서 다른 부대가 메리턴에 또다시 주둔하지 않는 이상, 오는 크리스마스쯤에는 키티가 하루에 한 번 이상은 장교 이야기를 꺼내지 않을 정도로 상당히 회복되리라는 희망을 갖게 했다.

북쪽 호수 지방으로 여행을 떠나기로 작정한 날이 아주 빨리 다가오고 있었다. 겨우 2주일을 남겨 놓았을 때 가드너 부인에게서 편지가 왔다. 사연은 출발 일자를 연기하고 동시에 여행 일정을 줄이자는 것이었다.

가드너 씨는 2주일밖에 남지 않은 7월에는 사업상 출발할 수가 없으며, 또 한 달 안으로 런던에 가 봐야 한다는 것이었다. 일정이 매우 짧아졌기 때문에 멀리 갈 수는 없고, 애초에 계획했던 대로 많은 것을 구경할 수도 없으며, 또 여유로운 마음으로 즐겁게 구경할 수도 없을 테니까 호수 지방은 단념할 수밖에 없고 현재로서는 더비셔 이북으로는 더 올라갈 수 없다는 것이었다. 그래도 그 주에는 꼬박 3주일 걸려서 볼 만큼 구경거리가 충분하며 가드너 부인은 상당히 매력을 느낀다는 것이었다. 자기가 그전에 가 본 적이 있으며, 또 며칠간 머무를 예정인 모 시(某市)는 매틀록, 채츠워스, 도브데일, 피크 따위의 유명한 경치만큼이나 호기심을 불러일으킨다는 것이었다.

엘리자베스는 몹시 실망했다. 그녀는 호수 지방에만 희망을 걸었던 것이다. 그리고 3주일이면 아직도 호수 지방을 구경하기에 충분한 시일이라고 생각했다. 하지만 만족하는 것이 그녀의 의무였고, 또 모든 일에 즐거워하는 것이 그녀의 성격이었다.

만사는 곧 다시 순조롭게 되었다. 더비셔라고 하면 연상되는 것이 많았다. 그 말을 들을 때마다 엘리자베스는 펨벌리와 그 소유자인 다아시 씨를 생각하지 않을 수 없었다. '그러나 반드시 태연한 모습으로 가야지. 가서 형석(螢石)을 다아시 씨 몰래 가져와야지.' 엘리자베스는 속으로 그렇게 중얼거렸다.

그리하여 기다리는 시간은 갑절로 길어졌고, 가드너 씨 부부가 도착할 때까지 4주일을 집에서 보내야 했다. 그러나 한 달은 쉬 지나가고 드디어 가드너 씨 부부가 네 아이를 데리고 롱본에 왔다. 여섯 살, 여덟 살 난 두 여자아이와 두 사내 동생은 제인이 맡기로 했다. 제인은 누구나 좋아할 수 있는 여자였으며, 그녀의 착실한 마음과 상냥한 성품은 그들을 가르치고 같이 놀고 사랑으로 돌보기에 여러 모로 꼭 알맞았다.

가드너 씨 부부는 겨우 하룻밤을 롱본에서 보내고, 이튿날 아침 엘리자베스와 함께 신기함과 즐거움을 찾아 여행길을 떠났다. 그들에게 있어 한 가지 기쁨만은 확실했다. 즉 '동반자'로서 적당하다는 기쁨이었다. 그 말 속에는 불편함을 참는 건강한 심신과 즐거움을 더하는 명랑성과 낯선 곳에서 실망하는 일이 있을 때마다 기쁨을 주는 사랑과 슬기로움 등이 포함되어 있었다.

더비셔나 그들의 여정에 놓여 있는 명승지를 소개하고 묘사하는 것은 이 글의 목적이 아니다. 옥스퍼드나 블레넘이나 워릭이나 케닐워스나 버밍엄 등은 독자들도 잘 알고 있을 것이다. 더비셔의 일부 지방만이 현재 필자가 관심을 갖는 전부이다.

주요 명승지를 모두 구경한 후에, 일행은 가드너 부인이 이전에 살던 곳이며 아직도 몇몇 지기들이 살고 있는 것을 최근에 안 램턴이라는 작은 도시로 발길을 돌렸다. 이 램턴에서 5마일도 안 되는 곳에 펨벌리가 있다는 것을 엘리자베스는 가드너 외숙모에게 들었다. 펨벌리는 그들이 계획한 여로에는 없었지만 그렇다고 수마일 떨어져 있는 것도 아니었다.

지난밤에 여정을 상의할 때 가드너 부인이 펨벌리에 다시 가 보고 싶다는 말을 꺼내자 가드너 씨는 기꺼이 찬성했고, 엘리자베스에게도 승낙을 청했었다. 가드너 부인은 이렇게 말했다.

"얘, 넌 그렇게도 귀가 아프게 들은 곳에 가 보고 싶지 않니? 또 네가 아는 많은 사람과도 인연이 있는 곳이야. 알다시피 위컴이 청년 시절을 보낸 곳이기도 하고."

엘리자베스는 괴로웠다. 펨벌리에는 볼일이 없음을 알고 마음이 내키지 않는 체할 수밖에 없었다. 엘리자베스는 크고 호화로운 저택에는 이제 싫증이 났다고 말했다. 여러 곳을 돌아다녔기 때문에 실상 훌륭한 융단이라든가 수놓은 커튼이라든가 하는 것엔 흥미가 없다고도 했다. 가드너 부인은 엘리자베스의 어리석은 생각을 나무랐다.

"만약 펨벌리가 훌륭한 가구만이 즐비한 화려한 집에 불과하다면 나도 그만두겠어. 하지만 정원이 매혹적이란 말이야. 전국에서 가장 훌륭한 숲이거든."

엘리자베스는 더 이상 말하지 않았다. 그러나 마음만은 잠자코 동의할 수 없었다. 펨벌리를 구경하는 동안에 다아시 씨를 만날지도 모른다는 생각이 곧 떠올랐다. 두려운 일이었다.

엘리자베스는 낯을 붉히고 그런 위험을 무릅쓰느니 외숙모에게 숨김없이 이야기하는 편이 낫겠다고 생각했다. 그러나 선뜻 그럴 수도 없었다. 결국 엘리자베스는 펨벌리 가족이 묵고 있는지의 여부를 몰래 물어보아서, 불운하게도 다아시 씨가 집에 있다면 그때엔 최후 수단으로 모든 것을 털어놓으리라고 결심했다.

밤에 잠자리에 들자 엘리자베스는 하녀에게 펨벌리는 훌륭한 곳인가, 주인의 이름은 무엇인가, 또 가족은 여름 동안 돌아와 있는가 하는 것 등을 시치미를 떼고 물어보았다. 다행히도 마지막 물음에 대한 대답은 부정적이었다. 그래서 이젠 걱정이 사라졌으므로 그녀 자신도 펨벌리에 가 보고 싶은 호기심이 불현듯 일어남을 느꼈다.

이튿날 아침 그 화제가 다시 나와서 질문을 받았을 때, 엘리자베스는 시치미를 뚝 떼고 그 계획을 정말로 싫어했던 것은 아니라고 선뜻 대답했다. 그래서 그들은 펨벌리로 가게 되었다.

43

마차를 타고 가면서 엘리자베스는 처음으로 펨벌리 숲을 불안한 마음으로 바라보았다. 그리고 드디어 문지기 집을 돌아 안으로 들어가자 엘리자베스는 가슴이 몹시 뛰었다.

정원은 매우 넓고 컸으며 땅은 울퉁불퉁했다. 그들은 가장 낮은 곳으로 들어가서 얼마 동안 멀리 뻗은 아름다운 숲 속 길을 지나갔다. 엘리자베스는 가슴이 말할 수 없을 만큼 벅찼으며 주목할 만한 곳과 경치를 두루 살펴보곤 감탄하지 않을 수 없었다.

마차가 반 마일쯤 서서히 올라가자 꽤 높은 언덕 꼭대기에 이르렀는데 거기에서 숲은 끝나고, 길이 좀 험하게 돌아 들어간 골짜기 건너편에 펨벌리 저택이 우뚝 솟아 있는 것이 한눈에 들어왔다.

높은 지대에 세운 크고 아름다운 돌집이었다. 뒤로는 높고 울창한 산들이 둘러쳐져 있고 앞에는 천연의 시내가 큰 개울을 이루며 흘렀다. 조금도 부자연스러운 꾸밈이란 없었고, 양편의 둑은 형식적인 것도 거짓으로 장식한 것도 아니었다.

엘리자베스는 즐거웠다. 이처럼 자연이 아름다운 곳을 본 적이 없었고, 이처럼 자연의 아름다움이 서투른 인공의 아름다움으로 인해 바래지지 않은 곳을 본 적도 없었다. 그들은 모두 펨벌리의 장관을 극구 칭찬했다. 그 순간 엘리자베스는 이 펨벌리의 안주인이 된다는 것은 상당한 것이라고 느꼈다.

그들은 언덕을 내려갔다. 다리를 건너 문 쪽으로 다가갔다.

좀 더 가까운 곳에서 집을 바라보자 엘리자베스는 다아시 씨를 만나지나 않을까 하는 두려움이 되살아났다. 그녀는 여관의 하녀가 잘못 알았기를 바랐다.

집을 보고 싶다고 말하자 그들은 현관 안으로 안내되었다. 가정부를 기다리는 동안 엘리자베스는 자기가 어디에 와 있는가를 알고 새삼스레 놀랐다. 가정부가 왔다.

엘리자베스가 생각했던 것보다 예의바르고 그리 가냘프지 않은, 우아한 모습의 나이 지긋한 부인이었다. 일행은 부인을 따라 응접실로 들어갔다. 균형이 잘 잡히고 훌륭하게 꾸며진 커다란 방이었다. 가볍게 방을 둘러본 후에 엘리자베스는 창으로 가서 창밖 경치를 즐겼다.

그들이 방금 내려온, 숲이 무성한 언덕은 멀리서 보니 더욱 가파르고 아름다웠으며 정원의 모든 배치도 좋았다. 엘리자베스는 즐거운 기분으로 시내와 둑 위에 산재한 나무들, 굽이굽이 연이어진 계곡, 이 모든 풍경을 눈이 닿는 데까지 바라보았다. 각기 다른 방에서 볼 때마다 창밖 경치는 달라졌지만, 어느 방의 창문에서 보든지 아름다운 풍경이었다. 방들은 고상하고 훌륭했으며, 가구들은 주인의 재력에 알맞은 것들이었다.

엘리자베스는 펨벌리의 가구가 몰취미하게 번질번질하거나 쓸데없이 화려하지 않으며, 로징스의 가구보다는 덜 화려하나 더 우아한 것을 보고 다아시 씨의 취미에 경탄하지 않을 수 없었다.

'나는 이곳의 주부가 될 수도 있었어. 지금쯤은 이 방들과 낯이 익었을지도 몰라. 손님으로 구경하는 대신 이 방들이 내 것임을 기뻐하며 외삼촌과 외숙모에게 안내할 수도 있었겠지.'

여기서 엘리자베스는 다시 마음을 가라앉혔다.

'아냐, 그럴 리가 없어. 외삼촌과 외숙모는 관계가 끊어졌을 거야. 두 분을 초대하는 따위의 허락은 받지 못했을 거야.'

그녀는 자신의 가슴속에 일어나는 어떤 후회를 간신히 진정시켰다. 엘리자베스는 가정부에게 주인이 정말 없느냐고 물어보고 싶었으나 차마 그럴 용기가 나지 않았다. 그러나 이 질문을 결국 가드너 씨가 했을 때 엘리자베스는 놀라 돌아섰다. 레이놀즈 부인은 없다고 대답하고 이렇게 덧붙였다.

"그러나 내일 오실 겁니다. 친구분들과 큰 파티가 있을 예정이라서요."

엘리자베스는 자기들의 여행이 하루 연기되지 않은 것을 얼마나 기쁘게 여겼는지 모른다.

가드너 부인이 어떤 그림을 보라며 엘리자베스를 불렀다. 엘리자베스가 가까이 가 보니, 그것은 작은 초상화 몇 개와 함께 벽난로 위에 걸려 있는 위컴 씨의 초상화였다. 외숙모는 엘리자베스를 보고 웃으면서 그를 좋아하느냐고 물었다. 이때 가정부가 다가와서 그것은 돌아가신 주인 밑에서 일했던 재산 관리인의 아들로, 주인이 당신 돈을 들여 기른 청년의 초상화라고 설명을 한 후 이렇게 덧붙였다.

"지금은 군대에 갔죠. 하지만 몹시 방탕했다는 소문입니다."

가드너 부인은 엘리자베스를 보고 웃었으나 엘리자베스는 따라 웃을 수가 없었다. 레이놀즈 부인은 다른 그림을 하나 가리키면서 말을 이었다.

"이분이 제 주인입니다. 꽤 닮았죠. 약 8년 전에 저 그림과 함께 그린 것입니다."

"주인 되시는 분의 훌륭한 인품에 대해선 많이 들었습니다. 출중한 인물이시로군요. 어디, 리지는 저 그림이 실물과 닮았는지 안 닮았는지 알 수가 있겠구나."

가드너 부인이 그림을 보면서 말했다. 자기 주인을 알고 있는 것 같은 말을 듣자 레이놀즈 부인은 엘리자베스에 대한 관심이 커진 모양이었다.

"아가씨는 다아시 도련님을 아시나요?"

엘리자베스는 얼굴을 붉히며 말했다.

"네, 조금."

"잘생긴 분이라고 생각하지 않으세요?"

"네, 매우 훌륭한 분이에요."

"정말 그렇게 훌륭한 분은 다시없을 거예요. 이층 화실에 가시면 이것보다 더 큰 것을 보실 수 있습니다. 이 방은 돌아가신 주인이 아끼던 방이었죠. 이 그림들은 그때 걸렸던 그대로예요. 무척 좋아하셨습니다."

위컴 씨가 이 집 식구들과 같이 살았었다는 것을 알게 해 주는 말이었다. 레이놀즈 부인은 다아시 양의 여덟 살 때의 초상화로 그들의 주의를 돌리게 했다.

"다아시 양도 오라버님처럼 잘생겼나요?"

가드너 씨가 물었다.

"물론이에요. 제가 본 여자 중에서 가장 예쁜 아가씨죠. 그리고 재주도 갖추셨습니다. 하루 종일 악기를 치면서 노랠 부르시지요. 다음 방에 가면 도련님이 아가씨에게 선물하신, 방금 들여온 새로운 악기가 하나 있습니다. 아가씨도 내일 도련님과 함께 오실 겁니다."

가드너 씨는 태도가 담백하고 쾌활해서 질문과 논평으로 가정부의 수다를 부추겼다. 레이놀즈 부인은 자만심에서인지, 혹인 주인에 대한 애착심에서인지 주인과 그 여동생 이야기를 하는 것에 확실히 커다란 기쁨을 느끼는 모양이었다.

"주인께선 일 년 중 펨벌리에 계시는 날이 많은가요?"

"제가 원하는 만큼 많은 날은 아니에요. 하지만 아마 일 년 중 절반은 여기서 지내실 거예요. 그리고 아가씨는 여름이면 언제나 내려오십니다."

'물론 램즈게이트에 갈 때는 빼놓고서겠지'라고 엘리자베스는 생각했다.

"주인께서 결혼을 하시면 자주 뵙겠군요."

"그럴 겁니다. 하지만 언제 하실지 아나요? 누가 그분께 적당한지 알 수가 있어야죠."

가드너 씨 부부는 미소 지었다. 그러나 엘리자베스는 이렇게 말하지 않을 수 없었다.

"부인께서 그렇게 생각하시는 것은 아마 그분의 명예를 위해서겠죠."

"저는 사실을 말할 뿐입니다. 그분을 아는 모든 사람이 말하는 것 이상의 것을 말하진 않습니다."

가정부는 대답했다. 엘리자베스는 이건 좀 지나친 칭찬이라고 생각했다. 그리고 더욱 놀라면서 가정부가 하는 말을 들었다.

"도련님이 네 살 때부터 죽 모시고 있었지만, 그동안 한마디라도 도련님이 화를 내며 말씀하시는 것을 들어 본 적이 없답니다."

이 칭찬은 다른 어떤 칭찬보다도 가장 엉뚱하고 엘리자베스의 생각과는 반대되는 것이었다. 그가 상냥한 사람이 아니라는 것은 그녀의 확고한 신념이었다. 이제 엘리자베스의 가장 예리한 주의력이 눈을 떴다. 그래서 좀 더 듣고 싶어졌는데, 마침 외삼촌이 고맙게도 다음과 같이 말했다.

　"그만한 분도 드물죠. 훌륭한 주인을 모시고 있어서 좋으시겠습니다."

　"그렇습죠. 저도 그렇게 생각합니다. 한세상 살아도 그분보다 더 좋은 분을 만날 수는 없을 겁니다. 도련님은 세상에서 제일 마음이 상냥하고 관대한 소년이었습니다. 어려서 상냥한 사람은 자라서도 온후하더군요."

　엘리자베스는 눈을 둥그렇게 뜨고 가정부를 쳐다보았다. 그리고 '다아시 씨가 과연 그랬을까?'하고 생각했다.

　"부친께서도 훌륭한 분이셨다죠?"

　가드너 부인이 물었다.

　"네, 정말 훌륭한 어른이셨죠. 도련님도 아버님을 닮아 반드시 가난한 사람들에게 온후하실 겁니다."

　엘리자베스는 들을수록 놀랍고 의아했지만 그래도 더 듣고 싶어 조바심이 났다. 그러나 레이놀즈 부인은 그 외의 점에 대해서는 엘리자베스에게 관심을 갖게 할 수가 없었다. 가정부는 초상화와 방의 크기, 가구의 가격에 대해 이야기했지만 쓸데없는 일이었다.

가드너 씨는 가정부가 자기 주인을 극구 칭찬하는 것을 다아시 가에 대한 애정 어린 편견 탓으로 돌리고 이에 크게 기꺼워하면서, 이내 화제를 다시 다아시 씨 쪽으로 돌렸다. 일행이 커다란 층계를 올라갈 때 가정부는 힘을 내어 그의 장점을 역설했다.

"도련님은 세상에서 가장 훌륭한 주인이고 지주이십니다. 자기밖에 생각하지 않는 요즘의 방종한 젊은 사람들 같지 않죠. 소작인이나 하인치고 도련님을 오만하다고 말하지 않는 사람은 드물죠. 하지만 전 그런 태도를 본 적이 없습니다. 제 생각으론 도련님이 다른 청년들처럼 말을 많이 하지 않기 때문인 듯해요."

'저런 투로 말하니까 다아시 씨가 꽤 좋은 분인 것처럼 들리는군'하고 엘리자베스는 생각했다.

"다아시 씨에 대한 이런 고상한 이야기는 위컴 씨에 대한 그의 행동과는 아주 모순되는데."

외숙모가 걸어가면서 엘리자베스에게 속삭였다.

"아마 속고 있는지도 모르죠."

"아냐, 그런 것 같지 않은데. 믿을 만한 사람이 얘기하는 거니까 근거가 있을 거야."

이층의 넓은 복도에 이르자 일행은 최근에 꾸민 매우 아름다운 거실로 안내되었다. 아래층의 방들보다 더욱 우아하고 깨끗한 그 방은 펨벌리에서도 다아시 양이 가장 마음에 들어 한다고 했는데, 새로 꾸민 것도 오로지 그녀를 즐겁게 하기 위해서라고 했다.

"확실히 좋은 오빠로군요."

창문으로 다가가면서 엘리자베스는 이렇게 말했다. 레이놀즈 부인은, 다아시 양이 이 방에 들어서면서 기뻐하는 모습을 보기를 손꼽아 기다린다고 말하며 다음과 같이 덧붙였다.

"도련님이 하시는 일은 늘 이런 거죠. 아가씨를 기쁘게 해 드릴 수 있는 일이라면 무엇이든지 순식간에 하시거든요. 아가씨를 위해서라면 못 하실 일이 없어요."

이제 남은 것은 화랑과 침실 두서너 개뿐이었다. 미술품 진열실에는 훌륭한 그림이 많이 있었으나 엘리자베스는 미술에는 문외한이었으므로 다아시 양이 크레용으로 그린 몇몇 그림만을 즐겨 돌아보았다. 다아시 양의 화제(畵題)는 대개 재미있었고 또 이해하기도 쉬웠다.

화랑에는 가족과 조상들의 초상화가 많았지만 다른 사람들의 주의를 끌 수는 없었다. 엘리자베스는 알고 있는 얼굴만을 찾았다. 드디어 한 그림이 엘리자베스의 발길을 멈추게 했다. 엘리자베스는 거기에서 현저하게 닮은 다아시 씨의 초상을 보았다. 그것은 그가 엘리자베스를 바라볼 때에 가끔 본 적이 있는, 얼굴 가득 미소를 띤 얼굴이었다.

엘리자베스는 진지한 생각에 잠긴 채 그 그림 앞에서 몇 분 동안을 서 있었다. 그리고 일행이 화랑을 나가기 전에 또 한 번 돌아와 그 그림을 보았다. 부친이 살아 계실 때 그려진 것이라고 레이놀즈 부인이 알려 주었다. 그 순간 엘리자베스의 마음속에는, 그들이 한참 사귈 때 그에 대해 느꼈던 것보다 더 부드러운 감정이 확실히 일어나고 있었다.

레이놀즈 부인이 다아시 씨에게 하는 칭찬은 절대로 하찮은 성질의 것이 아니었다. 총명한 하인의 칭찬보다 더 가치 있는 칭찬이 또 어디 있을 것인가? 오빠로서 지주로서 주인으로서 얼마나 많은 사람의 행복이 그의 보호 아래 있는가를 엘리자베스는 생각해 보았다.

얼마나 많은 즐거움이나 괴로움을 부여할 능력이 그에게 있는 것일까? 얼마나 많은 선행이나 비행이 그에 의해 수행되고 있는 것일까? 가정부가 진술한 모든 의견은 그의 인격에 유리한 것뿐이었다.

두 눈으로 자기를 바라보는 그를 그린 캔버스 앞에 서 있을 때, 엘리자베스는 일찍이 느껴 본 적이 없었던 깊은 감사의 마음을 느끼면서 그의 호의를 생각했다. 엘리자베스는 그 호의의 따뜻함을 상기하고 그 표현의 적절치 못함을 부드럽게 이해했다.

일반에게 열람이 허락된 집 안을 다 보고 난 뒤 그들은 아래층으로 다시 내려왔다. 거기서 가정부에게 작별을 고하고 현관문에서 만난 정원사의 안내를 받았다. 그들이 개울 쪽으로 잔디밭을 가로질러 건널 때, 엘리자베스는 다시 한 번 집을 보려고 돌아섰다. 가드너 씨 부부도 걸음을 멈췄다.

엘리자베스가 그 건물을 언제 지었을까를 추산하고 있을 때, 바로 그 건물의 주인인 다아시 씨가 집 뒤 마구간으로 통하는 길목에서 나왔다. 두 사람 사이는 거리가 20야드도 못 되었고, 또 다아시 씨가 너무 갑작스럽게 출현했기 때문에 그의 시야를 피하는 것은 불가능한 일이었다.

두 사람의 시선은 마주쳤고, 서로의 뺨은 이내 빨갛게 물들었다. 그는 몹시 놀라고 아연해서 한동안 움직일 줄을 몰랐으나, 이내 침착성을 회복하고 일행에게 다가와서 완전히 태연하진 못해도 아주 정중하게 엘리자베스에게 말을 걸었다. 엘리자베스는 처음에는 본능적으로 돌아섰으나, 다아시 씨가 다가오는 바람에 멈칫하고 당황함을 억제하지 못한 채 그의 인사를 받았다.

처음 본 다아시 씨의 외모가, 다시 말해 그의 용모가 그들이 방금 보고 온 초상화와 닮았다는 사실이 나머지 두 사람인 가드너 씨 부부에게 자기들 눈앞에 있는 사람이 바로 다아시 씨라는 것을 납득시키기엔 불충분했다 할지라도, 정원사가 그를 보고 놀라는 것만으로도 금방 그임을 알 수 있었을 것이다. 그들은 다아시 씨가 엘리자베스에게 이야기하는 동안 약간 떨어져 서 있었다.

엘리자베스는 놀라고 당황하여 거의 눈도 쳐들지 못하고 그가 가족의 안부를 묻는데도 대답할 줄을 몰랐다. 그들이 지난번 헤어진 이래 다아시 씨의 태도가 돌변한 데 놀란 엘리자베스는 그가 말을 꺼낼 때마다 더욱 당황했다. 자기가 이곳에 와 있는 것이 어색하다는 생각이 자꾸 들어서, 그와 같이 서 있는 몇 분 동안은 엘리자베스의 생애 중 가장 불안한 순간이었다.

다아시 씨도 아주 태연할 수는 없는 듯했다. 말을 할 때의 어조는 평소의 침착성을 잃고 있었다. 롱본은 언제 출발했는가, 더비셔에는 얼마나 머무는가 따위의 질문을 계속 되풀이하며 서두르는 품이, 정신이 갈피를 못 잡고 흩어져 있다는 것을 확실히 말해 주고 있었다. 결국 그는 아무런 생각도 나지 않는 모양이었다.

그는 말 한마디 없이 몇 분간을 그대로 서 있더니 갑자기 정신을 차리고 작별 인사를 한 후 가 버렸다. 가드너 씨 부부는 엘리자베스와 함께 걸으면서 그의 인물됨을 격찬했으나, 엘리자베스는 한마디도 듣지 않고 자기 감정에 완전히 빠져서 묵묵히 걷기만 했다. 그녀는 수치심과 괴로움에 짓눌려 있었다.

'펨벌리에 오다니 세상에서도 가장 비참하고 주책없는 짓이었다! 그에겐 얼마나 이상하게 보였을까! 그다지도 자부심이 센 남자에게 이 얼마나 창피한 노릇인가! 내가 일부러 자기 앞에 나타난 것처럼 생각하겠지! 아, 난 왜 왔을까? 그는 무엇 때문에 예정보다 하루를 앞당겨 왔을까? 다만 10분만 일렀더라도 우리는 다아시 씨가 알아보지 못하는 곳으로 갈 수 있었을 것이다. 왜냐하면 그때쯤 그는 도착했거나 말이나 마차에서 내렸을 것이기 때문이다.'

엘리자베스는 몇 번이고 이 심술궂은 재회에 낯을 붉혔다. 그런데 돌변한 그의 태도는 무엇을 의미하는 것일까? 도대체 그가 먼저 말을 건네는 것부터가 기적이었다. 더구나 그렇게 정중하게 가족의 안부까지 묻다니! 엘리자베스는 그의 태도에 그렇게 위엄이 사라진 것을 본 적이 없었고, 그도 이 돌연한 재회에서처럼 상냥하게 말을 해 본 적이 없었다. 로징스 정원에서 엘리자베스의 손에 편지를 쥐어 주며 하던 그의 마지막 말과는 이 얼마나 대조적인가! 엘리자베스는 이렇게 생각해야 할지 저렇게 해석해야 할지 몰랐다.

일행은 개울가의 아름다운 산책로로 들어섰다. 한 걸음 한 걸음 비탈길을 오르면서 그들은 넓은 숲으로 다가갔다. 한참이 지나도록 엘리자베스는 그것을 몰랐다. 비록 가드너 씨 부부가 되풀이하는 물음에 기계적으로 대답을 하고 그들이 가리키는 풍경에 눈을 돌리는 척은 했지만 엘리자베스는 그 경치를 느끼지는 못했다.

그녀의 온 정신은 건물이야 어떻든 그가 있는 펨벌리 저택에 집중되어 있었다. 자기와 만난 순간 그의 마음속에 어떤 생각이 스쳐 갔고, 거기서 마주친 자기를 어떻게 생각했으며, 또 모든 것에 구애됨 없이 그가 아직도 자기에게 호감을 가지고 있는지 등이 몹시 알고 싶어졌다.

그는 냉정했기 때문에 정중할 수 있었으리라. 그래도 그의 목소리에는 무엇인가 침착하지 못한 데가 있었다. 자기를 보고 그가 고통을 느꼈는지 혹은 기쁨을 느꼈는지 엘리자베스로선 알 길이 없었지만, 그가 태연하지 못했던 것만은 확실했다. 결국 가드너 씨 부부가 얼이 빠져 있는 듯한 엘리자베스를 일깨워 주었다. 그제야 그녀는 좀 더 자기답게 보여야겠다는 필요성을 느꼈다.

일행은 숲으로 들어서서 잠시 동안 개울에 작별 인사를 하고 좀 더 높은 지대로 올라갔다. 거기서 그들은 나뭇가지 사이로, 계곡이 점점이 이어진 매혹적인 경치와 울창한 숲을 이룬 맞은 편 동산들과 간간이 흐르는 시냇물을 볼 수 있었다.

가드너 씨는 정원을 전부 돌아보고 싶다고 말했으나 도저히 걸어서 갈 수 없는 거리였으므로 속상해했다. 정원사는 자랑스러운 미소를 띠며 주위가 10마일이나 된다고 말했다. 그들은 가던 길로 계속 갔는데, 얼마 동안을 걷자 좁은 개울가에 이르는, 우거진 숲 가운데에 난 내리막길에 다시 당도했다. 일행은 경치가 좋은 한 곳으로 옮기려고 물을 건넜다. 거기는 그들이 여태까지 보아 온 어느 곳보다도 꾸밈이 없는 곳이었다.

계곡은 다시 좁혀져서 개울과 개울 주위의 무성한 덤불 사이로 좁은 산책로만이 겨우 나 있었다. 엘리자베스는 그 계곡을 굽이굽이 모두 답사해 보고 싶었다. 그러나 그들이 다리를 건너고 집에서 멀리 떨어졌음을 알았을 때, 평소 잘 걷지 못하는 가드너 부인이 결국 더 이상 갈 수 없다고 주저앉으며 되도록 빨리 마차로 돌아가자고 말했다. 엘리자베스는 이에 따를 수밖에 없었다.

그들은 개울 건너편의 가장 가까운 쪽으로 집을 향해 발길을 돌렸다. 자기 취미에 도취하는 일은 드물지만 낚시질을 꽤 좋아하는 가드너 씨가, 가끔 물 위로 뛰어오르는 송어에 정신이 팔려 그 이야기를 정원사와 주고받느라고 걸음이 더디어졌기 때문에 일행이 걷는 속도는 자연히 느려졌다.

이렇게 지체하면서 배회하고 있을 때 다아시 씨가 그다지 멀지 않은 곳에서 그들을 향해 오고 있는 것을 보자 그들은 다시 의아해졌다. 엘리자베스의 놀라움은 아까와 마찬가지로 컸다.

그들이 지금 걷는 길은 개울 건너편 길보다 덜 가려져서 서로 만나기 전에 그가 오는 것을 볼 수 있었다. 엘리자베스는 놀라긴 했으나 아까보다는 그를 만날 준비가 좀 더 잘 되어 있었고, 그가 정말로 자기들을 만날 작정으로 오는 것이라면 이번에는 침착하게 행동하리라고 마음먹었다.

엘리자베스는 잠시 동안 그가 필시 딴 길로 접어들 것이라고 생각했다. 이 생각은 그들이 길모퉁이를 도느라고 다아시 씨가 그들의 시야에서 사라진 동안에도 계속되었다. 그러나 모퉁이를 다 돌고 나자 그가 바로 그들 앞으로 다가오고 있었다.

엘리자베스는 한눈에 그가 얼마 전의 정중한 태도를 조금도 잃지 않고 있음을 알았다. 그래서 그의 공손함을 닮으려고 엘리자베스는 그와 마주치자 펨벌리의 아름다움을 칭찬했다. 하지만 '아름답습니다'라든가 '매혹적이에요'라고만 했을 뿐이었다. 그때 자기가 펨벌리를 칭찬하는 것이 어쩌면 나쁜 의미로 해석될지도 모른다는 불길한 생각이 들어서 엘리자베스는 안색을 바꾸고 입을 다물어 버렸다.

가드너 부인은 조금 뒤쪽에 서 있었다. 그녀가 머뭇거리자 다아시 씨는 일행에게 자기를 좀 소개해 주겠느냐고 청했다. 이것은 엘리자베스로서는 전혀 예기치 못했던 뜻밖의 친절이었다.

엘리자베스는 그가 자기에게 사랑을 구할 때, 그의 오만함이 반감을 일으켰던 바로 그 사람들을 이제 사귀려 하는 데에 웃음을 참을 수가 없었다. 엘리자베스는 생각했다.

'이분들이 누군지 알면 깜짝 놀랄 거야. 아마 상류 사회 사람들인 줄 알고 있는 모양이지?'

엘리자베스는 곧 그들을 소개했다. 가드너 씨 부부와의 인척 관계를 말하면서 엘리자베스는 슬쩍 다아시 씨의 표정을 살폈다. 그가 이런 창피한 상대로부터 급히 도망치지나 않을까 하는 생각도 들었다. 그는 확실히 놀라기는 했지만 그래도 꿋꿋하게 견뎌 냈다.

또 도망치기는커녕 그들과 같이 돌아서서 가드너 씨와 이야기를 하기 시작했다. 엘리자베스는 기쁘고 의기양양하지 않을 수 없었다. 자기에게도 얼굴을 붉힐 필요가 없는 떳떳한 친척이 있다는 것을 다아시 씨가 알았다는 것이 다행스러웠다.

엘리자베스는 두 사람이 주고받는 이야기에 귀를 기울였다.

그리고 좋은 태도를 보이면서 이야기를 하고 있는 외삼촌의 지식과 취미와 말솜씨에 기쁨을 느꼈다. 화제는 곧 낚시질로 옮겨 갔다. 다아시 씨는 고기가 많아서 낚시하기에도 재미있을 개울을 가리키면서 말했다.

"낚시 도구를 드릴 테니까, 이 근처에 머무시는 동안 아무 때고 맘 내킬 때 오셔서 낚시질을 하세요."

그는 아주 정중하게 가드너 씨를 초대했다. 엘리자베스와 팔짱을 끼고 걷고 있던 가드너 부인은 엘리자베스에게 놀란 표정을 지어 보였다. 엘리자베스는 아무 말도 하지는 않았지만, 다아시 씨의 그러한 친절이 꼭 자기 때문인 것 같아 몹시 기뻤다.

한편으로 엘리자베스는 몹시 놀랐으며 다음과 같은 생각을 되풀이했다. '그가 이렇게 변한 이유는 무엇일까? 나 때문일 리가 없어. 그의 행동이 저렇게 부드러워진 것이 나를 위해서일리는 없어. 헌스퍼드에서 내가 질책을 했다고 해서 이렇게 변할수야 없지. 그가 아직도 나를 사랑할 리는 없어.'

두 여자는 앞서고 두 남자는 뒤에 서서 얼마 동안을 다시 걷고 난 뒤, 어떤 기묘한 수중 식물을 좀 더 잘 보기 위해 개울 끝으로 내려섰을 때 일행에게 약간의 변화가 일어났다. 그것은 아침나절의 운동에 피곤해진 가드너 부인이 엘리자베스의 팔에 매달리는 것만으로는 불충분했는지 자연스레 남편의 팔에 매달렸기 때문이다. 이렇게 되자 다아시 씨는 대신 엘리자베스와 나란히 걷게 되었다.

엘리자베스는 그가 부재중인 줄 알고 여기에 왔다는 것을 그에게 알려 주고 싶었다. 그래서 잠시 동안의 침묵 끝에 그의 도착은 전혀 예기치 못했던 것이라고 말하면서 다음과 같이 덧붙였다.

"가정부도 아마 내일이나 돼야 오실 거라고 말하더군요. 그래서 저희가 베이크웰을 떠나기 전에 뵈리라고는 정말 생각지도 못했습니다."

다아시 씨는 사실 그렇게 하려고 했는데, 식료품 조달인과 좀 만날 일이 있어서 같이 여행하던 사람들보다 몇 시간 먼저 돌아온 것이라고 하면서 다음과 같이 말을 이었다.

"그 사람들은 내일 아침 일찍 여기에 올 겁니다. 그 속에는 엘리자베스 양이 잘 아시는 빙리 군과 그 누이들도 있죠."

엘리자베스는 대답 대신 약간 고개를 숙여 보였지만, 빙리 씨이름이 마지막으로 나왔기 때문에 생각은 과거로 줄달음을 쳤다. 다아시 씨는 안색으로 미루어 보아 그 일은 별로 생각하지 않고 있는 모양이었다. 잠시 사이를 두고 다아시 씨는 말을 계속했다.

"일행 중에는 특히 엘리자베스 양을 몹시 알고 싶어 하는 사람이 한 명 있는데요. 당신이 램턴에 머무시는 동안 제 동생을 소개할 수 있도록 해 주시겠습니까? 너무 과중한 요구일까요?"

이 제의에 대한 엘리자베스의 놀라움이 어쩌나 컸던지 그녀는 이 일을 어떻게 받아들여야 할지 몰랐다. 엘리자베스는 자기와 사귀고 싶어 하는 다아시 양의 생각이 무엇이든 간에 오빠인 다아시 씨가 시킨 것임에 틀림없다고 직감적으로 느꼈다.

이렇게 생각하자 엘리자베스는 매우 만족스러웠고, 전에 자기가 그를 비난한 데 대한 원한 때문에 그가 자기를 정말로 나쁘게 생각하지는 않는다는 것을 알고 매우 기뻤다. 두 사람은 서로 깊은 생각에 잠긴 채 말없이 걸었다.

엘리자베스의 마음은 편치가 않았다. 편할 수가 없었다. 그러나 한편 만족스럽고 기뻤다. 그가 자기에게 동생을 소개해 주겠다는 것은 최고의 경의의 표시였기 때문이다. 두 사람은 이내 가드너 씨 부부를 앞질렀다.

그들이 마차에 도달했을 때에는 가드너 씨 부부는 약 8분의 1마일이나 뒤떨어져 있었다. 다아시 씨는 엘리자베스에게 집으로 들어가자고 했으나, 그녀가 피곤하지 않다고 우기는 바람에 두 사람은 잔디 위에 그냥 서 있었다.

이런 때의 침묵이란 어색한 법이라 되도록 이야기를 많이 해야 했다. 엘리자베스는 무슨 말이든 하고 싶었지만 화제마다 제한이 있는 것 같았다. 그러다 드디어 자기가 여행 중이라는 것을 상기하고 매틀록이며 도브데일에 관한 이야기를 매우 참을성 있게 했다.

그러나 시간도 외숙모의 걸음도 매우 느려 단둘만의 대화가 끝나기 전에 이미 엘리자베스의 끈기와 생각은 거의 바닥나고 말았다. 가드너 씨 부부가 당도하자 다아시 씨는 집으로 들어가서 다과를 약간 들자고 청했으나, 일행은 굳이 사양하고 지극히 공손한 인사를 나누고는 서로 헤어졌다. 다아시 씨는 두 여인이 마차에 오르는 것을 부축해 주었다.

마차가 떠날 때 엘리자베스는 그가 자기 집 쪽으로 천천히 걸어가는 것을 보았다. 가드너 씨 부부는 그들이 본 것을 이야기하기 시작했다. 그들은 이구동성으로 다아시 씨가 생각했던 것보다 말할 수 없이 훌륭하다고 했다. 가드너 씨는 이렇게 말했다.

"더할 나위 없이 몸가짐이 훌륭하고 예의바르고 겸손하던데."

이 말을 가드너 부인이 받았다.

"그 사람은 확실히 뭔가 조금 묵직한 데가 있더군요. 이건 그의 모습에 한한 것이지만, 어울리지 않는 것은 아니에요. 이젠 나도 그 댁 가정부처럼 '어떤 사람들은 그를 오만하다고 하죠.

하지만 전 그런 태도를 본 적이 없습니다'하고 말할 수 있을 것 같아요."

"난 우리에 대한 그 청년의 태도에 아주 놀랐어. 예의 이상으로 친절했지. 정말 친절했어. 그런데 그럴 필요가 도무지 없었거든. 엘리자베스와 안다지만 그건 사소한 이유밖에 안 돼."

"리지야, 그분은 위컴같이 잘생기진 않았더구나. 위컴 같은 용모는 아니야. 그러나 이목구비는 더 훌륭하던데. 그런데 넌 어째서 그 사람이 마음에 들지 않는다고 우리에게 얘기했었니?"

엘리자베스는 극구 변명하면서 켄트에서 만났을 땐 전보다 그를 더 좋아했다는 것과, 자기도 그가 오늘 아침처럼 상냥한 것은 처음 보았다고 말했다.

"그러나 그 청년의 언행에는 어딘가 좀 종잡을 수 없는 데가 있어. 높은 지위에 있는 사람들이란 으레 그렇거든. 그래서 낚시질하러 오라는 그의 말을 그대로 믿진 않겠다. 언제든 또 마음이 변해서 날 몰아낼지도 모르는 일이니까 말이야."

가드너 씨가 말했다. 엘리자베스는 외삼촌 내외가 그의 성격을 전적으로 오해하고 있다고 생각했으나 아무 말도 하지 않았다. 가드너 부인이 말을 받았다.

"우리가 본 것에 따르면, 다아시 씨가 위컴 씨에게 한 것처럼 아무에게나 잔인할 수 있다고 생각해선 안 될 것 같아. 심술궂게 생기질 않았어. 오히려 말할 때면 입가에 무언가 붙임성이 감돌던데. 그의 용모에는 사람들에게 그의 마음이 냉담하다는 나쁜 느낌을 주지 않는 품위가 있어. 하지만 우리에게 집 안을 안내하던 가정부의 말은 확실히 과찬이더군. 어떤 땐 웃음이 나오는 것을 참을 수가 없었어. 하여튼 너그러운 주인 양반이야. 더구나 하인의 눈엔 미덕을 갖춘 사람이지."

여기서 엘리자베스는 위컴 씨에 대한 다아시 씨의 행동을 변호하는 무슨 말인가를 좀 해야겠다고 생각했다. 그래서 될 수 있는 대로 조심스러운 말씨로, 자기가 켄트에서 그의 친척에게 들은 바에 의하면 그의 행동에 대해서는 상당히 색다른 해석을 내릴 여지가 많다는 것과, 하트퍼드셔에서 생각하고들 있는 것처럼 그의 인격은 그렇게 비난할 만한 것이 결코 아니며, 또 위컴 씨도 그렇게 원만한 사람이 아니라고 이야기했다. 이 말을 확증하기 위해 그녀는 두 사람이 관계했던 금전상의 사건을 상세하게 들려주었다. 물론 자기에게 알려 준 사람의 이름은 밝히지 않았지만 신용해도 좋을 사람이라는 말은 덧붙였다.

가드너 부인은 놀라고 걱정하는 빛이었으나 그때는 이미 마차가 아까 오던 길에 즐겼던 경치에 가까워졌기 때문에 그들은 모두 회상의 기쁨에 잠겼고, 또 남편에게 주위 경치를 낱낱이

가리키는 데에 너무 정신이 팔려서 그녀는 다른 것은 생각할 여지가 없었다.

아침나절 내내 걸었기 때문에 피곤했음에도 불구하고 가드너 부인은 점심을 마치자마자 옛날 친구들을 찾아 나섰고, 저녁 시간은 오랫동안 끊겼던 우정을 되찾은 만족감에 젖어 보냈다.

엘리자베스는 그날 일어난 일들이 머릿속에 가득 차서 외숙모의 새 친구들에 대해선 그다지 흥미가 없었다. 엘리자베스는 갑작스러운 다아시 씨의 친절과, 또 무엇보다도 그가 여동생을 자기에게 소개하려는 의도를 의아하게 생각하는 것 외에는 아무것도 할 수가 없었다.

44

엘리자베스는 다아시 씨의 누이가 펨벌리에 도착하는 그 이튿날쯤에야 그녀를 데리고 찾아오려니 생각하고, 그날 아침나절은 여관에 붙어 있어야겠다고 마음먹었다.

그런데 그들이 램턴에 도착한 바로 다음 날 아침에 다아시 씨 남매가 찾아왔다. 그날 아침 일행이 몇몇 새로운 친구들과 함께 여관 주위를 산책하고 나서 아침 식사를 하기 위해 옷을 갈아입으려 막 여관에 돌아왔을 때였다.

마차 소리가 나서 창문으로 다가가 보니 두 남녀가 이륜마차를 타고 거리를 달려오고 있는 것이 보였다. 엘리자베스는 즉시 마차를 알아보고 그들이 오는 이유를 짐작하고서는 자기가 맞이할 영예를 가드너 씨 부부에게 알림으로써 놀라움을 좀 덜어 보려 했으나 헛일이었다. 가드너 씨 부부는 몹시 놀랐다.

당황스러워하는 엘리자베스의 태도, 또 지금 벌어진 상황, 게다가 전날의 여러 가지 일을 종합해 볼 때 다아시 씨와 그녀의 교제에는 보통 이상의 의미가 있다는 것을 가드너 씨 부부는 비로소 눈치를 챘다. 그전에는 전혀 눈치채지 못했으나 다아시 씨가 베푼 여러 가지 친절은 엘리자베스에 대한 특별한 애정으로밖에는 달리 생각하거나 해석할 길이 없었다.

이런 새로운 생각들이 가드너 씨 부부의 머리를 스치는 동안 엘리자베스 자신도 자기가 당황하는 것에 매우 놀랐다. 다른 모든 불안 가운데에서도 자기에 대한 그의 편애 때문에 그가 동생에게 자기를 너무 과찬하지나 않았을까 하여 두려웠고, 평소에 손님을 기쁘게 해 주던 것 이상의 애교 있는 모습으로 그들을 기쁘게 해 줄 수 있을까 하여 걱정했다.

다아시 씨 남매에게 들킬까 봐 겁이 나서 엘리자베스는 창가에서 물러섰다. 그리고 마음을 가라앉히려고 애를 쓰면서 방을 이리저리 거닐었으나, 의아해하는 외삼촌 내외의 얼굴을 보자 그녀의 모든 노력도 허사가 되고 말았다.

드디어 다아시 양과 그 오빠가 나타나서 놀랄 만한 소개가 시작되었다. 엘리자베스는 그의 새로운 벗인 다아시 양도 자기만큼이나 당황하고 있는 것을 보고 무척 놀랐다. 램턴에 머문 이래로 엘리자베스는 다아시 양이 매우 오만하다고 전해 들었던 것이다.

그러나 단 몇 분간의 관찰만으로도 엘리자베스는 다아시 양이 매우 수줍어하고 있다는 것을 확신할 수 있었다. 그녀에게서는 한마디 이상의 말을 듣는 것조차 힘들 지경이었다.

다아시 양은 키가 컸고 몸집도 엘리자베스보다 컸다. 나이는 열여섯 남짓해 보였는데, 외모는 균형이 잡혀 있었고 여자다우며 정숙했다. 인물은 오빠인 다아시 씨보다 못한 편이었으나, 얼굴에는 지각과 명랑성이 넘쳐흘렀고 몸가짐은 더할 나위 없이 공손하고 얌전했다. 다아시 양도 오빠처럼 날카롭고 어떤 일에도 끄떡하지 않는 '관찰자'일 것이라고 생각했던 엘리자베스는 이런 판이한 성격을 알고는 마음이 놓였다.

그들이 함께 있은 지 얼마 안 되어서 다아시 씨는 빙리 씨도 엘리자베스를 만나러 올 것이라는 사실을 알렸다. 그녀가 겨우 감사를 표시하고 새로운 방문자에 대한 마음의 준비를 했을 때,

층계를 올라오는 빠른 발걸음 소리가 들리고 곧 빙리 씨가 방으로 들어섰다.

빙리 씨에 대한 노여움은 이미 사라진 지 오래이지만 설사 아직 좀 남아 있다 해도 그가 한결같이 엘리자베스에게 보여 준 상냥한 태도 때문에 모두 사라져 버렸을 것이다. 빙리 씨는 으레 하던 식으로 다정하게 엘리자베스 가족의 안부를 묻고, 평소와 똑같이 명랑한 기분으로 엘리자베스와 마주 보며 이야기를 했다.

가드너 씨 부부에게도 빙리 씨는 엘리자베스와 거의 마찬가지로 흥미로운 인물이었다. 그들은 오랫동안 그를 보고 싶어 했었다. 실상 그들 앞에 있는 모든 사람이 그들의 주의를 활발하게 자극했다. 다아시 씨와 엘리자베스에 대해 방금 일어난 의아함 때문에 가드너 씨 부부는 신중하고 진지하게 두 사람을 살폈고, 이런 관찰의 결과 적어도 두 사람 중의 한 사람은 사랑을 느꼈으리라고 확신했다.

엘리자베스의 감정에 대해서는 아직 의심나는 점이 조금 있었지만, 다아시 씨가 그녀에 대한 사랑의 찬미에 충만해 있다는 것은 명약관화한 일이었다.

엘리자베스로서는 할 일이 많았다. 그녀는 각 방문자들의 마음을 탐지해 보고 싶었고, 자기의 마음을 가라앉히고 싶었으며,

모든 사람 앞에서 자기도 유쾌해지고 싶었다. 엘리자베스가 그렇게 하지 못할까 봐 가장 두려워했던 이 마지막 목적에 대해서는 단연 성공을 장담할 수 있었다.

그것은 엘리자베스가 즐겁게 해 주려고 노력한 사람들이 전부 그녀의 마음에 들었기 때문이다. 빙리 씨를 보자 엘리자베스의 생각은 자연히 제인에게로 달려갔다. 빙리 씨의 마음도 그런지를 그녀는 얼마나 알고 싶었는지 모른다.

때때로 그녀는 빙리 씨가 전보다 어쩐지 말을 적게 한다고 생각했고, 또 그가 자기를 바라볼 때의 표정으로 미루어 추억을 회상하려 애쓰고 있구나 하는 생각을 하며 다소 기뻐했다. 이런 생각이 비록 공상에 지나지 않는다 할지라도 한때 제인의 연적이었던 조지아나를 대하는 빙리 씨의 태도에는 오해할 여지가 없었다. 어느 쪽의 표정에도 특별한 호의가 담긴 눈길은 없었고, 빙리 양의 소원을 정당화할 만한 일은 두 사람 사이에 일어나지 않았다. 그래서 이 점에 대해 엘리자베스는 곧 만족해했다.

그런데 일행이 헤어지기 전에 몇몇 사소한 사건이 일어났다. 엘리자베스는 빙리 씨의 생각이 몹시 알고 싶어서, 자연스럽게 제인을 상기시킨 후 그로 하여금 제인에 대한 이야기를 하도록 하고 싶었다. 만약 그에게 용기만 있었더라면 제인 이야기가 나왔을 것이다.

　그는 다른 사람들이 이야기하고 있을 때, 진정 유감스러운 듯한 목소리로 무척 오랫동안 제인을 보지 못했노라고 엘리자베스에게 말했다. 그리고 엘리자베스가 미처 대답도 하기 전에 이렇게 말을 이었다.

　8개월이 넘는군요. 네더필드에서 함께 춤을 춘 11월 26일 이후로 서로 만나지 못했으니까요."

　엘리자베스는 빙리 씨의 기억이 매우 정확한 것에 기뻐했다. 그는 나중에 다른 사람들이 눈치채지 못할 틈을 타서 엘리자베스의 자매들이 모두 롱본에 있느냐고 물었다. 이 질문이나 그전의 말 속에 무슨 대단한 의미는 들어 있지 않았지만 그 표정과 태도만은 의미심장했다.

　엘리자베스는 다아시 씨에게 자주 눈길을 돌리지는 않았으나 흘끗 쳐다볼 때마다 그의 얼굴에서 온화하고 친절한 표정을 읽을 수 있었고, 그가 하는 말에서 그의 친구에 대한 전날의 오만이나 멸시적인 어조가 아주 가서 버린 것을 느낄 수 있었다. 이것은 전날 본 다아시 씨의 변화된 행동이 비록 일시적인 것이라 할지라도 적어도 만 하루는 지속되었음을 그녀에게 확신시켜 주는 것이었다.

　다아시 씨가 수개월 전만 해도 그들과 사귀면 무슨 치욕이나 되는 듯이 여기던 사람들과 사귀고 싶어 하고 그 사람들의 호의를 구하는 것을 볼 때, 또 그가 자기 친척들에게도 이렇게 친절한 것을 볼 때, 헌스퍼드 목사관에서의 그들의 마지막 장면과 비교하면 그 변화가 너무도 크고 엘리자베스의 마음에 너무도 강한 충격을 주었기 때문에 그녀는 자기의 놀라움을 얼굴에 드러내지 않을 수 없었다.

다아시 씨의 이러한 노력이 성공했다고 해서 아무런 중요한 결과도 초래할 리 없고, 오히려 그가 친절을 베풀고 있는 사람들과의 교제가 네더필드와 로징스의 두 처녀의 초조와 비난을 초래할 수도 있는 이때, 네더필드의 가까운 친구들이나 로징스의 고귀한 인척들과 사귀는 데 있어서 다아시 씨가 지금처럼 자부심이나 완강한 침묵으로부터 해방되어 기뻐하는 모습을 엘리자베스는 일찍이 본 적이 없었다.

방문자 일행은 반 시간 이상 머물러 있었다. 그들이 떠나려고 자리에서 일어서자, 다아시 씨는 누이에게 가드너 부부와 엘리자베스가 이곳을 떠나기 전에 펨벌리의 만찬에 초대하자고 권유했다. 다아시 양은 다른 손님을 초대할 때는 별로 수줍음을 타지 않았는데, 이번에는 다소 수줍어하면서 선뜻 동의했다.

가드너 부인은 이 초대와 가장 관련이 깊은 엘리자베스가 초대를 수락할 의향이 있는가를 알고 싶어서 그녀를 돌아보았으나 그녀는 고개를 돌려 버리고 말았다. 그러나 이런 고의적인 회피는 초대가 싫어서라기보다는 순간적으로 당황해서 그런 것이라 생각하고, 또 사교를 즐기는 자기 남편이 아주 기꺼이 승낙할 의사임을 안 가드너 부인은 초대에 참석할 것을 약속했다. 날짜는 이틀 후로 정해졌다.

빙리 씨는 엘리자베스에게 할 말이 아직도 많았고 하트퍼드셔에 있는 모든 친구에 대해서도 물어볼 것이 많았으므로, 그녀를 다시 만날 수 있게 되기를 간절히 바란다고 말했다. 엘리자베스는 이 말을, 그가 제인 이야기를 자기에게 들려주기를 원하고 있다는 것으로 해석하고 기뻐했다.

다른 이유도 있었지만 이 때문에 엘리자베스는, 다아시 씨 일행이 가 버린 다음에도 반 시간 동안 흐뭇한 마음으로 지낼 수 있었다. 엘리자베스는 혼자 있고 싶었다. 외삼촌 내외의 어떤 질문이나 암시가 두려워서, 그녀는 두 사람이 빙리 씨를 칭찬하는 이야기만을 겨우 들어 주고 옷을 갈아입으러 급히 가 버렸다.

엘리자베스가 가드너 씨 부부의 호기심을 두려워할 이유는 전혀 없었다. 그들은 엘리자베스와 다아시 씨의 교제를 방해하려 들지 않았다. 그들이 생각하는 것보다 엘리자베스가 그와 훨씬 더 친한 것은 뻔한 사실이었고, 그가 엘리자베스를 사랑하고 있다는 것도 명백한 사실이었다. 그들은 알고 싶은 것이 많았으나 엘리자베스에게 캐물을 수는 없었다.

가드너 씨 부부는 이제 다아시 씨를 좋게 생각하려 했다. 그들이 알고 있는 한 그에게서 어떤 흠도 발견할 수가 없었고 그의 공손함에 감동하지 않을 수 없었다.

만약 그들이 다아시 씨의 인격을 별다른 이유 없이 자신들의 감정이나 그의 하인의 말만 듣고 끌어내렸다 하더라도, 그를 알고 있는 하트퍼드셔 사교계 사람들은 이를 인정하지 않았을 것이다.

이제 가드너 씨 부부는 가정부를 믿게 되었다. 네 살 이후의 다아시 씨에 대해 훤히 알고 있으며, 또 몸가짐에도 존경할 만한 점을 보여 준 가정부의 권위를 그렇게 쉽사리 부정할 수는 없다고 그들은 생각하게 되었다. 램턴에 있는 지인들의 말에도 그의 가치를 감소시킬 만한 내용은 하나도 없었다. 다아시 씨가 오만하다는 것 외에는 그를 비난할 점이 없었다.

확실히 그는 오만했다. 실제로 그가 오만하지 않다면, 그것은 다아시 씨 집안사람들이 가지 않는 작은 시장 거리의 주민들이 그를 잘 모르기 때문에 오만하다는 죄를 씌운 탓에 있을 것이다. 하지만 그는 관대한 사람이며 가난한 이웃에게 자선을 많이 베풀었다는 사실은 이미 널리 인정되고 있었다.

엘리자베스 일행은 위컴 씨가 여기서 그다지 존경받고 있지 못하다는 것을 알게 되었다. 왜냐하면 비록 그와 다아시 씨 사이에 있었던 사건의 골자는 잘 모른다 하더라도, 그가 더비셔를 떠날 때 진 많은 빚을 다아시 씨가 나중에 다 갚아 주었다는 사실만은 아직도 사람들이 기억하고 있기 때문이다.

엘리자베스의 생각은 어제 저녁보다도 더 펨벌리에 가 있었다. 밤은 길었지만 펨벌리 저택에 있는 어느 한 사람에 대한 그녀의 감정을 결정짓기에는 충분치 못했다. 그녀는 꼬박 두 시간 동안을 자신의 마음을 정하려고 애쓰면서 그냥 자리에 누워 있었다. 엘리자베스는 확실히 다아시 씨를 미워하지는 않았다.

아니, 이미 증오는 오래전에 사라졌고, 혐오란 이름을 붙일 만한 그런 감정을 지녔던 것을 오래전부터 부끄러워하고 있었다. 그를 매우 유리하게, 또 그의 성질을 좋은 의미로 해석하는 어제의 증언으로 말미암아 엘리자베스의 감정은 이제 호의를 넘어서까지 발전했다. 무엇보다도 엘리자베스의 마음속에는 존경이나 경의보다는 묵과할 수 없는 하나의 호의적인 느낌이 있었다. 그것은 감사였다.

한때 자기를 사랑했다는 데 대한 감사뿐만 아니라, 그를 거절할 때 자기의 거만하고 신랄한 태도와 또 그 거절에 따르는 모든 부당한 비난을 쾌히 용서하고 아직도 자기를 사랑하는 데 대한 감사였다.

자기를 대단한 원수처럼 피하기만 하던 그가, 이 우연한 재회를 통해 교제를 지속하려고 몹시 열망하고 있는 듯이 엘리자베스에게는 보였다. 교제를 위해 야비한 호의를 보인다거나 두 사람만이 관련된 특별한 태도를 취하지 않고, 자기 친구들에게 호의를 베푼다거나 자기를 동생에게 소개하려는 것도 감사하게 생각되었다.

그렇게도 오만하던 사람의 태도 변화는 놀라운 감정뿐만 아니라 감사한 마음까지 불러일으켰다. 그러한 변화는 사랑, 그것도 열렬한 사랑 탓이었으며, 그런 까닭에 이 변화에 대한 엘리자베스의 인상은 비록 정확히 규정지을 수는 없지만 북돋워야 할 성질의 것이라고 생각하게 되었다.

엘리자베스는, 그가 다시 자기에게 구혼하고 싶은 마음을 일으키는 힘―이 힘을 그녀는 아직도 지니고 있다고 마음속으로 생각했다―을 이용하는 것이 얼마만큼 두 사람의 행복을 위하는 일이 되는가를 알고 싶었다.

그날 저녁 가드너 씨 부부와 엘리자베스는, 펨벌리에 도착하던 바로 그날로 자기들을 방문한 다아시 양의 훌륭한 예의에 대해서 비록 동등하게는 될 수 없다 할지라도 이쪽에서도 어떤 겸허한 노력을 기울여 마땅히 답례를 해야 할 것이라는 것과, 따라서 이튿날 아침 펨벌리로 다아시 양을 방문하는 것이 좋으리라는 결정을 보았다. 그리하여 두 사람은 펨벌리에 가게 되었다. 엘리자베스는 기뻤다. 비록 자기 자신에게 그 이유를 물어보았을 때 대답할 말은 없었지만.

가드너 씨는 아침 식사를 마치자마자 곧 떠났다. 어제 이미 낚시질 계획을 다 짜 놓았고, 정오에는 펨벌리에서 몇몇 사람을 만나기로 단단히 약속되어 있었던 것이다.

45

빙리 양이 자기를 싫어한 것은 질투 때문이라는 확신을 하게 되자, 엘리자베스는 펨벌리에 갔을 때 빙리 양이 자기를 얼마나 반갑지 않은 얼굴로 대할 것인가를 생각하지 않을 수 없었고, 그쪽에서 얼마만한 예의를 갖추고 서로의 교제가 다시 시작될 것인지 궁금했다.

펨벌리 저택에 닿자 그들은 현관을 지나 큰 홀로 안내되었는데, 그 방의 북쪽 경치는 시원한 여름에 알맞은 것이었다. 정원 쪽으로 난 창문으로는 집 뒤의 숲이 울창한 높다란 동산과, 아름다운 참나무와 밤나무가 중간중간 잔디 위에 흩어져 있는 상쾌한 경치를 내다볼 수 있었다. 이 방에서 두 사람은 다아시 양의 영접을 받았다.

다아시 양은 허스트 부인과 빙리 양, 또 런던에서 함께 살던 부인과 앉아 있었다. 조지아나는 극히 공손하게 그들을 환영했다. 그녀는 수줍어하는 한편 잘못을 저지르지나 않을까 하는 두려움으로 당황하고 있었으나, 열등감을 가진 사람들에게는 오만하고 말이 적다는 인상을 주기 쉬웠다.

가드너 부인과 엘리자베스는 다아시 양의 기질을 잘 알고 있었으므로 그녀를 동정했다. 허스트 부인과 빙리 양은 예의상 겨우 그들에게 아는 체를 했다. 두 사람이 자리에 앉자 침묵—이런 침묵이란 으레 어색한 법이지만—이 잠시 동안 계속되었다. 품위 있고 명랑한 모습을 한 앤슬리 부인이 침묵을 깨뜨렸다. 무슨 화제든 꺼내려고 애쓰는 품이 빙리 양이나 다아시 양보다 세련된 부인임을 증명해 주었다.

그렇게 해서 앤슬리 부인과 가드너 부인 사이에는 때때로 엘리자베스의 도움을 받아 대화가 진행되었다. 다아시 양은 이 대화에 과감히 끼어들고 싶은 표정이었으며, 이따금 남들이 귀를 기울이지 않는 틈을 이용해 몇 마디씩 말을 했다.

엘리자베스는 빙리 양이 자기를 찬찬히 훑어보고 있다는 것과, 특히 다아시 양에게 한마디라도 하려고 하면 그녀가 귀를 곤두세운다는 것을 금방 알아차렸다. 만약 그들이 불편한 거리에 앉아 있지만 않았더라면, 빙리 양의 이런 관찰 때문에 다아시 양과 이야기하고 싶어 하는 엘리자베스의 노력이 좌절되지는 않았을 것이다.

그러나 엘리자베스는 말을 많이 해야 할 필요성이 줄어드는 것을 섭섭히 여기진 않았다. 그녀는 생각에 골몰하고 있었다. 엘리자베스는 순간순간마다 어떤 남자든지 이 방에 들어왔으면 하고 바랐다.

엘리자베스는 이 저택의 주인이 자기들과 한자리에 있기를 바라면서도 동시에 그것을 두려워했다. 어느 쪽을 더 바라는지 그녀 자신도 알 수 없었다. 엘리자베스는 이런 생각을 하며 빙리 양의 말은 듣지도 않고 한 15분쯤 앉아 있었는데, 빙리 양이 가족의 안부를 묻는 바람에 제정신이 들었다. 엘리자베스도 똑같이 냉담하고 간결한 말로 그녀의 물음에 대답했다. 빙리 양은 더 이상 말하지 않았다.

그들의 방문에서 일어난 두 번째 변화는, 하인들이 냉동 고기와 케이크와 계절에 맞는 온갖 훌륭한 과일을 들고 들어온 것이었다. 앤슬리 부인이 다아시 양에게 주인으로서의 역할을 상기시키느라고 몇 번이나 의미 있는 눈짓과 미소를 던진 다음에야 비로소 모두 일어났다. 모두가 이야기할 수는 없지만 먹을 수는 있기 때문에 이제 모든 사람에게 할 일이 생긴 셈이었다.

그들은 포도와 복숭아가 피라미드처럼 쌓인 식탁에 둘러앉았다. 이렇게 음식을 먹고 있는 동안 엘리자베스는, 자신이 다아시 씨가 나타나는 것을 두려워했는가 또는 원했는가에 대해 그가 방 안에 들어서는 순간 자기를 지배한 감정을 결정지을 좋은 기회가 생겼다.

그가 방에 들어서자, 조금 전까지만 해도 그가 나타나기를 바라는 마음이 압도적이라고 믿었는데, 이제는 그가 나타난 것을 두려워하기 시작했기 때문이다.

다아시 씨는 저택에 온 두서너 명과 함께 낚시질을 하던 가드너 씨와 얼마 동안 같이 있었다. 그러다가 가드너 부인과 엘리자베스가 그날 아침 조지아나를 방문할 계획이라는 말을 듣고는 그들을 만나려고 비로소 그곳을 떠나왔던 것이다.

그가 나타나자 엘리자베스는 슬기롭게 아주 태연자약하려고 마음먹었다. 그러나 이런 결심을 해야 할 필요성이 크면 클수록 지속하기가 쉽지 않았다. 왜냐하면 모두가 자기와 다아시 씨에게 의심의 눈초리를 퍼붓고 있으며, 다아시 씨가 처음 방에 들어서면서부터 모두가 그의 행동을 주시하고 있다는 것을 알았기 때문이다.

다아시 씨 이야기를 할 때면 비록 빙리 양의 얼굴에 미소가 퍼지긴 했지만, 그녀처럼 얼굴에서 주의 깊은 호기심이 강하게 드러나는 사람도 또 없었다. 그녀는 아직도 절망하기보다 질투하고 있었으며, 그에 대한 호감도 여전히 간직하고 있었다.

조지아나는 오빠가 들어오자 더욱 친밀히 사귀기를 바라고 있으며, 어느 쪽이든 될 수 있는 대로 대화를 하도록 모든 노력을 기울이고 있음을 알 수 있었다. 빙리 양도 또한 이 모든 것을 알아차리고, 화가 치밀어 냉소적인 공손함을 띠면서 맨 먼저 말을 시작했다.

"엘리자 양, 군대가 메리턴에서 이동했다죠? 댁의 가정은 커다란 타격을 받았겠군요."

엘리자베스는 다아시 씨 앞이라 위컴이란 이름을 입 밖에 내려 들지 않았지만 곧 위컴 씨가 자기 생각의 맨 첫머리에 있음을 알게 되었고, 그와 관련된 여러 가지 회상 때문에 일순간 마음이 괴로웠다.

이 심술궂은 공격을 물리치기 위해 그녀는 용기를 내어 빙리양의 물음에 태연한 목소리로 대답했다. 그녀가 말하고 있는 동안에 다아시 씨가 상기된 얼굴로 자기를 유심히 쳐다보고 있고, 조지아나는 겁에 질려 눈도 똑바로 뜨지 못하고 있는 것을 언뜻 볼 수 있었다. 이때 빙리 양이 자기가 사랑하는 사람을 얼마나 괴롭히고 있는가를 알았다면, 그녀는 틀림없이 그러한 암시적인 질문은 삼갔을 것이다.

빙리 양은 단지 엘리자베스가 좋아한다고 믿고 있는 위컴 씨 이야기를 끄집어내어 그녀를 불안하게 만들려고 했던 것이고, 다아시 씨의 눈에 엘리자베스가 나쁘게 비치도록 그녀로 하여 금 자기 감정을 누설토록 만들려는 것이었으며, 그래서 군대와 관련을 맺은 엘리자베스 가족의 어리석고 못난 짓들을 그에게 상기시킬 심산이었다.

조지아나와 위컴 씨가 도망을 계획했었다는 것을 빙리 양은 전혀 모르고 있었다. 다아시 씨는 엘리자베스 외에 비밀이 보장 될 만한 곳에도 그 사실을 전혀 누설하지 않았던 것이다. 빙리 씨와의 친밀한 관계 때문에, 이다음에 조지아나가 빙리 가의 한 사람이 되기를 바라는 마음에서 그는 특히 이 사실을 숨기려고 애썼던 것이다.

그에게 이런 의사가 있다는 것을 엘리자베스는 오래전부터 생각하고 있었지만, 다아시 씨는 확실히 그런 계획을 했었을 것이다. 그리고 이것은 빙리 씨와 제인을 떼어 놓으려는 그의 노력에 효과를 준다는 의미는 없었을 것이며, 단지 아마도 그가 조지아나에 대해 한층 적극적인 관심을 지닌 탓이었을 것이다.

엘리자베스의 침착한 행동은 곧 다아시 씨의 감정을 가라앉혀 주었다. 그리고 빙리 양도 화가 나고 실망이 돼서 그 이상 위컴 씨 이야기는 꺼내지 않았으므로, 조지아나도 말을 계속할 정도는 아니었지만 곧 진정이 되었다.

그녀는 오빠와 눈이 마주칠까 봐 두려워했으나 그는 조지아나가 관련됐던 그 사건은 거의 상기하지 않았고, 그의 생각을 엘리자베스로부터 다른 곳으로 돌리려고 한 것이 오히려 그의 생각을 더욱 즐겁게 엘리자베스에게 붙들어 두는 결과가 되었다.

가드너 부인과 엘리자베스의 방문은 이상의 질문과 대답이 있은 후에 곧 끝났다. 다아시 씨가 두 사람을 마차까지 바래다주는 동안 빙리 양은 엘리자베스의 사람됨과 몸가짐과 옷에 대해 비판과 감상을 늘어놓았다.

그러나 조지아나는 빙리 양의 의견에 동의하려 하지 않았다. 엘리자베스에 대한 오빠의 칭찬은 조지아나의 호감을 사기에 충분했고, 오빠의 판단은 그릇될 리가 없었다. 그가 엘리자베스에 대해 한 말로 미루어 보면, 조지아나로서는 엘리자베스가 사랑스럽고 상냥한 사람이 아니라고는 생각할 수가 없었다.

이렇게 되자 다아시 씨가 혼자 돌아왔을 때, 빙리 양은 조지아나에게 한 이야기를 그에게 또다시 되풀이하지 않을 수 없었다.

"다아시 씨, 엘리자 베넷의 오늘 아침 모습이란 얼마나 꼴불

견이었는지 모르겠어요. 지난겨울 이후로 사람이 그렇게 변하다니. 그런 사람은 생전 처음 보았어요. 피부가 굉장히 타고 거칠어졌더군요. 루이자 언니와 저는 엘리자베스를 만나지 않았던 편이 좋았을 거라고 말했답니다."

다아시 씨는 그녀의 말이 무척 듣기 싫었지만, 엘리자베스가 여름에 여행하는 사람치고는 그리 이상할 것도 없는, 즉 약간 햇볕에 그을린 것 외에는 별로 변한 점을 모르겠다고 냉정히 대답하는 것으로 꾹 참았다. 빙리 양은 항변했다.

"저는 엘리자베스에게서 아무런 아름다움도 찾아볼 수 없었어요. 얼굴은 너무 여위어서 생기가 없고, 용모도 전혀 잘생긴 데가 없어요. 코는 품위가 없고 콧날도 뚜렷하지 못해요. 이는 그래도 예쁘지만 그것도 빼어난 것은 못 되고, 눈은 아름답다고 하는 사람들이 가끔 있는 모양인데 제가 보기엔 그리 뛰어날 것은 없어요. 눈매는 날카롭고 수다스러워 보여 전 아주 질색이에요. 몸매도 오만하고 기품이 없는 게 차마 눈 뜨고 볼 수 없을 지경이죠."

빙리 양은 다아시 씨가 엘리자베스를 좋아하고 있다고 믿고 이런 이야기를 했으나, 그것이 자기를 치켜세우는 좋은 방법은 아니었다. 노한 사람은 언제나 슬기롭지 못한 법이다. 빙리 양은 그가 드디어 약간 짜증을 내는 것을 보고 자기가 계획한 대로 성공을 거두었다고 믿었다. 그러나 다아시 씨는 종내 아무 말이 없었다. 그래서 입을 열게 할 작정으로 빙리 양은 말을 계속했다.

"하트퍼드셔에서 처음 엘리자베스를 알게 되었을 때, 그녀의 소문난 아름다움을 보고 모두들 놀랐던 일을 전 지금도 기억하고 있어요. 그리고 어느 날 밤 네더필드에서 저녁 식사를 끝마친 뒤에 다아시 씨가 '엘리자베스는 미인이야. 엘리자베스의 어머니를 곧 여사라고 불러야겠어'라고 하시던 말을 기억하고 있어요. 그 후로는 엘리자베스가 다아시 씨를 점점 좋아하는 것 같더군요. 아마 다아시 씨도 한때 엘리자베스를 아름답다고 생각하셨죠?"

다아시 씨는 더 이상 감정을 억제할 길이 없어 대꾸했다.

"네, 그렇습니다. 그러나 그것은 제가 처음 엘리자베스 양을 알았을 때뿐이었습니다. 엘리자베스 양을 제가 아는 사람들 가운데에서도 가장 아름다운 여인이라고 생각한 지는 수개월이나 되었습니다."

이 말을 하고 나서 다아시 씨는 나가 버렸다. 빙리 양은 자기 외에는 아무에게도 고통을 주지 않는 이 말을 하게끔 그의 입을 열게 했다는 것에 쓰디쓴 만족을 느끼지 않으면 안 되었다.

가드너 부인과 엘리자베스는 여관으로 돌아오는 동안 두 사람에게 특히 관심이 있었던 일만을 빼놓고 오늘 방문 중에 일어났던 일들을 모조리 이야기했다. 그들이 가장 많이 주의를 기울였던 사람인 다아시 씨에 관한 것만을 제외하고서, 그들이 본 모든 사람의 표정과 행동에 대해 이야기를 나누었다. 즉 그의 동생과 친구들과 집과 과일 등등 '그'만을 제외한 일체의 것에 대해 이야기했다.

그러나 엘리자베스는 가드너 부인이 그를 어떻게 생각하고 있는지 몹시 궁금했다. 가드너 부인 역시 엘리자베스가 먼저 그 화제를 꺼냈더라면 매우 기뻐했을 것이다.

46

엘리자베스는 처음 램턴에 도착했을 때 제인에게서 편지가 오지 않는 것에 몹시 실망했다. 이 실망은 엘리자베스가 램턴에 머무는 동안 매일 아침 되살아나곤 했지만, 사흘째 되는 날 제인의 편지를 한꺼번에 두 통씩이나 받자 자연히 사라졌으며, 또 그중 한 통에는 엉뚱한 곳으로 갔었다는 부전(附箋)이 붙어 있어서 제인의 명분을 세워 줄 수가 있었다.

편지가 잘못 전해진 것은 그다지 놀라운 일이 아니었다. 주소가 전혀 딴 곳으로 적혀 있었기 때문이다. 편지가 왔을 때 일행은 산책을 나가려던 참이었다.

가드너 씨 부부는 그녀에게 혼자 조용히 편지를 읽으라고 하고 둘이서만 산책을 나갔다. 엘리자베스는 잘못 전달되었던 편지를 먼저 읽었다. 닷새 전에 쓴 편지였는데, 거기에는 소규모 파티와 초대 약속 등 마을에서 흔히 있을 수 있는 소식뿐이었지만, 그보다 하루 늦게 장황하게 쓴 두 번째 편지는 좀 더 중요한 소식을 전하고 있었다. 사연은 다음과 같았다.

사랑하는 리지,

위의 글을 쓴 이후 천만뜻밖에도 아주 중대한 일이 하나 생겼다. 놀라게 해서 안됐지만 우리는 모두 무사하니까 그건 안심하고. 내가 지금부터 말하려는 건 가엾은 리디아 이야기야.

어젯밤 12시쯤에 우리가 막 잠이 들었는데 포스터 대령님으로부터 속달 우편이 오지 않았겠니. 펴 보니까 글쎄 리디아가 장교 한 사람과, 터놓고 말하자면 위컴 씨하고 스코틀랜드로 도망을 쳤다는구나.

우리들이 얼마나 놀랐겠는지 한번 생각해 보렴. 그런데 키티는 전혀 예기치 못했던 것은 아닌 눈치야. 얼마나 안됐는지 모르겠어. 어쩌면 둘 다 그렇게 경솔하게 결혼을 하니? 하지만 잘되겠지. 위컴 씨의 인격에 대해서는 우리가 오해를 하고 있었다고 믿고 싶어.

난 그를 아무런 생각 없이 무조건 믿을 수 있을 것 같아. 그런다고 해로울 거야 없지 않겠니? 리지야, 우리 기뻐하자꾸나. 적어도 위컴 씨는 재산에는 무관심했던 것 같아. 아버지가 그 애에게 아무것도 물려줄 게 없다는 것은 그도 잘 알고 있었을 테니까 말이야.

가엾은 어머니는 몹시 슬퍼하고 계셔. 아버지는 그래도 무던히 견디시는 편이야. 위컴 씨에 대한 일들을 부모님에게 알리지 않았던 것이 지금 생각해 보면 얼마나 다행인지 모르겠어.

우리도 잊어버리자. 두 사람은 아마 토요일 밤 12시쯤 떠났을 거라고 추측하지만 어제 아침 8시까지도 몰랐다는구나. 그래서 그때서야 급히 편지를 띄우게 된 것이래.

두 사람은 여기서 10마일 이내의 지점을 통과했을 거야. 그래서 포스터 대령이 곧 롱본에 오신대. 리디아가 떠나면서 대령 부인에게 자기들 계획에 관해 몇 줄 적어 놓고 간 모양이야.

그만 써야겠어. 가엾은 어머니를 혼자 오래 둘 수 있어야지. 이것만으론 뭐가 뭔지 모르겠지? 나도 내가 무얼 썼는지 잘 모르겠어.

엘리자베스는 이 편지를 읽고 나자 아무것도 생각할 여유 없이, 자기의 감정이 어떤지 알 겨를도 없이 몹시 초조한 마음으로 나머지 편지를 뜯었다. 먼젓번 편지의 후반부를 쓴 지 하루가 지난 후에 쓴 것인데, 사연은 다음과 같았다.

사랑하는 리지,

지금쯤은 지난번에 총총히 쓴 편지를 받아 보았겠구나. 이 편지는 좀 더 자세히 쓰기를 바라지만, 비록 시간이 제한되어 있는 것은 아니라 할지라도 내 머릿속이 어찌나 어리둥절한지 지금부터 쓰는 글에 조리가 있을지 장담은 못 하겠어. 귀여운 리지, 무얼 써야 할는지 나도 잘 모르겠다. 하여튼 나쁜 소식이지만 지체할 수가 없어서 쓴다.

비록 위컴 씨와 가엾은 리디아의 결혼이 경솔한 것이긴 해도 우리는 지금 둘이 결혼식을 올렸다는 보증을 고대하고 있어. 그것은 그들이 스코틀랜드로 가지 않은 듯하기 때문이야.

포스터 대령님은 그저께 브라이턴을 출발하셨는데, 어제

속달 편지가 도착한 지 몇 시간이 안 되어서 여기에 도착하셨어. 리디아가 포스터 대령 부인에게 남기고 간 편지를 보면 그들이 그레트나 그린으로 갈 것처럼 생각되지만, 위컴 씨의 동료 장교인 데니 씨 말로는 그가 그레트나 그린에는 갈 꿈도 꾼 적이 없었고, 또 리디아와 결혼할 의사도 조금도 없었다는 거야.

이 말을 들으신 포스터 대령님은 놀라서 두 사람을 쫓을 작정으로 브라이턴을 출발하셨어. 클래펌까지는 쉬 쫓아가신 모양인데, 거기에서 그만 더 갈 수가 없으셨대. 두 사람이 엡섬에서 타고 온 이륜마차를 클래펌에서 버리고 삯마차로 바꿔 탄 때문이라나.

이 일 이후로 우리가 알고 있는 사실은 그들이 런던 거리를 걷고 있는 것을 누가 봤다는 것뿐이야. 난 도무지 어떻게 생각해야 할지 모르겠어.

포스터 대령님이 런던 방면으로 온갖 수소문을 해 보고 하트퍼드셔까지 가셨어. 도중에 바넷과 햇필드에 있는 길과 여관을 모조리 수소문해 보았지만 성과가 없으셨대. 도대체 그런 사람들이 지나가는 것을 본 사람이 없다는 거야. 그래서 무척 걱정을 하며 롱본으로 돌아오셨는데, 아주 믿음직한 태도로 우리를 염려해 주셨어. 대령님 내외분을 생각하면 내 마음도 슬퍼. 그분들 탓이라고 어떻게 나무랄 수가 있겠니?

사랑하는 리지, 우리의 슬픔은 무척 크단다.

아버지와 어머니께선 최악의 경우까지 생각하고 계시지만, 나로선 위컴 씨가 그렇게 나쁜 사람이라곤 생각되지 않아. 여러 가지 사정을 종합해 보면 두 사람이 애초의 계획을 따르지 않고 런던에서 비밀리에 결혼했다고 생각하는 쪽이 더 타당할 것 같아. 그리고 설사 위컴 씨가 리디아에 대해 그런 나쁜 음모를 꾸몄다 하더라도 리디아가 염치고 뭐고 다 잊어버렸다고 어찌 생각할 수 있겠니? 도저히 그럴 수야 없잖아? 그런데도 포스터 대령님은 두 사람의 결혼을 믿으려 들지 않으시는구나. 내가 그런 말을 하니까 대령님은 고개를 흔드시면서 위컴이란 사람은 믿을 만한 사람이 못 된다는 거야.

어머니는 매우 편찮으셔서 방에만 누워 계신단다. 기운을 내면 좀 나아지시련만 막무가내야. 아버지도 지금같이 괴로워하시는 건 처음 뵈었어. 그런데도 키티는 두 사람이 그들의 애정을 자기에게 숨겼다고 화만 내고 있구나. 하기야 이건 비밀이니까 이상하게 생각할 것도 없지.

사랑하는 리지,

넌 이런 슬픈 장면들을 보지 않았으니 얼마나 다행인지 모르겠다. 이젠 처음에 받은 충격도 가셨을 텐데 리지, 집에 돌아오지 않으련? 그러고 싶지 않다면 강요하진 않겠다. 난 그렇게까지 이기적은 아니니까.

안녕! 다시 말하지만 될 수 있으면 집으로 돌아오도록 해라. 사정이 사정인 만큼 가능한 한 빨리 오길 간절히 바란다.

외삼촌 내외분은 안녕하시겠지? 할 말이 많지만 외삼촌께 특히 한 가지 부탁드리고 싶은 게 있어. 아버지께서 포스터 대령님과 함께 리디아를 찾으러 곧 런던에 가실 거야. 무얼 어떻게 하시려는 건지 나도 잘 모르지만, 너무 괴로워하고 계셔서 가장 안전한 최선의 방법을 찾을 여유도 없으신 모양이야.

더구나 대령님도 내일 저녁까지는 브라이턴에 꼭 돌아가셔야 한다는구나. 이런 위급한 때엔 외삼촌의 충고와 조력이 무엇보다도 필요하다고 생각해. 그분도 내 마음을 충분히 이해해 주실 거야. 그분의 친절을 믿으니까.

"아! 외삼촌, 어디 계세요?"

엘리자베스는 편지를 다 읽자 자리를 박차고 일어나며 소리쳤다. 그녀는 이렇게 긴급한 일이라면 일순간도 놓치지 않고 가드너 씨를 쫓아가야 한다는 생각에 사로잡혔다. 그러나 엘리자베스가 문에 이르렀을 때, 하인이 열어 주는 문으로 다아시 씨가 들어섰다.

그는 엘리자베스의 창백한 얼굴과 당황한 태도를 보고 놀랐다. 그가 미처 입을 열기도 전에 리디아에게 모든 정신을 빼앗긴 엘리자베스가 급히 외쳤다.

"용서하세요. 지금 곧 외삼촌을 찾아봐야 해요. 일각도 지체할 수 없는 일이 생겼어요. 우물쭈물할 시간이 없어요."

"아니, 도대체 무슨 일이십니까?"

다아시 씨는 공손하지만 흥분한 어조로 물었다. 그러고는 곧 진정하고서 말을 이었다.

"일 분이라도 붙잡지는 않겠습니다만 저나 하인을 시키는 게 어떨까요? 어디 편찮으신 것 같은데 혼자선 못 가시겠습니다."

엘리자베스는 주저했다. 두 무릎이 마구 떨렸다. 그리고 자기가 가드너 씨 부부를 찾으러 나간다는 것이 얼마나 힘든 일인가를 알았다. 그래서 하인을 불러 자기도 거의 알아듣지 못하는 숨 가쁜 소리로 빨리 가서 가드너 씨 부부를 즉시 모셔 오라고 분부했다.

하인이 나가자 엘리자베스는 몸을 가누지 못하고 주저앉았다. 그 모습이 어찌나 비참해 보였던지 다아시 씨는 엘리자베스

곁을 떠날 수가 없었다. 그는 부드럽고 동정적인 목소리로 이렇게 말했다.

"하녀를 부를까요? 무얼 드시면 좀 나아질까요? 포도주 한 잔 드시겠습니까? 몹시 편찮으신가 본데."

엘리자베스는 진정하려고 애쓰면서 대답했다.

"아녜요, 괜찮아요. 저에 관한 일은 아니에요. 아무렇지도 않습니다. 다만 방금 롱본에서 편지를 받았는데 너무 무서운 소식이어서 좀 괴로웠을 뿐이에요."

이 말을 하며 엘리자베스는 울음을 터뜨리고 말았다. 그러고는 몇 분 동안 한마디도 하지 못했다. 다아시 씨는 그저 불안에 사로잡혀 막연하게 걱정하는 마음을 이야기하고, 동정적인 눈길로 묵묵히 엘리자베스를 응시할 수밖에 없었다. 결국 엘리자베스가 말을 이었다.

"방금 제인 언니에게서 아주 무서운 편지를 받았어요. 아무에게도 숨길 수 없는 일이에요. 막내 동생이 친구들을 모두 버리고 도망을 쳤대요. 위컴 씨에게 몸을 던졌답니다. 둘이 브라이턴에서 도망쳤다는군요. 다아시 씨야 위컴 씨를 잘 아시니까 그 나머지는 의심치 않으시겠죠. 리디아는 돈도 없고 그렇다고 훌륭한 친척이 있는 것도 아니라서 위컴 씨를 유혹할 만한 것은 아무것도 없어요. 이젠 구할 길이 없어요."

다아시 씨는 놀라서 어리둥절했다. 엘리자베스는 더욱 떨리는 목소리로 덧붙였다.

"저라면 그 일을 방지할 수도 있었다고 생각하니 가슴이 미어져요. 저는 위컴 씨의 사람됨을 알고 있었는데, 제가 알고 있는 일을 일부분이나마 제 가족에게 말해 줘서 그의 인격을 그들이 알게만 했어도 이런 일은 없었을 거예요. 그러나 모든 일은 끝났어요. 이젠 너무 늦었어요."

"정말 슬프고 놀랍습니다. 하지만 그게 아주 확실한 일인가요?"

"네, 확실해요. 토요일 밤에 두 사람이 브라이턴을 떠났대요. 런던까진 수소문해 보았다는군요. 그 이상은 못 하고요. 아마 스코틀랜드로 가진 않았을 거예요."

"그러면 리디아 양을 찾기 위해 어떤 일을 했나요? 무슨 계획을 세웠습니까?"

"아버지께서 런던으로 가셨대요. 언니는 외삼촌의 도움을 구하고 있어요. 그래서 반 시간 후엔 출발할까 합니다. 하지만 어떤 짓을 해도 소용없어요. 전 잘 알고 있습니다. 위컴 씨 같은 사람이 어떻게 마음을 돌릴 수 있겠어요. 두 사람을 찾을 수 있을 것 같아요? 전 꿈도 안 꿔요. 아, 정말 끔찍한 일이에요."

다아시 씨는 말없이 고개만 흔들었다.

"제 두 눈은 그 사람의 속을 빤히 들여다보고 있었는데, 용기를 내서 제가 해야 할 일이 무엇인가를 알았더라면 얼마나 좋았을까요? 그러나 전 몰랐어요. 너무 지나친 짓인 줄로만 알았죠. 정말 커다란 잘못을 저질렀어요."

다아시 씨는 대꾸하지 않았다. 그는 엘리자베스의 말을 잘 듣고 있는 것 같지 않았으며, 이마를 잔뜩 찌푸린 우울한 모습으로 생각에 잠겨서 방 안을 왔다 갔다 했다. 엘리자베스는 그 행동을 보고 곧 뜻을 알아차렸다. 그녀는 맥이 풀렸다.

이러한 가정의 결함과 깊은 치욕이 드러난 지금 엘리자베스는 더 이상 다아시 씨에게 매력적일 수가 없었다. 그녀에겐 이미 의아심도 비난도 있을 수 없었다. 그가 자기를 견제하고 있는 것이라고 믿어도 보았으나, 아무런 위로가 되지 못했고 그녀의 고통을 덜어 주지도 못했다.

오히려 반대로 그녀는 자기 소원이 무엇인가를 이제 정확히 이해할 수 있게 되었다. 일체의 사랑이 허무로 돌아가려 하는 지금처럼 그녀가 그를 사랑할 수 있다고 절실히 느껴 본 적은 없었다. 이기심이 엘리자베스의 마음에 스며들긴 했으나 완전히 점령할 수는 없었다. 리디아가 그들에게 가져다준 치욕과 비극은 즉시 엘리자베스의 모든 사사로운 걱정을 삼켜 버리고 말았다.

몇 분간의 침묵이 흘렀다. 손수건으로 얼굴을 가린 채 리디아 외의 모든 것을 잊고 있던 엘리자베스는 다아시 씨의 목소리에 겨우 정신을 차렸다. 그는 동정적이면서도 자제하는 태도로 이렇게 말했다.

  "제가 가 주었으면 하고 아까부터 바라고 계셨겠지만, 저도 비록 무익한 걱정이긴 해도 정말 걱정이 된다는 것 외에는 제가 머물러 있는 이유를 변명할 길이 없습니다. 저로서도 무슨 위로가 될 말씀이나 일을 해 드릴 수가 있으면 좋겠습니다만, 그러나 쓸데없는 걱정으로 당신을 괴롭혀 드리진 않겠습니다. 고의적으로 치사를 받고 싶어 하는 것 같아서요. 오늘 펨벌리에는 못 오시겠군요?"

  "네, 누이동생에게 대신 사과해 주세요. 급한 일로 곧 집으로 돌아가게 되었다고요. 그리고 이 일만은 될 수 있는 대로 숨겨 주세요. 오래가진 못할 테지만요."

  다아시 씨는 비밀을 지킬 것을 선뜻 확약했다. 그리고 엘리자베스의 슬픔에 다시 한 번 위로의 뜻을 표하고, 지금 예상하는 것보다 더 나은 결과가 있기를 바란다고 말했다. 끝으로 가족에게 자기 안부를 전해 주기를 바란다면서 진지한 이별의 시선을 한 번 보내고는 방을 나갔다.

  다아시 씨가 가 버리자, 엘리자베스는 자기들이 더비셔에서 몇 번 만났을 때와 같은 온정으로 서로 다시 만날 수 있었다는 것이 꿈같이 여겨졌다. 엘리자베스는 모순과 변화로 가득 찬 그들이 사귀어 온 과거를 회상해 보고, 전에는 교제를 끝맺는 것을 기뻐했으나 지금은 그 교제의 지속을 바라고 있는 자기의 감정 변화에 한숨을 지었다.

만약 감사와 존경이 애정의 좋은 발판이라면, 엘리자베스의 이런 감정 변화는 결코 있을 법하지 않은 것도 또 그릇된 것도 아닐 것이다. 그러나 만약 그렇지 않다면, 즉 감사와 존경이 채오고가기도 전에 세간에서 흔히 말하듯 상대방을 처음 보기만 하고서도 사랑에 빠진다는 것과 비교해 볼 때 이런 감사와 존경에서 우러나오는 호의가 불합리하고 부자연스러운 것이라고 한다면, 그녀가 위컴 씨를 편애함으로써 후자의 방법을 실험해 보고 그것이 성공하지 못하니까 자연히 전자의 방법을 구하게 되었다는 것밖에는 엘리자베스를 변호해 줄 아무런 구실이 없었다.

아무튼 엘리자베스는 그가 떠나는 것을 섭섭한 눈으로 바라보며 슬픈 일을 곰곰이 생각하자, 리디아의 추문으로 닥쳐올 불운에 괴로움이 더하는 것 같았다. 엘리자베스는 제인의 두 번째 편지를 읽은 이래 위컴 씨가 리디아와 결혼할 것이라는 희망은 조금도 품어 본 적이 없었다. 제인밖에는 그런 기대를 거는 사람이 없을 것 같았다.

이 사건의 발전에 대해 생각해 볼 때 엘리자베스의 마음속엔 그다지 놀라움이 없었다. 첫 번째 편지의 사연이 머릿속에 남아 있는 동안에만 그녀는 놀라고 당황했다. 돈 때문에 하는 결혼이 라면 도저히 불가능한 결혼을 위컴 씨가 리디아와 한다는 것과, 도대체 리디아가 위컴 씨 같은 남자를 어떻게 사랑하게 되었는 가 하는 것이 도무지 이해할 수 없었으나, 이제는 모든 것이 너 무나 당연하게 여겨졌고 리디아가 그런 사랑에 충분히 매력을 느꼈음직도 하다고 생각되었다.

리디아가 결혼할 의사도 없이 일부러 도피에 동참했다고는 생각할 수 없었으나, 리디아의 덕도 이해심도 그녀를 유혹으로 부터 보호해 주진 못했으리라는 것은 어렵지 않게 알 수 있었 다. 리디아가 위컴 씨를 좋아한다는 사실을 군대가 하트퍼드셔 에 주둔하는 동안에는 엘리자베스도 전혀 몰랐으나, 그녀가 누 구에게서 자극만 받으면 금방 그 사람을 좋아하게 되리란 것은 알고 있었다. 누구든지 그녀에게 친절을 보이기만 하면 어떤 때 엔 이 장교, 어떤 때엔 저 장교가 리디아의 애인이 되었다. 그녀 의 애정은 일정한 대상도 없이 이리저리 마구 옮겨 다니고 있었 다. 리디아 같은 소녀에게 태만의 죄와 그릇된 방종이 있었음을 엘리자베스는 이제야 절실히 통감했다.

엘리자베스는 미칠 듯이 집에 돌아가고 싶어졌다. 아버지도 안 계신 데다 어머니는 기운을 잃고 누워 있는 어지러운 집안에서 혼자 모든 일을 감당하고 있는 제인이 그리웠다. 그녀를 만나서 그녀의 이야기를 듣고 함께 걱정을 나누고 싶었다. 이제 리디아는 더 이상 어쩔 수 없다고 생각하면서도 외삼촌이 이 사건에 끼어드는 것이 무엇보다도 긴요하다고 여겨졌다. 그래서 그가 방 안에 들어설 때까지 엘리자베스의 초조함이란 이루 말할 수가 없었다.

가드너 씨 부부는 하인이 전하는 말을 듣고, 엘리자베스가 갑자기 병이 난 줄로만 알고 놀라서 급히 달려왔다. 엘리자베스는 우선 외삼촌 부부를 안심시키고 나서 그들을 부른 이유를 말했다.

그녀는 편지 두 통을 소리 내어 읽고, 특히 떨리는 목소리로 두 번째 편지의 추기(追記)를 자세히 읽었다. 가드너 씨 부부는 리디아를 예뻐하진 않았으나 큰 충격을 받았다. 리디아 한 사람 뿐만이 아니라 모든 가족과 친척이 관련된 일이었기 때문이다. 가드너 씨는 놀라움과 두려움의 탄식을 내뱉은 다음에 자기 힘이 미치는 한 최선을 다하겠다고 쾌히 약속했다. 그 정도는 기대했던 바이지만 엘리자베스는 눈물을 흘리며 고마워했다.

세 사람은 한마음으로 여행에 관한 모든 일을 곧 정리하고 한

시바삐 출발하기로 결정했다. 이때 가드너 부인이 소리쳤다.

"그런데 펨벌리는 어떻게 한담. 존이 그러는데, 우리를 부르러 온 사이에 다아시 씨가 왔었다는데 정말이냐?"

"네, 그분에게 약속을 지킬 수 없게 되었다고 말했어요. 그 문제는 해결되었어요."

"무엇이 해결되었다고? 아니, 벌써 그런 사실까지 털어놓을 만한 사이가 됐니? 그와 네 관계가 정말 어느 정도인지 알고 싶구나."

가드너 부인은 짐을 꾸리려고 자기 방으로 달려가면서 중얼거렸다. 그러나 희망은 헛된 것이었다. 그것은 기껏해야 다음에 올 급하고 혼란스러운 시간까지만 그녀를 즐겁게 해 줄 뿐이었다. 만약 엘리자베스에게 게으름을 피울 만한 여유가 있었더라면, 자기처럼 비탄에 젖은 사람이 도대체 무슨 일을 한다는 건 불가능하다는 것을 알았을 것이다.

그러나 가드너 부인과 마찬가지로 엘리자베스에게도 해야 할 일이 있었다. 무엇보다도 램턴에 있는 친구들에게 갑자기 떠나게 된 이유를 거짓 변명하는 편지를 써야 했다.

한 시간 내에 모든 일은 끝났다. 가드너 씨가 여관비를 치르자 남은 것은 출발하는 일뿐이었다. 아침 내내 비탄에 젖어 있던 엘리자베스는 생각보다 일이 일찍 끝난 것을 알았다. 드디어 그녀는 마차를 타고 롱본으로 달렸다.

47

마차를 타고 마을을 빠져나올 때 가드너 씨가 입을 열었다.

"엘리자베스, 이 일에 대하여 여러 번 곱씹어 봤는데 네 생각보다는 제인의 생각이 더 그럴 법하더구나. 도대체 어떤 미친 청년이 보호자와 친구가 있는 소녀에게, 더구나 자기 부대장 집에 유숙하고 있는 소녀에게 그런 음모를 꾸밀 수 있겠니. 그래서 난 두 사람이 정식으로 결혼할 것이라고 낙관하고 싶다. 그는 리디아의 친구들이 간섭하지 않을 거라고 생각했을까? 또 대령님을 그렇게 모욕하고도 다시 부대로 돌아갈 수 있을 거라고 생각했을까? 그의 유혹은 이런 모험에는 적당치가 못해."

"정말 그럴까요?"

엘리자베스는 그 순간 마음이 명랑해져서 외쳤다. 이 말을 가드너 부인이 받았다.

"나도 외삼촌과 같은 생각이 들기 시작했어. 위컴이 정말 그런 죄를 지었다면 그의 신분과 명예와 이익을 한꺼번에 망쳐 버리는 짓이 되거든. 난 위컴이 그렇게 나쁜 사람이라고는 생각하지 않아. 리지, 넌 어떠니? 위컴이 그런 일을 저지를 수 있다고 믿을 만큼 아주 비관적이냐?"

"아마 자기 자신의 이익만은 소홀히 하지 않겠죠. 그러나 그 외의 모든 것은 능히 무시할 만한 사람이라고 믿어요. 하지만 사실이 그렇다 해도 전 감히 믿을 용기가 없어요. 만약 사실이 그렇다면 왜 그들은 스코틀랜드로 가지 않았을까요?"

"그들이 스코틀랜드로 가지 않았다는 확실한 증거는 없지 않니?"

가드너 씨가 대답했다.

"그렇지만 그들이 이륜마차를 삯마차로 바꿔 탔다는 것만은 거의 확실하거든요. 더구나 베넷으로 가는 길을 모조리 수소문 해 보았지만 흔적도 없다고 하잖아요?"

"그래? 그럼 런던에 있다고 가정해 두자. 거기 있을 법도 하니까. 숨으려는 뜻인지는 모르겠지만 그리 비난할 만한 이유도 없잖니. 필시 두 사람에겐 돈이 넉넉지 못할 거야. 그리 급하지만 않다면 스코틀랜드보다 런던에서 결혼하는 것이 더 경제적이라고 생각했을는지도 모르잖아?"

"그러나 무엇 때문에 몰래 하는 거죠? 왜 찾아낼까 봐 겁을 내지요? 두 사람이 몰래 결혼해야 할 이유가 뭐예요? 아, 아녜요. 그럴 리가 없어요. 그에게 리디아와 결혼할 의사는 조금도 없었다고 그의 친구가 말한 것을 언니의 편지에서 보시지 않았어요? 위컴 씨는 돈 없는 여자와는 결혼할 사람이 아니에요. 자기가 돈이 없거든요. 젊고 건강하고 명랑하다는 것 외에, 그가 조건이 좋은 결혼을 포기할 만한 무슨 뾰족한 수나 매력이 리디아에게 있다고 생각하세요? 부대원들에 대한 체면을 우려하는 그의 수치심이 얼마만큼 리디아와의 도망에 제재를 가할 것인지 저로서는 판단할 능력이 없어요. 저는 그러한 시도가 초래할 결과밖에는 아는 게 없거든요. 외삼촌의 이의에 대해서도 그것이 이론적으로 옳은지는 의문이에요. 리디아에겐 그런 일에 간섭할 오빠들이 없어요. 아마도 자기 가정에서 일어나는 일에 무관심하고 주의를 기울이지 않던 아버지의 과거 태도로 미루어 보아, 이번에도 세상 다른 아버지들처럼 거의 간섭하지 않으리라고 위컴 씨는 생각했을 거예요."

"하지만 리디아가 위컴 씨를 사랑하는 것 외에는, 염치도 부끄러움도 다 잊어버리고 결혼도 하지 않은 채 동거에 동의할 만한 다른 이유가 없지 않겠니?"

엘리자베스는 눈에 눈물을 글썽거리며 대답했다.

"이런 일에 대한 동생의 도덕관념을 언니로서 의심해야 한다는 것은 정말이지 무엇보다도 괴로운 일이에요. 뭐라고 말씀드려야 좋을지 모르겠군요. 제가 리디아를 잘못 판단하고 있는지도 모르지만, 리디아는 아직 어려서 중대한 일을 신중히 고려하는 법을 배우지 못했어요. 그리고 지난 반년 동안, 아니 일 년 동안 리디아는 환락과 허영밖에 배운 게 없어요. 시간을 전혀 쓸모없고 부질없는 일에 허비했고, 그때그때 생각이 떠오르는 대로 제멋대로 행동했어요. 군대가 메리턴에 주둔하기 시작한 이래 그 애 머릿속은 연애라든가 유희라든가 장교 따위로 가득 차 있었어요. 무엇이든 제멋대로 생각하고 지껄였지요. 결과적으로 그 애는 감수성만 잔뜩 높아져서 자연히 쾌활해지고 덜렁거렸죠. 그런 데다 위컴 씨가 여자를 사로잡을 만한 매력과 수완을 구비하고 있다는 것은 우리도 잘 아는 사실이잖아요."

"그러나 제인은 위컴이 그런 일을 저지를 만큼 나쁘다고는 생각하지 않는 모양이던데."

가드너 부인이 말했다.

"언제 제인 언니가 남을 나쁘게 생각한 적이 있었나요? 그 사람의 과거 소행이야 어떻든 간에 실제적인 비행이 드러나기 전에는, 그 사람이 그런 일을 할 만하다고 언니가 믿을 사람은 하나도 없어요. 실은 언니도 저와 마찬가지로 위컴 씨가 본래 어떤 사람인가를 잘 알고 있어요. 어느 모로 보든 그는 바람둥이라는 것, 책임감도 부끄러움도 없다는 것, 아첨을 좋아하고 거짓되고 사람을 잘 속인다는 것 등을 우리 둘은 알고 있었어요."

"아니, 정말 알고 있었단 말이냐?"

가드너 부인은 얼굴에 잔뜩 호기심을 드러내며 물었다. 엘리자베스는 정색을 하며 대답했다.

"그럼요. 전날에도 그가 다아시 씨에게 한 파렴치한 행동을 제가 말씀드렸죠. 그리고 지난번에 롱본에 오셨을 때, 그가 자기에게 은혜와 자비를 베푼 사람을 어떻게 말하는지 외숙모도 들으셨죠? 말할 가치도 없지만 제 마음대로 밝힐 수 없는 일이 또 있어요. 아무튼 펨벌리 가에 대해서 그가 늘어놓은 거짓말이란 끝이 없답니다. 그가 조지아나 양에 대해 한 말을 듣고는 그녀가 오만하고 불손하고 까다로운 여자인 줄로만 알았어요. 그 사람은 전혀 반대로 알고 있었던 거예요. 우리도 알다시피 다아시 양이 사랑스럽고 겸손하다는 것을 그는 알았어야 했어요."

"그런데 리디아는 그 사실을 몰랐니? 너와 제인이 이렇게도 잘 알고 있는 사실을 리디아가 몰랐다니 말이 되니?"

"아, 그게 무엇보다도 잘못이었어요. 켄트에서 다아시 씨와 그의 사촌인 피츠윌리엄 대령을 잘 알게 되기 전까지는 저도 그 사실을 몰랐어요. 집에 돌아오니까 군대는 1, 2주일 내로 메리턴을 떠나게 되어 있더군요. 일이 이렇게 되자, 제 얘기를 들은 언니나 저는 일부러 저희가 알고 있는 것을 공개할 필요는 없다고 생각했어요. 이웃 사람들이 이미 그에 대해 호의를 갖고 있는데 그제야 뒤집어 본댔자 무슨 뾰족한 수가 있겠어요? 리디아가 포스터 부인을 따라가기로 결정되었을 때에도 리디아에게 위컴 씨의 인격을 밝힐 필요성은 떠오르지 않았어요. 리디아가 과오를 범할 줄 누가 알았겠어요? 이제야 쉽사리 이해가 가시겠지만 이런 일이 일어날 줄은 꿈에도 생각하지 못했어요."

"군대가 브라이턴으로 떠났을 때만 해도 두 사람이 서로 좋아하고 있다고 믿을 만한 근거가 없었단 말이지?"

"조금도 없었죠. 어느 쪽에도 애정의 조짐은 보이지 않았으니까요. 만약 그런 기미가 조금이라도 보였다면 집에서 몰랐을 리가 있겠어요? 위컴 씨가 입대하자 리디아는 곧 그를 칭찬했지만 그건 우리도 모두 그런걸요. 메리턴과 메리턴 주변의 처녀들이 처음 두 달 동안은 모두 그에게 넋을 잃고 있었어요. 그렇다고 그가 리디아에게만 특별한 호의를 보인 것도 아니에요. 어느 정도 시간이 지나자 그에 대한 터무니없이 열광적인 찬미도 맥이 빠져 버렸어요. 그다음엔 색다른 호의를 보여 주는 다른 장교들이 리디아의 애인이 되더군요."

이렇게 계속 이야기를 나눔으로써 이 흥미로운 화제에 그들의 두려움과 희망과 추측이 더해지는 신기함이 아무리 감소되었다 하더라도, 여행 내내 이 화제만큼 시간을 오래 끌 만한 다른 화제가 없었다는 것은 믿기 어렵지 않았다.

엘리자베스의 머릿속에서는 한시도 그 생각이 떠나질 않았고, 쓰라린 고민과 자책에 사로잡혀서 마음이 편안하거나 그 일을 잊을 틈이 조금도 없었다. 그들은 될 수 있는 대로 빨리 달렸다. 그리하여 길에서 하룻밤을 새우고 이튿날 점심시간에는 롱본에 도착했다.

엘리자베스는 제인이 오래 기다리다가 지치지 않도록 빨리 올 수 있었던 것을 다행스럽게 여겼다. 가드너 씨 부부의 자녀들은 마차가 집 주위의 목장으로 들어서는 것을 바라보느라 집 앞 계단에 서 있다가 마차가 문에 다다르니 그제야 반색을 하고 함성을 질렀다. 그리고 기뻐 깡충거리며 어리광을 피우는 등 반가움을 온몸으로 표시했다.

이것이 그들이 집에 돌아와서 처음으로 받은 환영이었다. 엘리자베스는 마차에서 뛰어내려 아이들에게 얼른 입을 맞춘 다음 현관으로 달려갔다. 거기서 베넷 부인의 방에서 아래층으로 뛰어 내려온 제인과 마주쳤다. 두 사람은 얼싸안고 눈물을 흘렸다. 엘리자베스는 그 후에 별다른 소식을 듣지 못했느냐고 급히 물었다.

"아직 없어. 하지만 이젠 외삼촌이 오셨으니까 모든 일이 잘될 거야."

"아버지께선 런던에 계셔?"

"응, 지난번에 편지한 대로 화요일에 그곳으로 가셨어."

"무슨 전갈은 없었고?"

"꼭 한 번 있었지. 수요일에 나한테 짤막한 편지를 보내셨는데, 무사히 도착했다는 것과 내가 특별히 부탁드린 일에 대해 지시를 내려주시는 사연이었어. 그리고 이제는 꼭 전해야 할 중요한 일이 생기기 전에는 편지 안 하시겠대."

"어머니는 좀 어떠셔? 또 동생들은?"

"많이 좋아지셨어. 정신적 충격을 상당히 받으셨지만. 지금 이층에 계신데 널 보면 무척 반가워하실 거야. 아직 침실 밖으로는 못 나오셔. 메리와 키티는 고맙게도 아주 건강해."

"언니는 좀 어때? 안색이 창백한데. 어려운 일을 많이 치르느라고 혼났지?"

제인은 아주 건강하다고 대답했다. 가드너 씨 부부가 자기 아이들과 이야기하고 있는 동안에 나누었던 둘의 대화는 그들이 다가오자 중단되었다. 제인은 외삼촌 내외에게 달려가서 웃음과 울음이 뒤섞인 말로 그들을 환영하고 감사했다.

모두들 응접실에 가서 앉자 가드너 씨 부부는 엘리자베스가 이미 한 질문을 또 되풀이했다. 하지만 제인도 그들에게 알려줄 만한 별다른 소식을 갖고 있지 못함을 알았다. 제인은 그녀의 자비로운 마음이 바라는 낙관적인 희망을 아직도 버리지 않고 있었다. 아직도 모든 일이 잘될 것이라고 믿었고, 매일 아침 리디아나 아버지로부터 그동안의 경과를 알리는, 필시 두 사람의 결혼을 알리는 편지가 오기를 기다렸다.

몇 분간 이야기를 나눈 다음 그들은 베넷 부인의 방으로 올라 갔다. 부인은 예상했던 대로 후회의 눈물을 흘리고 탄식을 토해 내며 위컴 씨의 야비한 행동에 대해 비난을 퍼붓고, 자기의 괴로움을 줄줄이 늘어놓으며 그들을 맞이했다. 자기의 그릇된 판단으로 인한 방임이 딸의 잘못을 초래한 주원인임에도 불구하고 그녀는 자기 외의 모든 사람을 비난했다. 그녀는 이렇게 말했다.

"내 계획대로 애당초 가족이 모두 브라이턴에 갔더라면 이런 일은 없었을 텐데. 리디아는 가엾게도 아무도 돌봐 줄 사람이 없었어. 도대체 포스터 댁은 왜 리디아를 그냥 가게 내버려 두었을까? 확실히 소홀히 했던 거야. 리디아는 누가 잘 돌봐 주기만 하면 절대로 그런 짓을 저지를 애가 아니거든. 포스터 댁이 리디아를 맡는 걸 나는 항상 못마땅하게 여겼지만 그러는 대로 내버려 뒀지. 가엾은 애야. 그런데 그이는 나가 버렸어. 어디서든지 위컴을 만나기만 하면 결투를 신청할 거고, 결투만 하면 무덤에서 시체가 식기도 전에 콜린스가 우리를 내쫓을 텐데. 그때 동생마저 우리한테 불친절해지면 우린 어떻게 해?"

모두들 이 무서운 생각에 반대하며 소리쳤다. 가드너 씨는 베넷 부인과 전 가족에 대한 자기의 애정을 확증한 다음, 이튿날로 런던에 가서 베넷 씨를 도와 리디아를 찾는 데 모든 노력을 기울이겠노라고 말하고 다음과 같이 덧붙였다.

"너무 부질없는 염려는 하지 마세요. 최악의 경우를 대비하는 게 옳긴 하겠지만 그렇게 단정 지을 필요는 없어요. 두 사람이 브라이턴을 떠난 지 일주일도 되지 않았잖아요? 며칠만 더 기다리면 무슨 소식이 있을 겁니다. 그러니 두 사람이 결혼하지 않는다거나 결혼할 의사가 없다는 것을 확인하기까지는 가망이 없다고 단념하지 맙시다. 런던에 도착하는 즉시 매형을 찾아가서 그레이스처치 가의 집으로 모시고 가겠습니다. 거기서 앞으로 할 일을 의논해 보겠습니다."

"아, 그랬으면 오죽이나 좋겠니? 런던에 가면 그 애들이 어딘가에 있을 테니까 꼭 찾아봐라. 아직도 결혼을 안 했거든 결혼을 시키고, 결혼 예복 때문에 결혼을 지체하지 않도록 결혼한 다음에 그 애가 원하는 대로 돈을 보내 주겠다고 말해 줘. 그리고 무엇보다도 매부가 결투를 하지 않도록 해 줘. 내가 얼마나 비참한 지경에 빠져 있는가를 말하고 말이야. 놀라서 넋이 다 빠지고 어찌나 전신이 떨리고 허리가 쑤시고 머리가 아프고 가슴이 뛰는지 밤낮으로 한시도 편할 날이 없다고 전해 줘. 그리고 리디아에겐 나를 만날 때까지 옷을 주문하지 말라고 해라. 그 앤 어느 상점이 제일 좋은지 모르거든. 동생은 자상하니까 모든 일을 잘 해 줄 거야."

가드너 씨는 최선의 노력을 다할 것을 다시 약속했지만, 누님이 바라는 것이나 두려워하는 것에 대해 중용을 취하라고 권하지 않을 수 없었다. 저녁상이 차려질 때까지 이런 이야기를 주고받다가, 딸들이 없는 동안 부인의 시중을 드는 가정부에게 그녀의 감정을 퍼붓도록 놓아두고 모두들 방을 나왔다.

가드너 씨 부부는 베넷 부인을 이렇게 가족들과 격리시킬 필요가 없다고 생각했으나 이를 말하지는 않았다. 그 이유는 하인들이 심부름을 하는 동안 그들 앞에서 입을 다물고 있을 만한 분별심이 그녀에게 없음을 알았기 때문이고, 그들이 가장 신뢰할 수 있는 가정부 혼자서 베넷 부인의 모든 불안과 걱정을 이해하는 것이 더 나으리라고 생각했기 때문이다.

그들은 식당에서 메리와 키티를 만났는데, 그들은 각자의 방에서 자기 일에 너무 열중한 나머지 일찍 나타나지 못했던 것이다. 한 애는 책을 보다가 나왔고, 또 한 애는 화장을 하다가 나왔다.

두 애의 표정은 매우 평온했는데, 사랑하는 동생을 잃은 때문인지 아니면 그 일에 대해 분노를 느낀 때문인지 키티의 목소리가 평소보다 약간 초조한 듯한 것 외에는 어느 아이에게서도 변모된 점을 찾아볼 수 없었다. 모두들 식탁에 둘러앉자마자 메리가 엄숙한 얼굴로 태연하게 엘리자베스에게 속삭였다.

"몹시 불행한 일이야. 아마 말들이 많을 거야. 그러나 우리는 마땅히 이 악의 조류를 거슬러 올라가서 서로의 상한 가슴에다 언니다운 위로의 향유를 부어 넣어 주어야만 해."

엘리자베스가 대꾸하고 싶은 생각이 없음을 알자 메리는 말을 이었다.

"리디아에게는 확실히 불행한 사건이지만, 우리는 여기에서 다음과 같은 유익한 교훈을 이끌어 낼 수가 있지. 첫째, 여자는 일단 도덕성을 상실하면 회복할 수 없다는 것. 둘째, 첫발을 잘못 떼면 이것이 그 사람을 영원한 파멸로 이끈다는 것. 셋째, 여자의 명예란 귀중한 만큼 동시에 깨지기도 쉽다는 것. 넷째, 여성이란 무가치한 남성에 대해서는 몸가짐을 아무리 조심한다 해도 결코 지나친 법이 없다는 것이야."

엘리자베스는 놀라서 눈을 치뜨고 동생을 쳐다보았으나 너무 기가 차서 말이 나오지 않았다. 그러나 메리는 눈앞의 불행한 사건으로부터 그러한 도덕적 교훈을 찾아낼 수 있었다는 데에 만족을 느끼는 모양이었다.

오후가 되어서야 제인과 엘리자베스는 약 반 시간 동안 둘만의 시간을 가질 수 있었다. 엘리자베스는 그 기회를 놓치지 않았고, 제인 역시 알고 싶어 하는 질문들을 동생에게 던졌다. 두 사람은 함께 이 사건의 무서운 결과에 대해 걱정했다. 엘리자베스는 그 결과가 거의 확정적이라 생각했고, 제인도 그것을 전적으로 부인할 수는 없었다. 엘리자베스는 다음과 같이 말하면서 화제를 이어 갔다.

"내가 아직 모르는 것들에 대해 모조리 얘기해 줘. 좀 더 상세한 전말을 들려줘. 포스터 대령님은 뭐라고 그래? 둘이 도망가기 전에 눈치챈 건 없었대? 늘 같이 있었을 텐데."

"특히 리디아 쪽에서 호의를 좀 보이는 듯하다고 가끔 생각은 했지만 경계해야 할 정도는 아니었대. 그분껜 참 죄송한 일이야. 그분의 행동이야 더할 수 없이 정중하고 친절했지. 두 사람이 스코틀랜드로 가지 않았다는 생각이 들기 전에 그분도 걱정하고 계시다는 것을 알리려고 여길 오셨어. 그런데 그 걱정이 점점 커지니까 여행을 서두르셨지."

"데니라는 장교는 위컴 씨가 결혼하지 않을 거라고 정말 확신한대? 그 사람은 둘이 도망칠 것을 알고 있었대? 대령님도 그 사람을 직접 만나 보셨대?"

"응, 그런데 대령님이 물으니까 아무것도 모른다고 잡아떼며 사실을 말하려 들지 않더래. 두 사람이 결혼하지 않을 거라는 종래의 자기주장을 되풀이하지 않더라는구나. 이것으로 미루어 보아 그 사람이 오해하고 있지 않았나 하는 생각이 들어."

"그러니까 포스터 대령님이 오실 때까지는 두 사람이 정말 결혼했을까에 대해 아무도 의심을 품지 않았단 말이지?"

"어떻게 그런 생각을 할 수 있었겠니? 난 위컴 씨의 행동이 늘 옳지만은 않다는 것을 알고 있었기 때문에, 그 사람과 결혼한다는 리디아의 행복에 대해서 약간 불안하고 걱정스러웠어. 부모님은 그 사실을 전혀 모르고 그저 이 결혼이 얼마나 경솔한 결혼인가를 한탄하셨을 뿐이지. 그제야 키티가 우리보다 아는 게 많다고 의기양양해하며 리디아가 마지막 편지에서 자기 계획을 암시했다고 말하지 않겠니? 키티만은 두 사람이 수주일 전부터 연애하고 있는 것을 알았던 모양이야."

"그럼 리디아가 브라이턴에 가기 전엔 몰랐던 거야?"

"그랬을 거야."

"포스터 대령님도 위컴 씨를 좋지 않게 생각하셨어? 대령님도 그의 본성을 알고 계셔?"

"대령님도 위컴 씨를 전과 같이 그리 좋게 말씀하진 않으셨어. 그는 무분별하고 엉뚱한 사람이라고 믿고 계셨어. 그리고 이런 일이 일어난 이후로 그가 빚을 잔뜩 진 채 메리턴을 떠났다는 소문이 돌고 있어. 난 사실이 아니길 바라지만."

"제인 언니, 우리가 그에 대해 알고 있는 사실을 숨김없이 얘기했더라면 이런 일은 안 일어났을 거야."

"아마 결과가 나빠지진 않았겠지."

"그러나 그땐 어떤 사람의 현재 상태는 아랑곳하지 않고 과거의 결점을 폭로한다는 것은 도리에 어긋나는 일이라고 생각했었잖아."

"우리의 의도야 좋았지."

"리디아가 포스터 부인에게 남긴 편지를 대령님은 자세히 기억하고 계셨나 보지?"

"그걸 우리에게 보여 주기 위해 가져오셨어."

제인은 손가방에서 편지를 꺼내 엘리자베스에게 주었다. 사연은 다음과 같았다.

해리엇 아주머니께,

제가 어디로 가는지 아시면 비웃으시겠지만, 저도 내일 아침 제가 사라진 다음에 아주머니가 놀라실 일을 생각하니 웃지 않을 수가 없군요. 전 그레트나 그린으로 가요. 누구와 같이 가는지 짐작 못 하신다면 아주머니는 바보예요. 제가 사랑하는 사람은 이 세상에서 단 하나뿐인 천사 같은 사람예요.

그가 없으면 전 행복할 수가 없어요. 그래서 둘이 도망치는 걸 조금도 불행하다고 생각하지 않아요. 마음 내키지 않으시면 제가 없어졌다고 롱본에 편지하지 않으셔도 좋아요. 리디아 위컴이라고 내 이름을 적어 편지를 보내면 더욱 신날 테니까요.

얼마나 재미있어요? 웃음이 나와서 견딜 수가 없군요. 프랫에게 오늘 밤 같이 춤을 못 추게 되어 미안하다고 대신 사과해 주세요. 모든 일을 알게 되면 나를 용서해 주겠죠. 이다음에 기쁜 얼굴로 다시 만날 때 반드시 그와 춤을 추겠노라고 전해 주세요.

롱본에 가면 제 옷가지를 가지러 보내겠지만, 샐리에게 짐을 꾸리기 전에 제 수놓은 모슬린 가운의 찢어진 데를 좀 기워 달라고 전해 주세요.

안녕! 대령님께도 대신 안부 전해 주시고 저희의 행복한 여행에 축배를 들어 주세요.

아주머니의 귀여운 리디아

편지를 다 읽자 엘리자베스가 소리쳤다.

"참, 리디아는 너무 철이 없어. 그 와중에 이런 편지까지 쓰다니, 이게 뭐람! 그런데 이 편지로 보아 적어도 리디아는 자기 여행 문제에 있어선 신중했던 모양이야. 나중에 위컴 씨가 어떤 설득을 했는지는 모르지만 이 파렴치한 계획을 리디아 쪽에서 세웠을 리가 없어. 아버지도 이 점을 아셔야 할 텐데."

"아버지가 그렇게 충격받는 것을 난 지금까지 본 적이 없어. 아무튼 꼬박 10분 동안 아무 말씀도 못 하셨으니까. 어머니는 당장에 병이 나시고. 그래서 온 집안이 이렇게 뒤숭숭하지 뭐니?"

"아, 언니, 그날 하루 동안 하인들은 한 사람도 이 사실을 몰랐을까?"

"모르겠어. 하지만 그런 와중에 조심한다는 건 매우 어렵단다. 어머니는 히스테릭해지시고, 난 나대로 힘껏 보살펴 드리려고 애썼지만 마음만큼 해 드리지 못한 것 같아. 무슨 일이 일어날까 봐 겁에 질려서 꼼짝도 못했단다."

"어머니 시중을 드느라고 너무 과로했나 봐. 안색이 좋지 않아. 내가 언니와 함께 있었더라면 좋았을 텐데. 걱정이란 걱정은 혼자 도맡고 있었으니."

"메리와 키티도 친절했어. 잔일은 무엇이고 하려고 들었지만 그들에겐 일이 맞지 않는 것 같아. 키티는 너무 가냘프고, 메리는 어찌나 공부를 열심히 하는지 쉬는 시간마저 빼앗을 수가 있어야지. 필립스 이모가 화요일에 아버지가 떠나신 후에 오셔서 고맙게도 목요일까지 계셔 주셨어. 많은 도움과 위안이 되었단다. 루카스 경 부인도 매우 친절하셨어. 수요일 아침에 우리를 위로하러 와서 많이 도와주셨단다. 필요하다면 따님들을 보내 주시겠대."

"자기 집에 가만히 들어앉아 있지 않고. 호의야 고맙지만 이웃이 그런 불상사를 당하면 될 수 있는 대로 안 찾아가 보는 편이 좋아. 도움이라니 당치도 않고, 위로라니 아니꼬워. 멀리 앉아서 뻐기기나 하고 코웃음이나 치라고 하지."

엘리자베스는 아버지가 런던에서 어떤 방법으로 리디아를 찾으려 하는지에 대해 물었다. 제인은 이렇게 대답했다.

"내 생각엔 두 사람이 마차를 바꿔 탄 엡섬에 가서 마부들을 만나 보시고 무슨 단서를 찾으려는 것 같아. 주목적은 클래펌에서 두 사람을 태우고 간 삯마차의 번호를 알아내려는 것일 거야. 그 마차는 런던에서 승객을 태우고 온 것인데, 두 젊은 남녀가 마차를 바꿔 타는 것이 눈에 띄었으리라 생각하고 클래펌에서 조사해 보실 모양이야. 그렇게 해서 그전에 마부가 손님을 내려준 곳을 알게 되면 그곳을 수소문해 볼 작정이시지. 그 마차가 서는 곳과 번호를 찾아내는 것은 불가능하지 않대. 그 밖에 또 다른 계획이 있는지는 모르지만, 너무 급히 가시고 애를 많이 태우시는 바람에 이 정도도 알아내기가 힘이 들었단다."

48

이튿날 아침, 베넷 씨에게 편지가 오기를 온 식구가 기다렸으나 우체부는 단 한 줄의 편지도 전해 주지 않았다. 그들은 베넷 씨가 대개의 경우 편지를 잘 안 쓰는 성질이라는 것은 알고 있었지만, 경우가 경우인 만큼 그가 편지를 보내 주기를 바랐다.

그래서 그들은 편지를 보낼 만한 좋은 소식이 없는 것이라고 단정할 수밖에 없었으나, 그것만이라도 속 시원하게 알려 줬으면 오죽이나 좋겠느냐고 생각했다. 가드너 씨도 출발에 앞서 그의 편지가 오기만을 기다리고 있었다. 베넷 씨가 떠났을 때 그들은 적어도 일의 경과만은 계속해서 알려 줄 것으로 믿었었다.

가드너 씨는 떠나면서 매부를 설득해서 될 수 있는 대로 빨리 롱본으로 돌려보내겠다고 약속했다. 베넷 부인은 그것만이 자기 남편을 결투에서 구하는 유일한 길이라고 여기고 몹시 기뻐했다.

가드너 부인은 자기가 있는 것이 조카딸들에게 도움이 될지도 모른다고 생각하고 아이들과 함께 하트퍼드셔에 며칠간 더 머물기로 했다. 그녀는 제인 자매와 함께 베넷 부인의 시중을 들었는데, 한가한 시간에는 그들에게 큰 위로가 되어 주었다.

필립스 이모도 자주 그들을 방문했다. 올 때마다 위컴 씨가 저지른 방종한 행위에 대해 새로운 이야기를 들려주어 돌아갈 때면 그들을 더욱 실망시키곤 했으나, 방문 구실은 언제나 그들을 위로하고 격려하기 위함이었다.

석 달 전만 해도 거의 광명의 천사였던 위컴 씨를 온 메리턴이 비방하는 듯했다. 그가 메리턴의 모든 상인에게 빚을 졌고, 어느 상가의 딸들과도 관계를 가졌다는 말이 유혹이라는 표현 아래 논란을 불러일으켰다. 누구나가 다 그는 세상에서도 가장 악독한 청년이라고 선언했고, 그의 표면상의 미덕이 늘 의심스러웠다는 것을 이해하기 시작했다.

엘리자베스는 이런 말들을 절반은 믿지 않았지만, 리디아는 영영 신세를 망쳐 버렸다는 생각이 한층 더 굳어졌고, 그런 말을 조금밖에 믿지 않았던 제인까지도 거의 절망적이었다. 이러한 절망은, 만약 제인이 전적으로 믿는 대로 두 사람이 스코틀랜드로 갔다면 지금쯤은 십중팔구 무슨 소식이 있어야만 했으므로 더욱더 커졌다.

가드너 씨는 일요일에 롱본을 떠났다. 화요일에 베넷 부인은 편지 한 장을 받았는데, 거기에는 그가 런던에 도착하는 즉시 베넷 씨를 찾아서 그를 권유하여 그레이스처치 가로 데리고 갔다는 것, 자기가 런던에 도착하기 전에 베넷 씨는 엡섬과 클래펌에 갔다 왔는데 아무런 만족할 만한 정보를 얻지 못했다는 것, 또 베넷 씨가 두 사람이 런던에 와서 하숙을 구하기 전에 어느 호텔에 들었을 법하다고 생각하고 있으므로 자기는 런던의 주요 호텔들을 지금부터 수소문해 볼 작정이라는 것, 자기로서는 이 방법에 대해 아무런 성과도 기대하지 않지만 매부가 강력히 주장하기 때문에 그를 도울 작정이라는 것, 베넷 씨가 현재로서는 런던을 떠날 마음이 조금도 없는 듯하다는 것, 곧 또 편지하겠다는 약속 등이 적혀 있었다. 그리고 다음과 같은 추신이 덧붙여 있었다.

저는 포스터 대령에게, 만약 가능하다면 부대에서 위컴과 친했던 사람에게 위컴이 지금 숨어 있는 곳을 알 만한 친척이 있는가를 알아봐 달라는 편지를 냈습니다. 만약 우리가 이용할 만한 그런 단서를 가지고 있는 사람이 발견된다면 그건 중요한 수확이 될 것입니다. 현재로서는 어떻게 손을 대야 할지 모르겠군요. 포스터 대령은 최선을 다하리라고 믿습니다. 그렇지만 그보다도 위컴의 친척이 어떤 사람들인지는 리지가 누구보다도 더 잘 알 것 같은 생각이 듭니다.

엘리자베스는 자기에게 확실한 것을 알아내려는 외삼촌의 겸손한 태도가 무엇을 근거로 한 것인지 아는 터라 조금도 당황

174

하지 않았으나, 그녀의 재주로는 추신의 기대에 보답할 만한 어떤 정보도 제공할 수가 없었다. 그녀는 위컴 씨에게서 이미 세상을 뜬 지 수년이 되는 양친 외에는 다른 친척이 있다는 말을 들어 보지 못했기 때문이다. 그러나 부대에 있는 그의 친구라면 좀 더 상세한 정보를 제공할 수도 있는 일이었다. 엘리자베스는 비록 이것에 그리 희망을 걸진 않았으나 기대해 봄직한 일이라고 생각했다.

롱본에서는 하루하루를 걱정으로 보냈다. 그중에서도 가장 불안스러운 때는 편지를 받는 때였다. 편지는 아침마다 그들을 초조하게 만들었다. 소식이야 좋든 나쁘든 간에 그것은 편지를 통해서만 전해졌고, 그래서 내일은 혹시 중대한 소식이 오지나 않을까 하여 매일같이 내일을 기다렸다.

그런데 가드너 씨에게서 다시 편지가 오기 전에 전혀 엉뚱하게도 콜린스 씨가 베넷 씨 앞으로 편지를 한 통 보내왔다. 제인은 아버지가 없는 동안 그에게 오는 편지를 뜯어보라는 지시를 받았으므로 그 편지를 읽었다. 엘리자베스도 콜린스 씨의 편지가 늘 흥미진진했던 것을 알고 있었으므로 같이 읽어 보았다.

사연은 다음과 같았다.

삼가 올립니다.

저는 우리 관계와 제 도리로 보아 현재 당하고 계신 슬픈 고뇌에 위로의 말씀을 드려야 마땅하다고 생각하고 붓을 들었습니다. 저희는 어제야 하트퍼드셔로부터 편지를 받고 이 일을 알았습니다. 제 아내와 저는, 시간조차 제거할 수 없는 원인에서 생긴 눈앞의 가장 쓰라린 슬픔을 당하신 숙부님과 존경하는 가족들에게 심심한 동정을 표합니다.

저로서는 이 뼈아픈 불행을 조금이라도 덜어 드리고, 무엇보다도 부모로서 마음이 가장 괴로우신 이때 어떤 위로의 말씀을 드려야 할는지 모르겠습니다. 이에 비하면 따님의 죽음이 오히려 다행스러운 일일지도 모르며, 오히려 제 아내의 말대로 따님의 방탕한 행동은 부모의 그릇되고 관대한 방임에서 비롯되었음을 더욱 한탄해야 할 일이 아닌가 합니다.

그러나 저는 두 분 내외분의 영예를 위해 따님 자신의 성품이 선천적으로 나빴거나, 아니면 아직 어린 나이이므로 그만한 일은 죄가 될 수 없다고 생각합니다. 아무튼 저는 심심한 동정을 표합니다. 이는 제 아내뿐만 아니라 캐서린 영부인과 그 영양께서도 동감하고 있습니다. 저는 이분들께 그 일의 전모를 말씀드렸습니다.

그분들은 따님 한 분의 잘못이 다른 따님들의 운명에도 커다란 해를 끼칠 것이라는 제 의견에 동의하셨습니다. 캐서린 영부인께서는 정중하게 누가 그런 가정과 인척 관계를 맺 겠느냐고 말씀하셨습니다.

저는 작년 11월의 일을 생각하고 매우 다행이라 여겼습니 다. 그때 제가 엘리자 양과 결혼했더라면 현재 당하시는 슬 픔과 치욕 속에 저도 포함되었을 것이기 때문입니다.

그래서 저는 가능하다면 아버지로서의 애정에서 무가 치한 따님을 떼어 버리시고, 따님으로 하여금 자신이 뿌린 가증스러운 죄의 열매를 거두도록 하시기를 삼가 권합니 다…….

가드너 씨는 포스터 대령으로부터 답장을 받은 후에야 비로 소 롱본에 편지를 했으나 조금도 달가운 소식은 아니었다. 위컴 씨에게는 인척 관계가 되는 사람은 단 한 명도 없었고, 살아 있 는 친척 또한 한 사람도 없음이 확실해졌다. 그의 옛 친구들은 많았지만 그가 입대한 이후로는 특별히 친하게 지낸 사람이 없 는 듯했고, 그에 관한 일을 얘기해 줄 만한 사람 또한 없었다.

특히 파산 상태에 이른 그의 재정은 리디아의 친척에게 발각 될 것을 두려워하는 이유와 더불어 그가 숨어 사는 가장 유력한 동기였다. 노름을 하다 상당한 액수의 빚을 졌는데, 포스터 대 령이 알기로는 브라이턴에서 진 빚을 다 청산하려면 천 파운드 이상의 돈이 필요하고, 게다가 증서 없는 부채는 더욱 거액에 달한다는 것이었다. 가드너 씨는 이 모든 소식을 숨김없이 롱본에 전했다. 제인은 이 소름 끼치는 글을 읽고 소리쳤다.

"도박꾼이로군. 그런 줄은 전혀 몰랐어. 꿈에도 생각하지 못했어."

가드너 씨는 매부가 다음 날인 토요일쯤에 집으로 돌아갈 것이라고 덧붙였다. 베넷 씨는 모든 노력이 실패로 돌아가자 몹시 실망하여, 뒤처리는 자기에게 맡기고 집으로 돌아가라는 처남의 간청에 순응한 것이다. 이 말을 들은 베넷 부인은, 지금까지 남편의 생명만을 걱정하던 것과는 달리 제인 자매가 기대한 만큼의 커다란 기쁨을 나타내진 않았다. 부인은 이렇게 소리쳤다.

"뭐라고, 리디아도 안 데리고 돌아오신다고? 그 애들을 찾기 전엔 런던을 떠나시면 안 돼. 그 양반이 와 버리면 누가 위컴과 싸워서 리디아와 결혼시키겠니?"

가드너 부인이 집에 돌아가기를 원했으므로 베넷 씨가 런던에서 돌아옴과 동시에 그녀는 아이들을 데리고 런던으로 떠나기로 했다. 그래서 마차는 우선 가드너 부인 일행을 런던까지 데려다 주고 돌아오는 길에 베넷 씨를 태워 오기로 했다. 가드너 부인은 엘리자베스와 다아시 씨의 관계에 대해 더비셔에서부터 품고 있던 의혹이 풀리지 않은 채로 롱본을 떠났다.

엘리자베스가 먼저 그의 이름을 꺼낸 적도 없었고, 집에 돌아오면 곧 그에게서 편지가 올 것이라는 가드너 부인의 희미한 기대도 수포로 돌아가고 말았다. 엘리자베스는 집으로 돌아온 후에 펨벌리로부터 아무런 편지를 받지 못했다. 불행한 집안 분위기는 엘리자베스로 하여금 그녀의 침울한 기분에 대해 어떤 다른 이유를 붙일 필요가 없게 만들었다.

그래서 이제 자기 감정을 어느 정도 알게 된 엘리자베스는, 만약 그녀가 다아시 씨에 관한 일을 전혀 몰랐더라면 리디아의 추문에 신경을 덜 써도 되었으리라는 것을 잘 알고 있었으나—잠들지 못한 이틀 밤 중 하루는 구제되었을 것이나—의기소침의 원인을 정확히 추측할 수는 없었다.

마침내 베넷 씨가 돌아왔다. 그는 여전히 평소의 냉정한 태도를 잃지 않고 있었다. 그는 평상시와 같이 말이 적었고 런던을 다녀온 일에 대해서도 일언반구 말이 없었다. 상당한 시간이 지난 뒤에야 딸들이 용기를 내어 먼저 말을 꺼냈다. 즉 오후가 되어 베넷 씨가 그들과 함께 차를 들 때, 엘리자베스가 용감히 화제를 꺼냈던 것이다. 그가 겪었을 고생에 대해 엘리자베스가 짤막한 말로 위로의 뜻을 표하자 그는 이렇게 대답했다.

"그 이야긴 하지 말자. 내가 당연히 겪어야 할 고생이었어. 내 잘못이었어. 내 잘못이었다는 걸 난 알아야만 해."

"자신을 너무 괴롭히시면 안 돼요."

"지나친 자책이 나쁘다고 경고해 주는 것은 좋지만, 인간이란 그런 함정에 빠지기가 정말 쉬운 거야. 리지야, 내가 얼마나 비난을 많이 받아야 할 사람인가를 내 일생에 이번 한 번만이라도 느끼도록 내버려 두렴. 난 이런 감정에 휩싸이는 것을 두려워하지 않아. 그런 것은 곧 지나가 버리는 것이니까."

"아버지는 리디아와 위컴이 런던에 있다고 생각하세요?"

"응, 다른 데에서야 그렇게 감쪽같이 숨어 있을 수 있겠니?"

"리디아도 늘 런던에 가고 싶어 했어요."

키티가 한마디 거들었다.

"행복하겠구나, 그럼. 거기서 꽤 오랫동안 살겠는데."

베넷 씨는 퉁명스럽게 대답했다. 그러고는 잠깐 침묵을 지킨 뒤에 말을 이었다.

"리지야, 난 네가 지난 5월에 내게 해 준 충고가 옳았다고 해서 조금도 언짢게 생각하지는 않는다. 사건을 고려해 보면 그 충고는 마음의 관대함을 보여 주는 것이었어."

이 이야기는 베넷 부인의 찻잔을 가지러 온 제인 때문에 중단되었다.

"이건 유쾌한 시위야."

베넷 씨는 말했다.

"불행치고는 멋지지 않니? 언제 또 한 번 그래 봐야겠어. 나이트캡과 나이트가운을 걸치고 서재에 앉아서 최대한의 걱정거리를 장만해야지. 그렇잖으면 키티가 도망칠 때까지 기다릴까?"

"난 도망 안 가요. 내가 만약 브라이턴에 가게 돼도 리디아보다는 얌전하게 행동할걸요."

키티가 뾰로통하여 대꾸했다.

"네가 브라이턴엘 간다고? 50파운드를 주고 이스트본까지만 간대도 난 마음이 안 놓인다. 천만에! 키티, 난 적어도 이제부터는 신중해야 한다는 걸 알았어. 그 결과가 어떤지 너도 알게 될 게다. 다시는 장교 따위를 내 집 안에 들일 줄 아니? 동네도 못 지나가게 할 테다. 언니들과 같이 가. 그렇지 않으면 무도회엔 절대로 못 갈 줄 알아라. 매일 10분간만이라도 올바른 정신으로 산다는 걸 증명하기 전에는 문밖에도 못 나간다."

키티는 이런 위협을 모두 심각하게 받아들이고 울음을 터뜨렸다.

"아냐, 아냐. 그렇게 상심할 건 없어. 앞으로 10년만 착하게 굴면 열병식엔 데리고 가지."

49

베넷 씨가 돌아온 지 이틀 후, 제인과 엘리자베스가 집 뒤의 관목 숲을 걷고 있자니까 가정부가 그들에게로 다가오는 것이 보였다. 또 어머니가 부르는 줄 알고 두 사람은 그녀 쪽으로 걸어가서 물었다.

"어머니께서 부르시던가요?"

"아니요, 길을 막아서 죄송합니다만 무슨 좋은 소식이 없나 해서요."

"그게 무슨 말이죠? 우린 런던에서 아무 소식도 못 들었는데요."

힐 부인은 깜짝 놀란 듯했다. 뜻밖에도 가정부는 제인에게 이렇게 말하는 것이었다.

"그럼 아버님한테 가드너 씨로부터 속달이 온 것을 모르시는군요. 30분 전에 우체부가 다녀갔는데 아버님께 온 것이 한 통 있어서 갖다드렸는데요."

두 사람은 나머지 말은 듣지도 않고 정신없이 뛰어갔다. 현관을 지나 식당으로, 식당에서 다시 서재로 가 보았으나 거기에도 베넷 씨는 없었다. 어머니와 같이 있나 하고 이층으로 올라가 보려는 참에 집사를 만났다.

"아버님을 찾으세요? 저쪽 작은 숲으로 걸어가고 계십니다."

이 말을 듣자 그들은 다시 현관을 지나서 아버지를 뒤쫓아 잔디밭을 가로질렀다. 그는 목장 한쪽에 있는 작은 숲으로 유유히 걸어가고 있었다. 엘리자베스만큼 몸이 가볍지도 못하고 또 그다지 뛰어 본 적도 없는 제인은 곧 뒤로 처졌으나, 엘리자베스는 숨을 헐떡이며 아버지에게로 다가가서 간절하게 소리쳤다.

"아버지, 무슨 소식이죠? 외삼촌이 보낸 편지를 받으셨죠?"

"응, 속달로 왔더구나."

"그래요? 뭐라고 썼어요? 좋은 소식이에요, 나쁜 소식이에요?"

"무슨 좋은 소식이 있겠니?"

베넷 씨는 그렇게 말하면서 주머니에서 편지를 꺼냈다.

"어쨌든 읽어 보고 싶겠지."

엘리자베스는 조바심이 나서 편지를 받아 들었다. 그때 제인이 다가왔다.

"큰 소리로 읽어 봐라."

아버지가 말했다.

"나도 무슨 소린지 잘 모르겠어."

존경하는 매형께,

드디어 리디아에 관한 소식을 약간이나마 전해 드릴 수 있게 되었습니다. 대체로 흡족하게 여길 만한 소식이라고 믿습니다. 토요일에 매형께서 출발하신 직후 다행히도 두 사람이 런던 어느 곳에 있는 것을 알게 되었습니다. 상세한 말씀은 만나 뵌 후로 미루겠습니다만 그들을 찾았다는 것만은 알아 두시기 바랍니다. 저는 두 사람을 직접 만나 보았습니다.

"내가 늘 바라던 대로 결혼을 했나 봐."
제인이 말했다. 엘리자베스는 계속 읽어 내려갔다.

저는 두 사람을 만나 보았습니다. 둘은 아직 결혼하지는 않았고 결혼할 의사가 있는 것 같지도 않았습니다. 그러나 만약 매형께서, 제가 매형 측 입장에서 대담하게 맺어 버린 계약을 시행하실 의향만 있으시다면 오래지 않아 두 사람의 결혼이 이루어지리라고 믿습니다.

매형께서 하실 일은, 매형과 누님이 돌아가시면 자녀들에게 주기로 약속한 재산 중 재산 분배법에 따라 리디아에게도 5천 파운드를 나눠 주겠다는 것을 그녀에게 확약할 것과, 또 특히 매형 생전에 매년 백 파운드의 연금을 지불한다는 계약을 체결하시는 일입니다. 모든 것을 고려해 본 후에 저는 매형을 대신해서 제 권한이 미치는 한 이 조건에 응할 것을 주저치 않겠습니다.

매형의 대답을 즉시 들어야겠기에 이 편지를 속달로 보냅니다. 위의 사실로 보아 위컴 군의 재정 형편이 세간에서 알고 있듯이 그렇게 가망이 없는 것만은 아님을 쉬 깨달으실 줄 믿습니다. 이 점에 대해 항간에서는 오해하고 있는 것 같습니다. 다행히 그에게는 부채를 다 갚고 난 뒤에도 리디아의 재산에 보탤 돈이 약간 있는 모양입니다.

만약 위와 같은 경우 매형의 이름으로 모든 사무를 대행할 권한을 제게 위임해 주신다면, 곧 변호사 해거스턴에게 선처토록 지시를 하겠습니다. 그러면 매형께서 다시 오실 필요가 없으며, 집에서 편히 쉬시면서 모든 일을 제 역량에 맡기기만 하시면 됩니다. 될 수 있는 대로 속히 회답을 주시길 바라며 분명히 써 주십시오.

저희는 리디아가 저희 집에서 결혼하는 것이 가장 좋으리라고 생각합니다. 매형께서도 이에 찬성하실 줄로 믿습니다. 리디아는 오늘 저희 집으로 올 것입니다. 더 결정되는 일이 있는 대로 다시 편지 드리겠습니다.

그레이스처치 가에서

8월 2일 월요일

에드워드 가드너 올림

"그럴 수 있을까? 위컴 씨와 리디아의 결혼이 가능할까?"

엘리자베스가 편지를 다 읽고 나서 말했다.

"그것 봐, 위컴 씨는 우리가 생각한 것처럼 그렇게 나쁜 사람이 아니라니까. 아버지, 잘됐어요."

제인이 말했다.

"답장하셨나요, 아버지?"

엘리자베스가 물었다.

"아니, 곧 쓰긴 해야 할 텐데."

엘리자베스는 더 지체하지 말고 답장을 쓰라고 아주 간절하게 부탁했다.

"아버지, 얼른 가서 쓰세요. 이런 때 일분일초가 얼마나 중요한지 생각 좀 해 보세요."

"힘드시면 제가 대신 쓸게요."

제인이 말했다.

"정말 지긋지긋하다. 그래도 쓰긴 써야지."

이렇게 말하면서 그는 돌아서서 집 쪽으로 걸음을 옮겼다.

"그 조건은 들어주어야 하지 않을까요?"

엘리자베스가 이렇게 물었다.

"들어주다뿐이냐? 왜 겨우 그것만 청구했는지 낯이 뜨거울 지경인데."

"결혼해야 해요. 위컴 씨는 그만한 자격이 있는 인물이니까요."

"그렇지, 결혼해야지. 그 밖에 딴 도리가 있겠니? 그러나 내가 꼭 알고 싶은 게 두 가지 있단다. 하나는 이 결혼을 성사시키기 위해 네 외삼촌이 돈을 얼마나 썼느냐 하는 것이고, 또 하나는 내가 그 돈을 언제나 갚게 되겠느냐 하는 것이야."

"외삼촌이 돈을 쓰다뇨? 무슨 말씀이세요?"

제인이 물었다.

"내 말은, 정신이 제대로 박힌 사람치고 겨우 백 파운드밖에 안 되는 내 생전 연금이며 죽은 뒤엔 5천 파운드라는 하찮은 유혹에 끌려서 리디아와 결혼할 사람이 어디 있겠느냔 말이다."

"정말 그런데요. 좀 전에는 그런 생각을 전혀 못 했군요. 빚을 다 청산하고도 얼마간 남는다니! 아, 그건 다 외삼촌이 하신 일이에요! 착하고 관대하신 분, 우리 때문에 곤란해지지나 않으셨는지 모르겠어요. 적은 돈이 아닐 텐데."

엘리자베스가 말했다.

"아니고말고. 위컴이란 녀석은 만 파운드에서 단 한 푼이 모자라도 안 받을 게다. 친척 관계를 맺는 시초부터 이렇게 나쁘게만 생각하는 건 유감스러운 일이다만."

"만 파운드라고요? 맙소사! 그 반도 보상할 수 없잖아요?"

베넷 씨는 대답하지 않았다. 그들은 각자 깊은 생각에 잠겨서 집까지 묵묵히 걸었다. 베넷 씨는 편지를 쓰기 위해 서재로 들어가고 제인과 엘리자베스는 식당으로 들어갔다. 단둘이 되자 엘리자베스가 입을 열었다.

"그래, 둘이 정말 결혼하게 됐군! 일이 참 야릇하게 됐어. 그래도 우린 감사히 생각해야 한단 말이야. 행복해질 가능성은 적고 남자의 인격은 걸레 조각 같은데도 결혼을 한다? 그걸 또 우리는 억지로 기뻐해야 하고? 에잇, 리디아도!"

"난 위컴 씨가 리디아에게 진정한 호의가 없다면 아마 결혼하지 않을 거라고 생각하고 자위해. 고마운 외삼촌이 그의 부채를 청산하려고 어떤 일을 하신 모양이지만 만 파운드까지 치렀다고는 믿어지지 않아. 아이들도 있고 또 더 낳을지도 모르는데, 어떻게 만 파운드의 반이라고 해도 쓸 수가 있겠니?"

"만약 위컴 씨의 부채가 얼마고 또 그가 리디아에게 얹어 주는 돈이 얼마인지 안다면, 외삼촌이 두 사람을 위해 쓰신 돈의 총액을 정확히 알 수 있을 텐데. 위컴 씨는 자기 돈이라곤 한 푼도 없을 테니까 말이야. 외삼촌 내외분의 친절은 무엇으로도 갚을 수 없을 거야. 리디아를 집에 데려가고 친히 돌봐 주시고 잘못도 묵인해 주시고……. 리디아가 잘되기 위해서 치르신 희생을 생각하면 두고두고 감사해도 모자랄 것 같아. 지금쯤은 리디아가 외삼촌 댁에 가 있겠군. 그런 친절에 괴로움을 느끼지 않는다면 행복할 자격이 없어. 외숙모를 처음 뵈었을 때 리디아는 무슨 생각이 들었을까?"

"우리는 두 사람에게 있었던 일들은 모두 잊으려고 노력해야만 해. 나는 아직도 그들이 행복하기를 바라고 또 믿어. 내 생각으로는 그가 리디아와의 결혼에 동의한 것은 올바른 사고방식으로 돌아왔다는 증거야. 서로의 애정이 두 사람을 성실하게 만들 거야. 나는 그렇게 믿어. 그들은 얼마 안 가서 과거의 경솔한 행동을 잊고 조용히, 또 올바르게 살 거라고."

"그들이 한 행동은 언니도 나도, 또 누구도 결코 잊어버릴 수 없는 그런 것이었어. 그건 쓸데없는 말이야."

이때 두 사람의 머릿속에는 지금 생긴 일에 대해 어머니는 십중팔구 전혀 모르고 있을 것이라는 생각이 떠올랐다. 그래서 그들은 서재로 가서 어머니에게 이 일을 알려도 좋으냐고 아버지에게 물어보았다. 편지를 쓰고 있던 그는 고개도 들지 않은 채 냉담하게 대답했다.

"마음대로 하렴."

"이 편지 가지고 가서 어머니에게 읽어 드려도 돼요?"

"뭐든지 가지고 나가라니까."

엘리자베스는 아버지의 책상에서 편지를 집어 들고 제인과 함께 이층으로 올라갔다. 메리와 키티도 어머니와 함께 있었으므로 편지는 한 번만 읽으면 되었다. 좋은 소식이라는 것을 미리 잠깐 비친 다음 제인이 큰 소리로 편지를 읽었다.

베넷 부인은 거의 입을 다물지 못했다. 리디아가 곧 결혼할 것을 믿는다는 대목을 읽자 베넷 부인의 기쁨은 폭발했고, 편지를 읽어 내려갈수록 그 기쁨은 더욱 커졌다.

놀람과 짜증으로 괴팍스러웠을 때와는 대조적으로 그녀는 이제 너무 기뻐서 어찌할 줄을 몰랐다. 리디아가 결혼하게 되었다는 사실을 안 것만으로 충분했다. 그녀의 행복을 우려하여 걱정한다거나 또는 그녀의 잘못을 기억해 내고 침울해하지 않았다.

"내 귀여운 리디아! 정말 기쁘구나. 그 애가 결혼을 하다니! 그 애를 다시 볼 수 있겠구나. 열여섯 살에 결혼하게 되다니. 고맙고 친절한 동생, 내 이럴 줄 알았지. 모든 걸 잘 처리해 줄 줄 알았어. 얼마나 리디아가 보고 싶었는지…… 그리고 위컴도. 그러나 결혼 예복을 어떻게 한담. 곧 외숙모에게 편지를 해야겠다. 리지, 아버지에게 좀 뛰어가 봐라. 가서 리디아에게 돈을 얼마나 주시려는지 여쭤 보고 오렴. 아니, 여기 있어, 내가 가야지. 키티, 종을 울려서 힐 좀 불러라. 곧 옷을 입어야겠다. 오, 내 귀여운 리디아! 우리가 만날 땐 얼마나 즐거울까?"

제인은 외삼촌에 대해 그들이 지고 있는 의무를 상기시킴으로써 어머니의 걱정을 조금이나마 덜어 주려고 애썼다.

"이 다행스러운 결과는 모두가 친절하신 외삼촌 덕택이에요. 외삼촌이 당신 돈을 들여서 위컴 씨를 도우신 게 틀림없어요."

"그래, 그거야 당연하지. 외삼촌이 아니면 누가 한단 말이냐? 그런데 만약 외삼촌에게 아이들이 없다면 그의 재산은 나와 너희들이 차지한다는 건 너도 알지? 그리고 몇 가지 선물 외에 외삼촌이 우리에게 무얼 해 준 것은 이번이 처음 아니냐? 아무튼 난 기쁘다. 얼마 안 있으면 딸년을 하나 결혼시키게 됐으니 말이다. 위컴 부인이라! 근사하군. 지난 6월에야 겨우 만 열여섯 살이 됐는데. 제인, 너무 가슴이 두근거려서 편지를 못 쓸 것 같다. 내가 부를 테니 대신 받아쓰렴. 돈에 대해서는 나중에 아버지와 결정하겠지만 우선 결혼 예복만은 곧 주문해야겠어."

그러면서 부인은 캘리코를 비롯해서 모슬린이며 흰 리넨 등을 주워섬기기 시작했다. 제인이, 아버지가 틈날 때까지 기다렸다가 아버지와 상의한 다음에 쓰자고 겨우 설득하지 않았다면 주문은 상당한 액수에 달했을 것이다. 제인은 하루쯤 늦는 것을 그리 대수롭게 생각하지 않았고, 부인도 기쁨에 넘친 나머지 평소 같은 고집은 부리지 않았다. 그러자 다른 생각이 또 떠올랐는지 부인은 이렇게 말했다.

"옷을 입는 대로 메리턴에 가야겠어. 가서 필립스 이모에게 이 좋은 소식을 전해 줘야지. 그리고 오는 길엔 루카스 경 부인과 롱 부인 댁에도 들를 수 있겠군. 키티, 내려가서 마차를 불러라. 바람 좀 쐬는 게 몸에도 좋을 거야. 아, 힐이 오는군. 힐, 펀치를 한 잔씩 만들어 줘."

힐 부인도 자신의 기쁨을 표시했다. 엘리자베스가 여러 사람을 대신해서 이 축하의 말을 받았다. 그러고는 이런 어리석은 짓에 염증이 나서 나름대로 생각을 해 보려고 제 방으로 돌아와 버렸다.

아무리 생각해도 리디아의 처지는 불행할 것임에 틀림없었지만, 그러나 최악은 아니라고 생각하고 감사할 수밖에 없었다. 또한 앞날을 내다볼 때 리디아에게 정당한 행복이나 행운을 기대할 수는 없었지만, 불과 두 시간 전에 지녔던 불안을 생각하여 현재의 이만한 수확에 만족을 느껴야만 했다.

50

베넷 씨는 아내와 자녀들이 자기보다 오래 살 경우, 그들의 장래를 위해서 그의 전 수입을 소비하는 대신 매년 저축을 하는 것이 좋겠다고 종종 생각해 왔는데, 지금에 와서는 어느 때보다도 더 저축의 필요성을 통감하게 되었다.

만약 그가 이 점에 대해 그의 의무를 다했더라면, 리디아를 위한 어떤 명예나 신망을 사들이는 데 구태여 가드너 씨에게 폐를 끼칠 필요는 없었을 것이다. 그가 자기 의무를 충실히 이행했더라면, 영국에서도 가장 무가치한 청년 중의 한 사람을 리디아의 남편으로 택한 것에 대한 보상은 당연히 본래 제 위치에 머물러 있었을지도 모르는 일이었다.

한 사람의 적은 이익을 위해 처남이 단독으로 비용을 들였다는 것을 베넷 씨는 매우 중요하게 생각했다. 그래서 가능하면 가드너 씨가 도와준 액수가 얼마나 되는가를 알아보고, 될 수 있는 한 조속히 채무를 청산하기로 마음먹었다.

당초에 베넷 씨가 결혼했을 때에는 당연히 아들을 낳을 것으로 예상했기 때문에 경제 문제에 대해서는 전혀 걱정할 필요가 없었다. 이 아들이 성년이 되는 대로 한정 상속의 제한은 해제될 것이고, 이로써 아내와 어린 자녀들의 생활은 보장될 것이었기 때문이다. 딸만 잇따라 다섯이나 낳았을 때에도 아직 아들에 대한 꿈을 버리지 않았고, 리디아를 낳은 후에도 수년 동안 베넷 부인은 아들을 낳을 수 있다고 장담했었다.

그러나 결국 희망은 수포로 돌아갔고, 그땐 이미 저축하기에는 시기가 늦었다. 게다가 부인은 절약하는 데에는 소질이 없었다. 수입 초과를 방지해 온 것은 오로지 베넷 씨가 독립을 사랑한 때문이었다. 결혼 계약서에는 5천 파운드가 부인과 자녀의 상속 재산으로 약정되어 있었으나, 자녀들에게 어떤 비율로 분배하느냐 하는 것은 부모의 뜻에 달려 있었다.

바로 이 점이 리디아에 관해 결정되어야 할 문제였다. 베넷 씨는 눈앞의 제안을 수락하는 데 주저할 수가 없었다. 그는 우선 처남의 친절한 처사에 감사하다는 인사를 한 다음, 아주 간결한 표현으로 모든 처사에 전적으로 찬성한다는 것과, 자기 대리로 모든 계약을 하도록 허락한다고 편지를 썼다.

그는 리디아와 위컴을 결혼시킬 경우 현재와 같은 적은 비용으로 가능하리라고는 전혀 상상도 못 했었다. 리디아에게 매년 백 파운드를 준다 하더라도 감소하는 연 수입은 고작 10파운드밖에 안 되는데, 그 이유는 리디아의 식비라든가 용돈이라든가 또 어머니의 손을 거쳐서 흘러 들어가는 돈 등을 합해 보면 그녀가 일 년에 쓰는 비용은 거의 백 파운드쯤 되었기 때문이다.

베넷 씨는 자기 쪽에서는 아주 적은 노력을 들여 이 일을 한다는 데 놀라움과 즐거움을 함께 느꼈다. 지금 그의 간절한 희망은 이 일에 대해 될 수 있는 한 걱정을 적게 하는 것이었다. 리디아를 즉각 찾아 나서게 했던 처음의 격한 분노가 사라지자, 그는 본래의 나태함으로 되돌아가 있었다.

그는 곧 편지를 부쳤다. 그는 일을 결정하는 데에는 느렸으나 집행하는 데에는 빨랐다. 그는 자기가 가드너 씨에게 지고 있는 부채에 대해 자세히 알고 싶다고 간청했으나, 화가 난 나머지 리디아에게는 편지를 쓰지 않았다.

리디아가 결혼한다는 소식은 곧 온 집안에 퍼졌고 상당한 속도로 이웃에까지 퍼졌으나, 이들은 무던한 침착성을 지니고 냉정하게 행동했다. 만약 리디아의 양육비를 동네에서 부담한다거나, 또는 이보다는 나은 편으로 세상과 멀리 떨어진 어느 농가에 격리되어 있다면 이것은 좀 더 재미있는 화젯거리가 되었을 것이다.

그러나 리디아를 결혼시키는 것에 대해서는 할 말이 많았다. 리디아가 실종된 채로 아직 정식 결혼설이 나오지 않았을 때, 메리턴의 짓궂은 노부인들은 동정한다는 듯이 리디아 이야기를 입에 올렸었다. 이제는 사정이 변했음에도 불구하고 달라진 게 없었다. 리디아가 그런 남자와 결혼해 봤자 불행할 것은 뻔한 일이라고 생각했기 때문이다.

베넷 부인은 아래층에 발길을 끊은 지 이미 2주일이 되었으나 이 기꺼운 날을 맞이해서 다시 아래층 식당의 식탁에 가 앉았다. 그녀는 기분이 말할 수 없이 좋았고, 어떤 수치심도 그녀의 의기양양한 기분을 손상시키진 않았다. 제인이 열여섯 살이 된 이래 그녀가 한결같이 바라던 딸의 결혼이 이제 이루어지려 하고 있었다. 그녀의 머릿속은 오로지 우아한 결혼식 하객들과 아름다운 모슬린 옷과 새 마차들과 하인들 따위로 꽉 차 있었다.

그녀는 온 동네를 누비고 다니면서 리디아에게 적당한 신혼 주택을 물색하기에 바빴다. 두 사람의 수입이 얼마나 될 것인가는 알지도, 생각하지도 않고 집이 작다느니 쓸모가 없다느니 하면서 숱한 집들을 마다했다.

"굴딩에만 나간다면 헤이 파크도 괜찮고, 그렇잖으면 스토크에 있는 집도 응접실만 좀 더 크다면 쓸 만하겠어. 애시워스는 너무 멀고. 내게서 10리 밖이나 떨어진 곳은 안 돼. 펄비스 로지는 다락방이 음산해서 싫어."

베넷 씨는 하인들이 옆에 있는 동안은 마음대로 지껄이라고 내버려 두었으나 하인들이 물러가자 부인에게 이렇게 말했다.

"여보, 그중의 어느 집을 사 주든지 아니면 그 집들을 전부 사 주든지 간에 우선 정신 좀 차리고 생각해 봅시다. 어느 집이고 이 동네에는 그 애들을 들여놓을 수 없소. 그 애들을 롱본에 들임으로써 그 뻔뻔스러움을 북돋워 줄 생각은 없단 말이오."

이 말에 대해 오랫동안 논쟁이 벌어졌다. 그러나 베넷 씨는 끄떡도 하지 않았다. 이것이 또 싸움을 유발시켰다. 게다가 베넷 부인은 남편이 리디아의 옷을 살 돈을 한 푼도 주려 하지 않는다는 것을 알고는 기겁을 했다. 베넷 씨는 부인에게, 리디아는 어떤 경우든지 자기로부터 애정의 표시는 받지 못할 것이라고 딱 잘라 말했다.

부인은 이 말을 도저히 이해할 수 없었다. 남편의 노여움이 결혼을 무효화할지도 모르는, 즉 리디아의 특권을 거부할 정도로 상상할 수 없는 울분에까지 이르렀다는 사실을 부인은 아무리 믿으려야 믿을 수가 없었다. 그녀는, 리디아가 위컴 씨와 도주를 하고 결혼식도 올리기 전에 일주일씩이나 동거를 했다는데 대한 어떤 수치심보다는 딸의 결혼식에 입힐 새 옷이 없어서 망신당할 것에 더 마음이 쓰였다.

엘리자베스는 전에 일시적인 괴로움에 못 이겨 다아시 씨에게 리디아의 일을 알렸던 것을 이제 와서는 가장 가슴 아프게 후회했다. 왜냐하면 리디아의 결혼이 그들의 도피 행각에 곧 종지부를 찍어 줄 것이므로, 현장에 있지 않았던 사람들에게는 상서롭지 못한 애초의 사실을 숨길 수도 있는 일이었기 때문이다.

엘리자베스는 다아시 씨를 통하여 소문이 더 퍼지는 것을 두려워하지는 않았다. 그녀에게는 자기의 비밀을 남에게 누설하지 않고 지켜 줄 것을 확신할 만큼 마음을 터놓고 이야기할 수 있는 사람도 별로 많지 않았지만, 또 동시에 자기 동생의 부정한 행동을 알고 있다고 해서 자기에게 커다란 굴욕이 될 만한 사람도 없었다.

자신이 불리해질 것이라는 불안 때문은 아니었는데도 어쨌든 자기와 다아시 씨 사이에는 건널 수 없는 심연이 있는 것 같았다. 설사 리디아의 결혼이 가장 훌륭한 조건 위에 성립되는 것이라 하더라도, 다른 모든 이유는 그만두고라도 그가 그렇게도 경멸하는 위컴 씨와 가장 가까운 친척의 인연을 맺는 자기 가정과 인척 관계를 맺으리라고는 생각되지 않았다. 이런 관계를 그가 피하려 들 것은 의심할 여지가 없었고, 자기의 사랑을 얻으려던 그의 희망이—비록 더비셔에서는 그가 사랑을 얻었다고 생각했음을 엘리자베스 자신도 잘 알고 있었지만—이러한 커다란 타격으로부터 벗어날 수 있다고는 합리적으로 기대할 수 없었다.

엘리자베스는 맥이 풀렸고 슬펐으며 뭔지는 잘 모르지만 후회되었다. 더 이상 그의 호의를 바랄 수 없게 되자 엘리자베스는 그의 호의가 아쉬워졌고, 이제 그의 소식을 들을 기회가 거의 없게 되자 그의 소식이 듣고 싶어졌으며, 이제 다시는 둘이 만나는 일이 없을 것이라는 생각이 들자 자기는 그와 더불어 행복할 수 있을 것이라는 확신이 들었다.

자기가 겨우 4개월 전에 거만하게 일축해 버린 그의 청혼을 지금은 기쁘고 고마운 마음으로 받아들일 것이라는 것을 안다면, 그가 얼마나 득의만만해할 것인가 하고 엘리자베스는 가끔 생각했다. 그가 남성 중에서도 가장 관대한 남자임을 엘리자베스는 의심치 않았으나 그도 역시 인간인 이상 승리감은 가질 것이다.

엘리자베스는 이제야 다아시 씨가 성품과 재능에 있어서 자기에게 가장 적합한 사람임을 이해하기 시작했다. 그의 이해력과 기질은 비록 엘리자베스와 비슷하진 않았으나 그녀가 바라는 모든 것에 합치되는 것이었다.

이들의 결합은 두 사람 모두에게 유익할 것이다. 엘리자베스의 여유 있고 쾌활한 성격 덕분에 다아시 씨의 마음과 태도는 부드러워질 것이며, 다아시 씨의 판단력과 견문과 세상에 관한 지식 덕분에 엘리자베스는 매우 귀중한 이익을 얻을 수 있을 것이다.

그러나 지금은 아무리 행복한 결혼도 그것을 찬미하는 무리들에게 부부의 행복이란 진정 무엇인가를 가르쳐 줄 수는 없었다. 상이한 두 성격의 결합이 행복한 부부의 가능성을 배제한 채 그들의 가정에서 이루어지려는 참이었다.

위컴 씨와 리디아가 얼마만큼 전적으로 독립적인 생활을 견디어 낼 것인지 엘리자베스로서는 상상할 수 없었으나, 도덕심보다는 강한 정열로 결합된 부부에게 따르는 행복이 얼마나 짧게 지속될 것인가 하는 것만은 쉽사리 추측할 수 있었다.

가드너 씨는 베넷 씨에게 금방 또 편지를 보냈다. 그는 누구든지 간에 자기 가문 사람이라면 그의 행복의 증진을 위해서 최선을 다하겠노라는 확언을 하고, 베넷 씨의 감사에 대해 간단히 적은 다음, 자기가 돈을 썼느니 어쨌느니 하는 이야기는 다시는 꺼내지 말아 달라고 간청했다. 이번 편지의 중요한 취지는 위컴 씨가 군대를 제대하기로 결심했다는 사실을 그들에게 알리는 것이었다. 가드너 씨는 다음과 같이 덧붙였다.

위컴 군의 결혼이 확정되는 대로 그가 부대를 나오는 것은 제가 무척 바라던 일입니다. 저는 매형께서도 이 일이 위컴 군이나 리디아를 위해 극히 슬기로운 일이라는 데에 동의하실 줄로 믿습니다. 위컴 군은 정규군에 입대하려 하고 있는데, 그의 옛 친구들 중에는 이 일을 기꺼이 도와주려는, 또 도와줄 수 있는 사람이 몇 명 있는 모양입니다.

그는 현재 북부에 주둔하고 있는 모 장군 부대의 기수직을 약속받고 있습니다. 주둔지가 여기서 먼 거리에 있다는 것은 오히려 다행한 일이라고 생각합니다. 위컴 군도 쾌히 승낙하고 있는데, 새로운 사람들 틈에서 살다 보면 각자가 갖추어야 할 인격을 지니게 될는지도 모르는 일이며, 또 두 사람 다 좀 더 신중해지리라고 믿습니다.

저는 포스터 대령에게 저희들의 현재 처사를 알리고, 브라이턴 인근에 있는 위컴 군의 모든 채권자에게 일간 채무를 속히 청산하겠다는 보증을 서 달라는 편지를 냈습니다. 이 청산에 대해서는 제가 서약을 했습니다.

그러니 매형께서도 메리턴에 있는 위컴 군의 채권자들에게 동일한 보증을 서 주지 않으시겠습니까? 채권자 명단은 위컴 군에게 알아봐서 첨부하겠습니다. 위컴 군은 자신의 모든 채무를 정리해서 제출한 바 있습니다. 적어도 이 점에 대해서만은 우리를 속이지 않았으리라 믿습니다. 해거스턴 변호사가 우리의 지시를 받고 있는데, 일주일이면 모든 일을 무난히 처리할 것입니다.

그리고 롱본에서 먼저 두 사람을 초대하지 않는다면 그들은 그냥 북부의 군대를 따라갈 것입니다. 제 아내를 통해 듣기로는 리디아가 남부를 떠나기 전에 롱본의 가족들을 몹시 만나고 싶어 한다고 했습니다. 리디아는 건강하며, 매형과 누

님께서 부모의 도리로 자기를 잊지 않고 기억해 주시기를 갈
망하고 있습니다…….

　　에드워드 가드너 올림

　　베넷 씨와 딸들은 가드너 씨와 마찬가지로 위컴 씨가 의용군
에서 정규군으로 전입한다는 것을 기꺼워했으나 베넷 부인만
은 그리 흡족해하지 않았다.

　　그녀는 두 사람을 하트퍼드셔에 살게 하려는 종래의 계획을
절대로 포기하지 않았고 거기에 커다란 기쁨과 긍지를 갖고 있
었던 참이라, 리디아가 북방에 정주하게 되었다는 사실은 그녀
에게 쓰라린 실망을 안겨 주었다. 게다가 많은 사람들이 리디아
를 알고 있고, 또 리디아가 좋아하는 군인들이 많은 부대를 떠
나야 한다는 것은 몹시도 애석한 일이었다.

　　그녀는 이렇게 말했다.

　　"포스터 부인을 몹시 따르던 그 애를 그렇게 멀리 보내 버리
다니 정말 기가 차. 또 그 애가 무척 따르던 청년들도 몇 명 있었
는데. 그 장군 부대의 장교들은 그리 쾌활하지 못할 거야."

　　리디아가 북부로 출발하기 전에 집에 다녀가게 하자는 딸들
의 제안을 베넷 씨는 예상했던 대로 처음에는 단호히 거절했다.
그러나 리디아의 감정과 장래의 지위를 위해 그녀의 결혼을 부

모에게 인식시켜야 한다는 생각에 합의를 본 제인과 엘리자베스가, 두 사람이 결혼하는 대로 롱본에 초대하자고 열심히, 그러면서도 합리적으로 온순히 조르는 바람에 베넷 씨는 누그러져서 마음대로 하라고 허락하고 말았다.

베넷 부인은 출가한 딸이 북부로 가 버리기 전에 이웃 사람들에게 보여 줄 수 있게 되어 매우 흡족해했고, 베넷 씨는 두 사람이 롱본에 곧바로 오게끔 일을 결정하였다. 한편으로 엘리자베스는 위컴 씨가 그런 제안을 수락했다는 데에 놀랐다. 만약 엘리자베스가 자신의 감정만을 생각한다면 그녀는 무엇보다도 그와의 재회가 가장 싫었을 것이다.

51

리디아의 결혼식 날이 다가왔다. 제인과 엘리자베스가 리디아를 맞는 감회는 리디아가 집에 돌아오는 감회보다도 더 컸다. 마차가 두 사람을 맞으러 어느 지점까지 갔는데, 저녁 시간까지는 도착할 예정이었다. 제인과 엘리자베스는 그들의 도착을 두려워했다.

특히 제인은, 만약 자기가 죄인일 경우, 자신이 품을 듯한 생각을 리디아도 품고 있지나 않을까 하는 생각을 하며 더욱 두려워했고, 리디아가 이제부터 견뎌 내야 할 수모를 생각하고는 가련해했다.

드디어 두 사람이 왔다. 온 가족은 그들을 맞으러 식당에 모여 있었다. 마차가 대문에 다다르자 베넷 부인의 얼굴에는 웃음이 감돌았고, 베넷 씨는 속을 알 수 없는 굳은 표정을 짓고 있었다. 딸들은 놀라고 불안해하며 안절부절못했다.

현관에서 리디아의 목소리가 들렸다. 문이 홱 열리더니 그녀가 방 안으로 뛰어 들어왔다. 베넷 부인이 앞으로 달려 나가 그녀를 껴안고 열광적으로 환영을 했다. 그리고 리디아를 뒤따라온 위컴 씨에게 다정하게 미소 지으면서 손을 내밀자, 그는 그들의 행복을 의심 없이 보여 주는 쾌활한 태도로 모녀가 오래간만에 다시 만나서 기쁘시겠다는 인사를 했다.

두 사람은 베넷 씨에게로 돌아섰다. 베넷 씨는 그들을 진심으로 환영하진 않았다. 그의 얼굴은 더욱 근엄해졌고 거의 입을 열지 않았다. 아무렇지도 않은 듯이 구는 젊은 부부의 뻔뻔스러움이 다시 그를 노엽게 했던 것이다. 엘리자베스도 비위가 거슬렸고, 제인마저 충격을 받았다.

리디아는 여전히 리디아였다. 길들여지지 않고 부끄러움을 모르며 야생적이고 수다스럽고 겁이 없었다. 그녀는 이 언니에게서 저 언니에게로 돌아다니며 그들에게 축하해 달라고 졸랐다.

드디어 모두가 자리에 앉자 리디아는 방 안을 열심히 둘러보고 약간 변한 것을 알아채곤 웃으면서 여기를 떠난 지도 꽤 오래되었다고 말했다. 위컴 씨는 리디아보다 더 당황하는 빛이 없었다. 그의 태도가 언제나처럼 어찌나 유쾌하던지, 그의 인격이나 결혼 방법에 하등 시비할 점이 없었더라면 이제는 서로 친척 간임을 선언할 때 그의 미소와 말솜씨는 모두를 즐겁게 해 주었을 것이다.

엘리자베스는 그의 뻔뻔스러움에 한계선을 긋지 않겠다고 속으로 다짐했다. 그녀는 얼굴이 뜨거웠다. 제인도 낯을 붉혔다. 그러나 정작 이러한 사건을 야기한 장본인들은 부끄럽지도 않은 모양인지 전혀 안색이 변하지 않았다.

화제는 궁하지 않았다. 리디아나 베넷 부인은 모두 말을 빨리 하지 못했고, 엘리자베스와 가까이 앉게 된 위컴 씨는 인근에 사는 그의 지기들의 안부를 캐묻기 시작했다. 그는 예사로 명랑하게 말을 했으나 대답을 하는 엘리자베스는 그럴 수가 없었다.

리디아와 위컴 씨는 세상에서도 가장 행복한 추억들만 지니고 있는 것 같았다. 지난 일을 회상하고 괴로워하는 빛은 조금도 없었고, 리디아는 오히려 제인과 엘리자베스가 세상없어도 꺼내고 싶지 않은 화제를 스스로 꺼냈다.

"내가 집을 떠난 지 벌써 석 달이 됐다는 생각을 하니 참 이상해. 겨우 2주일밖에 안 된 것 같거든. 그런데도 그동안에 많은 일이 있었지. 내 참, 내가 집을 떠날 때에는 돌아올 때 결혼하고 오리라는 생각은 꿈에도 안 했어. 내가 결혼을 한다면 무척 재미있을 거라는 생각은 없지만."

베넷 씨가 두 눈을 쳐들었다. 제인은 당황했고 엘리자베스는 의미 있는 눈으로 리디아를 쏘아보았으나, 리디아는 무감각한 채 아무것도 듣지도 보지도 않고 즐거운 듯 말을 계속했다.

"엄마, 동네 사람들이 제가 오늘 결혼한 줄을 아나요? 아마 모르고 있을 거야. 참, 오다가 윌리엄 굴딩 씨의 이륜마차를 앞지르게 됐는데, 굴딩 씨에게 내가 결혼한 사실을 알려 주려고 마차가 옆에 왔을 때 창문을 내리고 장갑을 벗은 다음 손을 창틀 위에 얹어 놓았지. 내 반지 좀 보라고 말이야. 그리고 인사를 하고는 활짝 웃어 줬어요."

엘리자베스는 더 이상 참을 수가 없었다. 그녀는 일어나서 방을 뛰쳐나가고 말았다. 그러고는 그들이 복도를 지나 응접실로 가는 소리를 듣고서야 비로소 다시 돌아와 그들 사이에 끼었다.

얼마 후에 엘리자베스는 리디아가 아주 뽐내며 어머니의 오른쪽으로 다가가는 것을 보았는데, 그녀가 제인에게 이렇게 말하는 것이 들렸다.

"큰언니, 이젠 내가 언니 자리를 차지해야 돼. 언니는 나보다 아랫자리로 가야 해. 난 이제 결혼한 부인이거든."

리디아가 처음에는 전적으로 모면했던 이러한 난처한 곤경이, 시간이 흐름에 따라 그녀에게 어떻게 닥쳐올는지는 상상해 볼 길이 없었다. 리디아의 여유 있고 유쾌한 기분은 점점 커졌다.

그녀는 필립스 이모와 루카스네 가족들, 그 밖의 모든 이웃 사람들을 몹시 보고 싶어 했고 그들이 자기를 '위컴 부인'이라고 부르는 것을 듣고 싶어 했다. 식사를 마치자 리디아는 그동안에라도 힐 부인과 두 하녀에게 반지를 보여 주고 결혼했다는 것을 자랑하고 싶어서 방을 나갔다. 모두가 다시 식당으로 돌아오자 리디아가 또 말했다.

"그런데 엄마, 엄마는 위컴 씨를 어떻게 생각하세요? 매력 있는 사람이죠? 언니들은 확실히 나를 부러워할 거야. 내 반만큼이라도 행운을 차지했으면 좋겠어. 언니들도 브라이턴엘 가야만 해. 남편감 고를 데는 브라이턴뿐이야. 왜 여름에 전부 안 갔는지 모르겠어. 유감스러운 일이야. 그렇지, 엄마?"

"그렇고말고. 내 뜻대로만 했어도 좋았을 텐데. 그런데 리디아, 난 네가 이젠 아주 멀리 가 버리는 게 정말 싫구나, 안 그러냐?"

"아이, 괜찮아요. 그런 것은 아무것도 아녜요. 난 무엇보다도 좋은걸요. 엄마랑 아버지랑 언니들이랑 모두들 우릴 보러 와야 돼요. 우린 겨울에 뉴캐슬에 있을 거예요. 아마 무도회도 열릴 거야. 언니들에게 멋있는 파트너를 골라 줄게."

"그거 참, 무엇보다도 반가운 일이로구나."

"엄마가 다녀가실 땐 한두 언니쯤 두고 가세요. 겨울이 가기 전에 신랑들을 얻어 줄게요."

그러자 엘리자베스가 말했다.

"호의는 고맙지만 네 식으로 남편을 얻는 것은 질색이야."

두 사람의 체류는 열흘을 넘기지 못하게 되었다. 위컴 씨가 런던을 떠나기 전에 임명을 받고 2주일 내로 부대에 부임하게 되어 있었기 때문이다. 베넷 부인 외에는 아무도 그들의 체류 기간이 짧은 것을 섭섭해하는 사람은 없었다.

부인은 리디아와 더불어 이웃을 방문하고 집에서 자주 파티를 여는 일로 이 기간의 대부분을 보냈다. 파티는 모든 사람들의 마음에 들었다. 생각이 없는 사람들보다 오히려 생각이 있는 제인과 엘리자베스가 더 집안 식구들을 피하고 싶어 했던 것이다.

엘리자베스가 예견했던 바와 다름없이, 리디아에 대한 위컴 씨의 애정은 그에 대한 리디아의 애정과는 같지 않았다. 일의 결과를 놓고 생각해 볼 때, 그들의 도피는 위컴 씨의 사랑보다는 리디아의 사랑의 힘에 의해 감행되었다는 추측을 엘리자베스는 구태여 확인할 필요가 없었다. 그가 당시 도망치지 않을 수 없는 곤경에 처해 있었다는 것과, 또 도망의 동행자가 생겼을 때 그가 그런 좋은 기회를 놓칠 인물이 아니라는 것을 엘리자베스가 확신하지 않았더라면, 그녀는 어째서 위컴 씨가 리디아를 그다지 사랑하지도 않으면서 함께 도피를 감행할 수 있었나 하고 의아하게 여겼을 것이다.

리디아는 위컴 씨를 몹시 좋아했다. 어떤 경우에나 그는 리디아의 사랑스러운 위컴이었다. 그녀에 의하면 어떤 경쟁을 하든 그를 따를 사람은 아무도 없으며 그가 무엇이나 세상에서 최고라는 것이었다. 그리고 9월에 사냥이 시작되면 그가 누구보다도 새를 많이 잡을 것이라고 리디아는 확신했다.

그들이 도착한 지 얼마 안 된 어느 날 아침, 제인과 엘리자베스와 리디아가 함께 앉아 있을 때 리디아가 엘리자베스에게 이렇게 말했다.

"리지 언니, 아마 언니에겐 내 결혼식 얘기를 안 했죠? 엄마랑 다른 식구들에게 얘기할 때 언닌 옆에 없었어. 어땠는지 듣고 싶지 않아요?"

"아니. 그 얘긴 될 수 있는 한 듣지 않는 게 좋겠어."

"어머! 언닌 참 이상해요. 하지만 얘기를 해야겠어. 언니도 알다시피 우린 성 클레멘트 교회에서 결혼했어요. 위컴 씨의 숙소가 그 교구에 있었거든요. 우린 11시까지 모두 그 교회에 모이기로 되어 있었지요. 외삼촌하고 외숙모가 나와 같이 가기로 했고 다른 사람들은 교회에서 만나기로 되어 있었어요. 그래, 드디어 월요일 아침이 되었지요. 난 참 얼마나 안달을 했는지 몰라요. 무슨 일이 일어나서 결혼식이 연기될까 봐 무척 걱정했으니까요. 그렇게 되었더라면 난 정말 미쳐 버렸을 거야. 내가 옷을 입는 동안 외숙모께서 내내 옆에 계시면서 마치 설교 원고를 읽듯 일장 연설을 하셨지만, 내 귀에는 열 마디 중의 한 마디밖에 들어오지 않았어요. 왜냐하면 난 줄곧 위컴 씨만 생각하고 있었으니까요. 위컴 씨가 푸른 코트를 입고 결혼식을 올릴는지 그게 몹시 알고 싶었어요. 우린 여느 때처럼 10시에 아침을 먹었죠. 난 이런 생활이 영 끝나지 않을 줄로만 알았어요. 언니도 차차 이해하게 되겠지만, 내가 외삼촌 댁에 있는 동안 난 두 분이 끔찍이도 싫었거든요. 언닌 안 믿을지 모르지만 보름 동안이나 문밖엘 한 번도 나가 보지 못했어요. 파티도 한 번 없었고, 외출이고 뭐고 아무것도 못했어요. 확실히 런던은 비교적 한산하긴 했지만 그러나 소극장은 개관 중이었어요. 그건 그렇고, 막

마차가 대문까지 왔는데, 아 글쎄, 그 지긋지긋한 스톤 씨가 상업상 용무가 있다고 외삼촌을 불러내잖아요. 난 어쩌나 놀랐던지 어쩔 줄을 몰랐어요. 외삼촌이 식장에서 나를 위컴 씨에게 넘겨주는 역할을 맡으셨거든요. 만약 정한 시간이 넘으면 그날은 결혼할 수 없었어요. 그러나 다행히 10분 만에 돌아오셔서 우린 모두 식장으로 출발했죠. 하지만 그 후에, 설령 외삼촌 때문에 가지 못했다 해도 결혼식을 연기할 필요는 없었다는 것을 알게 됐어요. 다아시 씨가 다 잘 해 주셨을 테니까요."

"다아시 씨가?"

엘리자베스는 몹시 놀라면서 말을 되받았다.

"아, 그럼요. 위컴 씨와 함께 오시기로 되어 있었거든요. 아차, 이런! 깜박 잊었네. 그 얘긴 한마디도 해서는 안 되는데. 그렇게 단단히 약속을 하고도! 위컴 씨가 뭐라고 하실까? 그건 정말 비밀이었는데……."

"그게 그렇게도 비밀스러운 이야기라면 이제 그 얘긴 그만하려무나. 더 캐묻지 않을 테니까."

제인이 대꾸했다. 엘리자베스는 호기심이 불타올랐지만 이렇게 말했다.

"아무렴. 아무것도 묻지 않을게."

"고마워. 언니들이 캐물으면 난 모든 것을 다 얘기하고 말 거야. 그러면 위컴 씨가 몹시 화를 낼걸."

엘리자베스는 어찌나 캐묻고 싶은 충동을 느꼈던지, 그 충동을 억제하기 위해서는 아예 물어볼 수 없도록 리디아가 없는 곳으로 가 버리지 않으면 안 되었다. 하지만 엘리자베스는 그런 사실을 모르고 지낼 수는 없었다. 적어도 그런 사실을 알고 싶어 하지 않을 수는 없었다.

'다아시 씨가 리디아의 결혼식에 왔었다니! 필시 볼 만했겠군. 자기와는 아무런 관계도 없었고 또 가고 싶지도 않았을 곳에 가다니!'

그가 리디아의 결혼식에 참석한 데 대한 여러 가지 의미들이 급히, 또 되는대로 엘리자베스의 머리에 떠올랐으나 아무것에도 만족할 수는 없었다. 그런 행동을 그의 고결한 인격 탓으로 돌리는 것이 가장 엘리자베스의 마음에 들었지만, 또 동시에 그것이 가장 진실과는 거리가 먼 추측으로도 여겨졌다.

엘리자베스는 이런 의혹을 견뎌 내지 못했다. 그래서 급히 종이 한 장을 꺼내 가드너 부인에게 짤막한 편지를 썼는데, 만약 사실에 대한 설명이 당초에 의도했던 비밀과 양립할 수 있는 것이라면 리디아가 빠뜨린 사실을 알려 달라고 부탁했다. 그리고 다음과 같이 덧붙였다.

외숙모께서는 우리와는 아무런 관계도 없는 사람이, 비유적으로 말씀드리자면 우리 일가가 아닌 이방인이, 어떻게 하필 그런 때에 오게 되었는가 알고자 하는 제 호기심을 이해해 주실 거예요. 부디 즉시 답장을 주셔서 제가 알도록 해 주세요. 만약 리디아가 생각하는 것같이 그냥 비밀로 남겨 두는 게 좋다는 납득할 만한 이유가 있다면, 그땐 모르는 대로 만족하려고 노력해 보겠어요.

엘리자베스는 이렇게 혼잣말을 하면서 편지를 끝맺었다.
'아녜요. 모르는 대로는 만족할 수가 없을 거예요. 만약 외숙모께서 솔직히 말씀해 주시지 않으면 저는 온갖 수단과 방법을 써서라도 알아내고야 말겠어요.'
제인은 그녀의 섬세한 명예심 때문에 리디아가 입 밖에 냈던 말에 대해서 엘리자베스와 은밀히 이야기하기를 꺼렸다. 엘리자베스는 그게 더 좋았다. 자기 편지에 대한 회답이 어느 정도의 만족을 가져다줄 것인지 윤곽이 드러날 때까지는 마음을 털어놓을 친구가 없는 편이 오히려 그녀로서는 더 나았다.

52

만족스럽게도 엘리자베스는 그녀가 기대할 수 있는 가장 빠른 회답을 받았다. 답장을 손에 쥐자마자 그녀는 가장 방해가 없을 듯한 작은 숲으로 급히 달려갔다.

그녀는 벤치에 앉아 행복을 맞이할 태세를 갖추었다. 편지의 두께로 보아 외숙모가 사실에 대한 설명을 거부하지 않았음을 확신했기 때문이다.

사랑하는 엘리자에게,

방금 네 편지를 받았다. 답장을 하려면 아침나절이 꼬박 걸릴 거야. 조금 쓰는 것 가지고는 할 말을 다 못할 테니까 말이야. 난 네 편지를 받고 무척 놀랐단다.

네게서 그런 편지가 올 줄은 몰랐거든. 그렇다고 내가 화났다고는 생각하지 마라. 난 단지 그런 일이 네게 필요하다고는 생각지 못했다는 것을 말할 뿐이야. 만약 내 말을 이해할 뜻이 없다면 내 주제넘은 생각을 용서하렴.

외삼촌께서도 나만큼이나 놀라셨단다. 너도 그 사건에 관계가 있는 한 사람이라고 외삼촌께서 믿지만 않으셨어도 그렇게까지 놀라지는 않으셨을 거야. 하지만 네가 정말 깜깜하게 그 일을 몰랐다면 나도 좀 더 솔직해져야지.

내가 롱본에서 집으로 돌아오던 바로 그날, 외삼촌은 의외의 손님 한 분을 맞으셨단다. 바로 다아시 씨가 찾아와서 외삼촌과 몇 시간 동안이나 밀담을 했어. 모든 일이 내가 도착하기 전에 끝나 있었기 때문에, 나는 너처럼 호기심의 무서운 고문은 받지 않은 셈이야.

다아시 씨는 외삼촌께, 그가 리디아와 위컴이 있는 곳을 알아냈다는 것뿐만 아니라 두 사람을 만나 보았고 리디아와는 한 번, 위컴과는 여러 번 이야기를 나누어 보았다는 말을 하러 온 것이었어. 내가 안 사실에 의하면 다아시 씨는 우리가 더비셔를 떠난 바로 그 이튿날, 거길 떠나서 두 사람을 찾을 작정으로 런던엘 왔다는구나.

표면상의 이유는, 품성이 훌륭한 여자라면 도저히 위컴 같은 사람을 사랑하거나 믿는 일이 있을 수 없게끔 위컴의 무가치함을 세상에 알리지 못한 자기 책임 탓이라는 확신 때문이라나.

그는 모든 것을 자기의 그릇된 자존심 탓으로 순순히 돌리고 있었고, 위컴의 개인적 행위를 세상에 폭로하는 것은 수치스러운 일이라고 지금까지 생각해 왔다고 고백했어. 위컴의 인격이 스스로 대변할 줄 알았다는구나. 그러면서 이 일에 협력하여 자기가 불러온 불행을 없애려고 노력하는 것은 자기 의무라고 말하더구나. 또 다른 이유가 있었더라도 결코 그를 욕되게 하진 않았을 거야.

그는 런던에 며칠간 머문 뒤에야 두 사람을 발견할 수 있었는데, 그에게는 우리보다 더 효과적인 나름대로 사람을 찾는 방법이 있었나 보더라. 그리고 그런 방법을 알고 있었다는 것이, 그가 우리 뒤를 쫓아 런던으로 올 결심을 하게 된 또 하나의 이유래.

조지아나 양의 가정 교사로 있다가, 다아시 씨가 무엇이라고 말은 않지만 비난받을 만한 어떤 이유로 얼마 전에 해고된 영이라는 부인이 있다더라. 이 부인이 에드워드 가에 커다란 집을 가지고 있었는데, 해고된 이후로는 그 집을 하숙방으로 빌려 주면서 살아왔다는구나. 이 영 부인이 위컴과 친밀한 사이임을 다아시 씨는 알고 있었기 때문에 런던에 오자마자 그녀한테 가서 위컴 소식을 물었대.

하지만 2, 3일이 지난 후에야 원하는 정보를 얻을 수 있었대. 내 생각에는 그 여자가 실은 위컴이 있는 곳을 알고 있었는데, 뇌물을 받지 않고는 비밀을 누설하려 들지 않았던 모양이야. 사실상 위컴은 런던에 처음 도착하자마자 그 부인에게 갔었대. 이때 부인이 두 사람을 자기 집 안에 받아들일 여유만 있었더라면 그들은 아마 그 집에서 지냈을 거야. 아무튼 다아시 씨는 바라던 정보를 얻었지. 두 사람은 무슨 가

(街)에 있다고 하더라나.

다아시 씨는 위컴을 만나 본 후에 리디아를 만나야겠다고 주장했대. 다아시 씨의 말을 빌리면 그가 리디아를 만나려는 목적은, 자기가 최선을 다해서 리디아의 부모에게 그녀를 용서토록 권유할 테니까 그 권유가 성공하는 대로 현재의 수치스러운 처지를 버리고 집으로 돌아가라고 설득하려는 것이었대.

그러나 다아시 씨는 리디아가 그곳에 머물러 살기로 굳게 결심한 것을 알았대. 리디아는 친구고 집안이고 개의치 않고, 다아시 씨의 도움도 거절하더래. 위컴을 떠나라는 이야기는 들으려고도 하지 않더라나. 두 사람이 어느 때고 결혼할 것은 확신하고 있지만, 그것이 언제냐 하는 것은 그리 중요한 문제가 아니라고 하더라는 거야. 리디아의 생각이 이러니까 남아 있는 유일한 길은, 결혼을 반드시 하되 조속히 식을 올리는 것뿐이라고 다아시 씨는 생각했대.

그래서 위컴을 만나 이야기해 보니, 그는 결혼할 의사가 조금도 없다는 것을 금방 알 수 있었다는 거야. 위컴은 자기가 부대를 떠날 수밖에 없었던 것은 무섭게 독촉을 받는 빚 때문이라고 고백했대. 그리고 리디아의 도망이 초래한 모든 후환을 그녀 한 사람만의 어리석은 행동으로 돌리는 것을 주저치 않더래. 장교를 곧 사직할 의향이었는데 자기 장래에 대해서는 거의 추측도 못 하더래. 어디로든지 가긴 가야 할 텐데 어디로 가야 할지 모르겠다는 거야. 도저히 살아 나갈 방법이 없다는 것을 자기도 알고 있더라는구나.

다아시 씨는 위컴에게 왜 리디아와 즉시 결혼하지 않느냐고 물었대. 베넷 씨가 큰 부자라고는 생각하지 않지만 그렇게 되면 난 너를 위해 무슨 일이든 할 수 있을 것이고, 또 결혼을 하면 네 입장도 좋아질 것이 아니냐고 다아시 씨가 말했대. 하지만 위컴은 다른 주에서 결혼해서 좀 더 큰 재산을 만들어 보려는 희망을 아직도 품고 있다는 것을 다아시 씨는 그의 대답에서 알았대.

그러나 위컴도 결국 눈앞의 위험에서 구제될 수 있다는 유혹에 마음이 움직였던 모양이야. 상의할 일이 많았기 때문에 두 사람은 여러 번 만난 것 같아. 위컴은 물론 자기가 얻을 수 있는 것 이상의 것을 바랐지만 결국은 합리적인 타협에 응한 모양이더라. 모든 문제가 두 사람 사이에서 결정되자, 다아시 씨가 두 번째로 한 일은 그 사실을 너의 외삼촌에게 알리는 것이었지.

그래서 그레이스처치 가에 처음 들른 것이 바로 내가 집에 오기 전날 저녁이었어. 그러나 그날은 외삼촌을 만나 뵙지 못했대. 또 너희 아버지께서 아직 집에 머물러 계시다는 것, 이튿날 아침이면 떠나신다는 것도 하인들에게 물어봐서 안 모양이야.

다아시 씨는, 너희 아버지는 외삼촌만큼 상의하기에 적절한 분이 아니라고 생각했는지 너희아버지께서 출발하신 다음에 외삼촌을 뵙기로 방문을 연기했대. 명함도 안 두고 가서 우린 그 이튿날까지 누가 상업적인 용무로 찾아온 줄로만 알고 있었단다. 다아시 씨는 토요일에 다시 왔어.

너희 아버지께서는 출발하시고 네 외삼촌은 집에 계셨지. 처음에 말한 대로 두 분은 오랜 시간 동안 면담을 했단다. 두 분은 일요일에 다시 만났는데 그땐 나도 다아시 씨를 보았지. 모든 문제는 월요일에 해결이 되었어.

그러자 즉시 롱본으로 속달 편지를 보냈지. 다아시 씨는 몹시 고집이 세더군. 이 고집은 뭐니 뭐니 해도 결국 그의 인격적 결함이라고 난 생각한다. 그는 때때로 여러 가지 비난을 받았지만 이것만은 정말 결점이야. 외삼촌이 모든 일을 아주 신속하게 해결하셨을 텐데도—난 이것이 감사받을 만한 일이라는 말은 안 해. 그래서 그 얘긴 않겠다—무엇이든지 자기가 직접 하지 않는 일은 못 하게 했어.

두 사람은 이 문제를 가지고 오랫동안 다투었는데, 이 사건에 관련된 두 남녀를 생각하면 그럴 가치도 없는 과분한 일이었지. 결국 외삼촌이 양보하지 않으면 안 되셨어. 그래서 실제로 외삼촌은 리디아를 위해 아무 일도 못 하셨으면서 너희들이 외삼촌이 진력해 주셨다고 믿고 있도록 묵묵히 참지 않으면 안 되었지.

이런 일은 외삼촌의 성미에는 전혀 맞지 않는 일이었어. 그래서 오늘 아침 네 편지를 보고 외삼촌은 퍽 기뻐하셨으리라고 난 믿어. 네가 요구한 설명이 외삼촌의 터무니없는 생색을 없애 주고 당연한 곳으로 칭찬을 돌리게 할 테니까 말이야. 그러나 이 사실은 너만 알아야 해. 제인까지는 알아도 괜찮겠지만 그 이상은 안 돼.

두 사람을 위해 다아시 씨가 어떤 일을 했는지는 아마 너도 잘 알고 있겠지. 위컴의 부채를 청산해 주기로 했는데, 내 생각엔 천 파운드가 훨씬 넘을 거야. 그 위에 리디아가 집에서 물려받는 재산에다 천 파운드를 더 보태 주고 위컴에게 장교직까지 사 주었단다.

왜 다아시 씨가 혼자서 이런 일들을 했느냐 하는 이유는 내가 위에서 말한 바와 같다. 위컴의 인격을 세상에서 잘못 인식하고, 따라서 그가 사교계에 발을 들여놓아 지난날과 같은 인정을 받은 것은, 순전히 자기가 사실의 공표를 보류

한 것과 적절하게 사고하지 못한 탓이라는 거야. 그가 보류했다고 해서, 또는 누가 보류했든지 간에 그것이 사건을 책임져야 할 이유가 되는지 난 의심이 가지만, 다아시 씨의 말에도 일리는 있겠지.

이 사건에 있어서 다아시 씨에게 또 다른 이해관계가 있다는 것을 우리가 믿지 않았다면, 외삼촌께서 결코 양보하지 않으셨으리란 것은 위의 허울 좋은 구실에도 불구하고 네가 확신해도 좋을 거야. 모든 일이 결정되자 다아시 씨는 친구들이 아직도 머물고 있는 펨벌리로 돌아갔단다. 결혼식이 거행될 때 다시 오기로 합의를 보았고, 모든 금전 관계도 그때 청산하기로 했지.

이제는 할 말을 다 한 것 같구나. 네가 말한 대로 꽤 놀라운 이야기지? 그러나 적어도 네게 불쾌감을 주지는 않을 거야.

리디아는 우리 집에 와 있었고 위컴도 수시로 출입하는 것을 허락했었지. 위컴은 내가 하트퍼드셔에서 알고 있었던 사람 꼭 그대로더라. 지난 수요일에 제인의 편지를 받고, 리디아가 집에 돌아가서도 여기 있을 때와 똑같이 행동한다는 것을 알았기에 망정이지, 그리고 내가 지금 하는 말이 네게 새삼스러운 고통은 주지 않으리라는 사실을 아니까 하는 말이지만, 리디아와 같이 있는 동안 내가 얼마나 그 애의 소행에 불만을 품었던가는 네게 얘기하지 않겠다.

난 아주 신중한 태도로 리디아가 저지른 과오를 몇 번이나 되풀이해서 지적하면서 그 애가 우리 가문에 초래한 모든 불행을 말해 주었단다. 만약 그 애가 내 말을 들었다면 그건 요행수야. 도무지 내 말엔 귀도 안 기울였으니까. 어떤 땐 정말 화가 나더라.

그러나 그때마다 우리 귀여운 엘리자베스와 제인을 생각하고 참았단다. 다아시 씨는 어김없이 돌아와서 리디아가 네게 말한 대로 결혼식에 참석했지. 이튿날 우리와 같이 저녁을 먹었는데 수요일이나 목요일쯤 다시 런던을 떠난다고 했어.

리지, 만약 이 기회를 이용해서—전에는 감히 해 볼 생각도 못 했던 말인데—내가 다아시 씨를 무척 좋아하게 되었다면 넌 내게 화를 내겠니? 다아시 씨의 일련의 행동은 우리가 더비셔에 있었을 때처럼 모든 점에서 마음에 드는 것이었어.

그의 이해심과 생각은 우리 모두를 기쁘게 했단다. 그에게 더 바라고 싶은 것이 있다면 조금만 더 활기가 있었으면 하는 것이야. 그러나 이것은 그가 신중히 결혼만 한다면 부인이 가르쳐 줄 수도 있는 것이지.

내 생각엔 다아시 씨가 좀 엉큼한 것 같더라. 네 이름은 거의 입 밖에도 안 내는 거야. 뭐, 요즈음은 엉큼한 것이 유행인 듯싶기도 하다만. 내가 너무 주제넘었다면 용서해라. 용서 못 하겠더라도 나를 펨벌리 정원에서 추방하는 벌만은 제발 내리지 말도록. 정원을 다시 한 번 전부 둘러볼 때까지는 내 마음이 기쁘지 못할 거야. 예쁜 망아지 한 쌍이 이끄는 낮은 사륜마차라면 더욱 그만이겠지. 그만 써야겠다. 반 시간이나 아이들 시중을 못 들었어.

그레이스처치 가에서 9월 6일 외숙모 씀

편지의 사연은 엘리자베스의 가슴을 두근거리게 했으나, 그녀의 가슴속에서 가장 큰 자리를 차지하고 있는 것이 즐거움인지 아니면 괴로움인지는 단정 짓기 어려웠다.

사실을 명백히 모르는 불확실성이 일으켰던, 다아시 씨가 리디아의 결혼을 성사시키기 위해 했을지도 모르는 일에 대한 모호하고 불안정한 의심과, 또 그가 애쓴 것이 사실이라고는 믿어지지 않을 정도로 훌륭한 행위였기 때문에 그럴 리가 없다고 생각했던 의심과, 동시에 만약 그가 정말 그랬다면 그 은혜를 갚기란 힘든 일이기 때문에 사실이기를 두려워했던 의심이 이제는 모두가 사실로 증명되고 말았다.

다아시 씨는 일부러 그들을 쫓아 런던으로 갔었다. 그는 그러한 수색에 수반되는 모든 수고와 굴욕을 감당했다. 그는 그가 가장 증오하고 경멸하는 여자에게 애원해야 했고, 항상 피하기를 바라 왔고 이름을 입 밖에 내는 것만으로도 형벌이 되었던 남자를 만나서, 그것도 자주 만나서 이치에 닿는 말로 그를 설득하고 권유하고 나중에는 뇌물까지 주어야 했던 것이다. 그것도 전혀 호감이 가지 않고 존경할 수도 없는 소녀를 위해서. 엘리자베스의 마음은 '그가 리디아를 위해서 했다'고 속삭였으나 이것은 금방 다른 생각으로 말미암아 잘려진 희망이 되어 버렸다.

다아시 씨가 위컴 씨와 인척이 되는 것을 몹시 싫어하는 그 혐오감마저 누를 수 있을 정도로, 그가 과거에 이미 그를 거절한 적이 있었던 여자인 자기에 대해 아직도 애정을 지녔다는 설명을 붙여야 한다면, 엘리자베스가 아무리 허영심 많은 여자라 하더라도 이 설명으로는 부족하다는 것을 그녀는 곧 느꼈다. 만약 그가 자신과 결혼을 한다면 위컴 씨와는 동서지간 되는 것이다. 위컴 씨와 동서지간이 된다고! 그의 모든 자존심이 여기에 반기를 들었을 것이다.

그는 확실히 큰일을 했다. 그 크기를 생각하면 엘리자베스는 낯이 뜨거워질 정도였다. 그러나 그는 자신의 개입에 대해 그럴 듯한 이유를 붙였다. 자기가 과오를 범했다고 느끼는 것은 있을 수 있는 일이었다. 그는 관대함을 지녔고 관대함을 실천할 수단도 지니고 있었다. 엘리자베스는 다아시 씨가 그렇게 한 주요 원인이 자신이라고 생각하고 싶지는 않았으나, 자기에 대한 그의 미련이, 자기의 마음의 평화와 사실상 관련 있는 일에 그로 하여금 진력하게 했으리라는 것은 믿을 수 있었다.

은혜를 갚을 수 없는 사람에게 은혜를 입었다는 것은 극히 괴로운 일이었다. 리디아의 결혼과 그녀의 복귀, 그 외의 모든 것은 다아시 씨 덕택이었다. 엘리자베스는 과거에 다아시 씨에게 품었던 일체의 무례한 감정과 그에게 한 일체의 오만한 말투를 얼마나 뉘우쳤는지 모른다.

엘리자베스는 자기를 낮추고 다아시 씨를 높였다. 그것은 사사로운 감정을 극복할 수 있었던 다아시 씨에 대한 존경이었고 그의 영예에 대한 존중이었다. 엘리자베스는 외숙모가 그를 칭찬한 대목을 몇 번이나 읽었다. 칭찬은 그것만으로는 부족했으나 엘리자베스를 즐겁게 했다. 엘리자베스는 외삼촌 내외가 다아시 씨와 자기 사이에 애정과 비밀이 있다고 믿는 것을 알고, 유감 섞인 기쁨을 느끼기조차 했다.

누군가가 다가오는 기척에 엘리자베스는 이런 생각으로부터 깨어나 벤치에서 일어났다. 엘리자베스가 미처 다른 길로 접어

들기도 전에 위컴 씨가 뒤이어 따라왔다. 그는 엘리자베스에게 다가서면서 이렇게 말했다.

"홀로 즐기시는 산책을 제가 방해했나 보군요."

엘리자베스는 웃으면서 대답했다.

"그런 것 같아요. 하지만 방해가 반드시 성가신 것만은 아니죠."

"방해가 되었다면 정말 죄송합니다. 우린 좋은 친구 사이였죠. 지금은 친구 이상이지만요."

"그래요. 다른 사람들도 나오나요?"

"모르겠습니다. 장모님과 아내는 마차로 메리턴에 갈 모양입니다. 그런데 외삼촌 내외분께 듣자니까 엘리자베스 양께서도 직접 펨벌리 가에 가 보셨다고요?"

엘리자베스는 그렇다고 대답했다.

"엘리자베스 양의 기쁨이 부럽군요. 그러나 제게는 과분한 기쁨이죠. 그렇지 않다면 뉴캐슬까지 그 기쁨을 지니고 갈 수 있었을 텐데. 늙은 가정부도 보셨겠군요. 가엾은 레이놀즈 부인. 그녀는 저를 무척 좋아했답니다. 하지만 제 일은 입 밖에 내지 않았겠죠?"

"아뇨. 말하던데요."

"그래요? 뭐라고 그러던가요?"

"위컴 씨께서 군대에 입대하셨다고요. 그런데 잘되신 것 같지 않다고 걱정하더군요. 하지만 그렇게 먼 거리에 있으면 종종 터무니없는 소문이 돌기 일쑤지요."

"사실 그래요."

위컴 씨는 입술을 지그시 깨물면서 대답했다. 엘리자베스는 이것으로 그가 입을 다물기를 바랐으나 그는 얼마 안 있다가 다시 말했다.

"지난달에 런던에서 다아시 군을 만나 보고 놀랐습니다. 서로 몇 번이나 마주쳤죠. 런던에서 그가 무슨 일을 하고 있는지 모르겠어요."

"아마 드 버그 양과의 결혼을 준비 중이겠죠. 이런 때 런던에 가신 건 반드시 무슨 특별한 일이 있기 때문일 거예요."

"그럴 겁니다. 램턴에 계실 때 다아시 군을 만나 보셨나요? 외삼촌 댁에서 들은 바에 의하면 만나 보셨다고 하던 것 같은데."

"네, 만났습니다. 동생에게도 저를 소개하시더군요."

"조지아나 양을 좋아하십니까?"

"네, 매우."

"요즘 1, 2년 사이에 굉장히 형편이 나아졌다고 하더군요. 제가 마지막으로 그녀를 보았을 때에는 그다지 장래가 유망하진 않았답니다. 조지아나 양을 좋아하신다니 반갑군요. 그녀가 잘 되길 바랍니다."

"아마 잘되겠죠. 가장 시련이 많은 나이는 이제 지나갔으니까요."

"킴턴이라는 마을을 지나셨습니까?"

"그런 기억은 없는데요."

"이 이야기를 꺼내는 이유는 킴턴이 바로 제가 목사 자리를 받아야 했던 곳이기 때문입니다. 아주 아늑한 곳이죠. 목사관도 훌륭하고요. 어느 모로 보나 제게 꼭 알맞은 곳이었습니다."

"어떻게 해서 설교하는 걸 좋아하게 되셨나요?"

"무척 좋아했답니다. 제 의무라고까지 생각했으니까요. 그런데 그 노력이 수포로 돌아갈 줄이야 누가 알았겠습니까. 불평해서는 안 되겠지만 확실히 그것은 제게 알맞은 직책이었을 거예요. 조용한 은퇴 생활은 제 행복의 이상(理想)을 만족시켜 주었을 겁니다. 그런데 그렇게 안 됐죠. 켄트에 계실 때 다아시 군이 그런 얘길 안 하던가요?"

"근거 있는 소식통에 의하면 목사직은 오로지 조건부였고 후견인의 의사에 달려 있었다고 하더군요. 그건 믿을 수 있는 말이라고 생각하는데요."

"들으셨군요. 다소 그런 의미도 있었죠. 처음부터 제가 그렇게 말씀드린 것을 기억하고 계실 텐데요."

"또 이런 말도 들었습니다. 한때는 지금처럼 설교하시는 것이 취미에 맞지 않는 때도 있었다고요. 그리고 성직에는 절대 취임하지 않겠다는 결심을 표명하셨다고요. 그래서 그에 따라 일이 결정되었다고 하더군요."

"그래요? 전혀 근거 없는 말은 아닙니다. 그 점에 대해서는 우리가 처음 그 얘기를 할 때 제가 뭐라고 말씀드렸는지 기억하고 계실 텐데요."

두 사람은 벌써 집 앞에 이르러 있었다. 그것은 엘리자베스가 위컴 씨를 피하고 싶어서 걸음을 빨리했기 때문이다. 리디아를 생각하면 그를 노엽게 만드는 것은 좋지 않을 듯해서 엘리자베스는 애교 있게 웃으며 이렇게 말했다.

"자, 위컴 씨, 위컴 씨도 아시다시피 우린 이제 한가족이에요. 그러니 과거 일로 다투지 말기로 해요. 앞으로는 우리들이 언제나 한마음이기를 빌어요."

그러면서 엘리자베스는 손을 내밀었다. 그는 어떤 표정을 지어야 할지 잘 몰랐으나 다정하고 정중하게 그녀의 손에 입을 맞췄다. 그리고 두 사람은 집으로 들어갔다.

53

위컴 씨는 엘리자베스와 나눈 대화가 아주 흡족했으므로 다시는 그 화제를 꺼냄으로써 자신을 괴롭히거나 그녀의 마음을 건드리지 않았다. 엘리자베스는 자기가 그의 입을 다물게 한 것을 알고 기뻐했다.

위컴 씨와 리디아가 떠날 날이 다가왔다. 베넷 부인은 다시 자기 방에 드러눕게 되었는데, 올 겨울에 모두 뉴캐슬에 가자는 자기 계획에 남편이 도무지 찬성하려 들지 않았으므로 이 별거는 적어도 열두 달은 계속될 듯싶었다. 부인은 이렇게 외쳤다.

"애, 리디아, 언제 다시 만나겠니?"

"아, 저도 모르겠어요. 아마 2, 3년은 못 뵐 것 같아요."

"편지나 자주 하렴."

"될 수 있는 대로 자주 하겠어요. 하지만 결혼한 부인은 편지 쓸 시간이 그리 많지 않다는 것을 엄마도 잘 아시죠? 언니들이 내게 편지를 해 주세요. 아무것도 할 일이 없을 테니까."

위컴 씨의 작별 인사는 리디아보다도 훨씬 다정했다. 그는 시종 미소를 지었고 태도는 훌륭했으며 멋들어진 말을 많이 했다. 그들이 떠나가자마자 베넷 씨는 이렇게 말했다.

"내 생전에 위컴처럼 훌륭한 친구는 처음 봤어. 언제나 싱글

벙글하고 능청스럽고 추근추근하고. 우리 집의 큰 자랑거리라니까. 윌리엄 루카스 경에게 어디 위컴보다 더 훌륭한 사윗감이 있으면 찾아보라고 할까."

리디아가 가 버리자 베넷 부인은 며칠 동안 매우 우울해했다. 부인은 이렇게 말했다.

"세상에 자기 친구와 헤어지는 것처럼 불행한 일은 없어. 친구가 없으면 너무 고독해."

그러자 엘리자베스가 말했다.

"딸을 결혼시키면 다 그런 거예요, 어머니. 그렇잖으면 어머니는 나머지 네 딸이 독신으로 늙어야 좋으시겠어요?"

"그런 말이 아냐. 리디아는 결혼했다고 해서 나를 떠난 게 아니거든. 어쩌다 자기 남편의 부대가 먼 곳에 있으니까 가게 됐지. 만약 부대가 좀 가까이 있었다면 그렇게 빨리 가 버리진 않았을 게 아니냐?"

그러나 이 사건으로 인한 베넷 부인의 우울한 기분은 얼마 안 가서 풀렸고, 때마침 돌기 시작한 새로운 소식으로 말미암아 부인의 마음은 다시 희망으로 부풀기 시작했다.

빙리 씨가 네더필드에서 수일간 사냥을 하러 올 테니까 준비하라는 명령을 네더필드의 가정부가 받았다는 것이다. 베넷 부인은 도무지 가만히 있지를 못했다. 부인은 제인을 보고 웃으면서 번갈아 머리를 내둘렀다. 베넷 부인은 이 소식을 전하러 온 필립스 부인에게 이렇게 말했다.

"그래? 빙리 씨가 다시 온다고? 그것 참 잘되었네. 그렇다고 뭐, 내가 그 일에 큰 관심이 있는 건 아니지만. 잘 알겠지만 그는 우리와 아무 관계도 없는 사람이고, 또 나도 다시는 그 사람을 보고 싶지가 않아. 그러나 그가 마음이 내켜서 오는 거라면 아무튼 매우 반가운 일이지. 무슨 일이 일어날지 누가 알겠어? 그래도 그것은 우리와는 상관없는 일이야. 우리가 벌써 오래전에 그런 얘기는 다시 꺼내지 않기로 한 것을 알고 있지? 그런데 빙리 씨가 온다는 건 정말 확실해?"

필립스 부인은 다음과 같이 대답했다.

"틀림없다니까요. 니콜스 부인이 지난밤에 메리턴에 왔었어요. 그녀가 지나가는 것을 보고 사실을 확인하고 싶어서 밖으로 나가 물어봤더니 사실이라고 그러더군요. 늦어도 수요일이나 목요일에는 온대요. 그날 쓸 고기를 주문하러 정육점에 가는 길이라고 말하더군요. 그리고 금방 잡은 오리 세 쌍을 사 들고 가던데요."

제인은 빙리 씨가 온다는 말을 듣자 얼굴을 붉히지 않을 수 없었다. 수개월 동안 제인은 엘리자베스에게 그의 얘기를 꺼내지 않았지만, 드디어 두 사람이 함께 있게 되자 제인이 입을 열었다.

"오늘 이모가 빙리 씨 얘기를 할 때 넌 내 얼굴을 쳐다보더구나. 아마 당황한 기색이었을 거야. 하지만 걱정하지 마. 빙리 씨가 오면 아무래도 안 만날 수 없을 것 같아서 잠깐 당황했던 것뿐이니까. 난 정말 그 소식 듣고 기뻐하지도 괴로워하지도 않았어. 그러나 빙리 씨 혼자 온다는 것만은 반가운 일이야. 그만큼 빙리 씨를 만날 기회가 적어질 테니까 말이야. 나 자신이 두려운 게 아니라 다른 사람들이 지켜보는 게 싫을 뿐이야."

엘리자베스는 빙리 씨가 오는 것을 어떻게 해석해야 할지 몰랐다. 만약 엘리자베스가 더비셔에서 그를 만나지 않았더라면, 다른 사람들이 말하는 대로 그가 단지 사냥 목적으로 온다고 생각했을는지도 모른다.

그러나 엘리자베스는 그가 아직도 제인에게 애정을 품고 있다고 생각했기 때문에, 그가 다아시 씨의 승낙을 받고 오는 것인지 아니면 그의 말은 들어 보지도 않고 혼자 용감하게 오는 것인지 판단을 내릴 수가 없었다. 엘리자베스는 때때로 이렇게 생각했다.

'이 딱한 양반이 합법적으로 빌린 자기 집에 오는데, 꼭 그런 생각을 해야만 올 수 있는 건 아니잖아. 일단 내버려 두고 지켜봐야지.'

빙리 씨가 온다는 말에 제인이 자기 생각을 표명했음에도 불구하고, 또 제인 자신이 자기 가정이 옳다고 확신했음에도 불구하고 엘리자베스는 제인의 마음이 흔들리고 있음을 쉽사리 알아챌 수 있었다. 엘리자베스가 지켜보아 온 어느 때보다도 제인은 더 불안해 보였고 평소 같지가 않았다.

약 일 년 전에 베넷 씨와 베넷 부인 사이에서 그렇게도 격렬하게 논의되었던 화제가 이제 또다시 두 사람 사이에 올랐다. 베넷 부인은 이렇게 말했다.

"물론 빙리 씨가 오는 대로 한번 찾아가 보시겠죠?"

"천만에. 당신은 작년에도 억지로 가 보라고 그러잖았소? 그리고 내가 한번 찾아보기만 하면 빙리 군이 우리 딸애들 중의 하나와 결혼할 거라고 했지. 그러나 허탕만 치지 않았소? 그런 바보 같은 심부름을 다시는 하지 않겠소."

베넷 부인은 네더필드로 돌아오는 빙리 씨를 위해 동네 어른이 그만한 인사를 차리는 것은 꼭 필요한 일이라고 주장했다.

"그런 것은 내가 멸시하는 겉치레에 불과해. 빙리 군이 우리와 사귀고 싶다면 그 사람보고 우리를 찾아오라고 해요. 그는 우리가 사는 데를 알고 있지 않소? 나는 내 귀중한 시간을 동네 사람들이 가고 올 적마다 그 뒤를 쫓아다니는 데 허비하고 싶진 않소."

"그래요? 내가 아는 것은 만약 당신이 찾아가 보지 않는다면 굉장히 실례가 될 것이라는 사실뿐이에요. 그렇다고 빙리 씨를 만찬에 초대하지 못할 것은 없잖아요. 꼭 초대를 해야지! 롱 부인과 굴딩네도 초대해야겠어요. 그러면 우리까지 합해서 열세 명이 되니까 꼭 빙리 씨 자리만 남는 셈이에요."

베넷 부인은, 베넷 씨가 사교상의 의무를 거절했기 때문에 모든 동네 사람이 자기들보다 앞서서 빙리 씨를 만날 것이라는 생각을 하면 분하긴 했으나, 그를 초대하겠다는 결심에 위안을 얻고 남편의 무례에 대한 불만을 잘 참아 냈다.

빙리 씨가 도착할 날이 다가오자 제인은 엘리자베스에게 이렇게 말했다.

"난 빙리 씨가 오는 게 드디어 걱정되기 시작했어. 그러나 대수롭지 않은 일이니까 냉담하게 대할 수 있을 거야. 그런데도 왜 그 문제를 가지고 저렇게 노상 말씀들을 하시는지 난 더 이상 들을 수가 없어. 물론 뜻이야 좋지만 어머니가 하시는 말씀 때문에 내가 얼마나 괴로워하는지는 모르실 거야. 이건 어머니뿐만 아니라 그 누구도 몰라. 빙리 씨의 네더필드 체류가 끝나면 난 얼마나 기쁠까."

이 말에 엘리자베스가 대답했다.

"뭐든지 언니를 위로해 줄 수 있는 말이 있었으면 좋겠어. 하지만 내 힘으론 어쩔 수가 없어. 그건 언니도 알아줘야 해. 수난 자에게 인내를 설교하고 만족하는 것 같은 방법은 난 싫어. 언니는 항상 잘 참아 냈으니까."

드디어 빙리 씨가 도착했다. 베넷 부인은 하인들의 도움으로 그 소식을 가장 빨리 알았으므로 불안과 초조의 시간 또한 길었다.

그녀는 그를 초대할 수 있을 때까지의 날짜를 세어 보고 그전에는 그를 만날 수 없다고 생각했다. 그러나 그가 하트퍼드셔에 온 지 사흘째 되는 날 아침, 베넷 부인은 화장실 창문으로 말을 탄 그가 목장에 들어서서 집 쪽으로 오는 것을 보았다.

자기의 기쁨을 함께 나누기 위해 베넷 부인은 다급하게 딸들을 불렀다. 제인은 식탁 앞에 그대로 앉아 있었으나, 엘리자베스는 어머니를 만족시켜 주려고 창가로 다가갔다. 그러나 다아시 씨가 그와 함께 오는 것을 보곤 돌아와 제인 옆에 앉아 버렸다.

"엄마, 빙리 씨하고 또 한 사람이 같이 오는데 누굴까요?"
키티가 말했다.

"아마 친구거나 혹은 아는 사람쯤 되겠지. 모르겠는데."

"엄마, 항상 빙리 씨와 함께 다니던 사람 같아요. 이름이 뭐더라…… 그 왜 키 크고 거만한 사람 말예요."

"아, 다아시 씨로군. 내 그럴 줄 알았다니까. 좋아, 빙리 씨의 친구라면 누구든지 언제나 대환영이야. 사실은 그가 빙리 씨의 친구만 아니었다면 눈에 띄기만 해도 싫었을 거야."

제인은 놀람과 걱정이 섞인 표정으로 엘리자베스를 돌아보았다. 제인은 다아시 씨와 엘리자베스가 더비셔에서 만난 일에 대해서는 단지 약간만 알고 있었으므로, 다아시 씨의 장황한 편지를 받은 이후 처음 만나다시피 하는 상황에서 엘리자베스가 겪을 어색함을 걱정했다. 제인도 엘리자베스도 모두 불안해졌다.

그들은 서로를 염려해 주었고, 물론 자기 자신을 걱정했다. 부인은 두 딸의 이야기는 들어 보지도 않고 자기는 다아시 씨를 싫어한다느니, 오직 빙리 씨의 친구로서만 그를 대접하겠다느니 하는 말을 계속했다.

엘리자베스에게는 제인이 상상할 수도 없는 불안이 있었다. 그녀는 제인에게 가드너 부인의 편지를 보일 만한 용기가 아직 나지 않았고, 다아시 씨에 대한 그녀의 감정 변화도 말하지 않았던 것이다. 제인에게 있어서 다아시 씨는 엘리자베스에게 청혼을 했다가 거절당한 사람이고 그 진가가 경시된 사람일 수밖에 없었지만, 엘리자베스의 좀 더 넓은 이해력으로 볼 때 그는 자기 가정이 처음으로 재정적인 은혜를 입은 사람이며, 비록 그다지 반하지는 않았지만 제인이 빙리 씨에게 느끼듯 적어도 이성적이고 타당한 호의를 느끼고 있는 사람이었다.

그가 네더필드 롱본에 와서 자발적으로 자기를 찾는 것을 본 엘리자베스의 놀라움은, 더비셔에서 그의 돌변한 태도를 보고 놀랐을 때와 거의 똑같은 것이었다. 엘리자베스의 얼굴은 순식간에 상기되어 더욱 달아올랐다. 다아시 씨의 애정과 희망이 아직도 흔들리지 않았다고 생각했을 때, 회심의 미소와 함께 그녀의 두 눈엔 생기가 돌았으나 그녀는 다아시 씨의 애정을 과신하려 들지는 않았다.

엘리자베스는 속으로 이렇게 생각했다.

'우선 어떻게 하나 두고 봐야지. 속단은 금물이야.'

엘리자베스는 침착하려 애쓰면서 두 눈은 감히 들지도 못한 채 일에만 몰두하고 있었다. 그러다가 하인이 문으로 다가오는 소리를 듣고는 호기심에 찬 걱정스러운 눈으로 제인의 얼굴을 건너다보았다.

제인의 얼굴은 여느 때보다 조금 더 창백했으나 엘리자베스가 추측했던 것보다는 침착했다. 두 손님이 방에 들어서자 엘리자베스의 홍조는 더욱 짙어졌다. 그러나 매우 침착했으며, 화난 표정도 불필요한 친절도 없는 적절한 태도로 그들을 맞았다.

엘리자베스는 예의가 허락하는 한 될 수 있는 대로 말을 적게 했다. 그리고 다른 때와는 달리 새삼스러운 열정으로 다시 자기 일에 몰두했다. 엘리자베스는 용기를 내어 꼭 한 번 다아시 씨를 건너다보았을 뿐이었다. 그는 언제나처럼 딱딱한 표정이었는데, 엘리자베스의 생각에 그것은 하트퍼드셔에서 늘 그랬던 대로 펨벌리에서 보았을 때보다도 더 무거운 표정이었다.

아마 어머니 앞이기 때문에 외삼촌 내외분 앞에서와 같은 태도는 취할 수 없을 것이라고 그녀는 생각했다. 이렇게 생각하는 것은 괴로웠으나 억측은 아니었다. 엘리자베스는 또한 빙리 씨를 잠깐 바라보았는데, 그 순간 그의 얼굴에는 기쁨과 동시에 당황한 빛이 감돌고 있었다.

베넷 부인은 딸들이 부끄러울 정도로 은근하게 빙리 씨를 대했다. 이것은 특히 다아시 씨에 대한 냉랭하고 형식적인 예의나 태도와 비교해 볼 때 더욱 부끄러운 것이었다. 리디아를 씻을 수 없는 오명으로부터 구해 준 은혜를 알고 있는 엘리자베스는, 이러한 그릇된 차별 대우에 고통스러울 만큼 가슴이 아프고 괴로웠다.

다아시 씨는 엘리자베스에게 가드너 씨 부부는 안녕하시냐고, 그녀가 당황하지 않고서는 대답할 수 없는 질문을 한 다음 거의 입을 열지 않았다. 그는 엘리자베스 곁에 앉지 않았다. 아마 이것이 그의 침묵의 원인인지도 몰랐다. 그러나 더비셔에서는 그렇지 않았다.

그곳에서는 그가 자기에게 말할 수 없을 때에는 가드너 씨 부부와 이야기했다. 지금은 벌써 몇 분이 흘렀는데도 그의 목소리는 들리지 않았다. 엘리자베스가 호기심의 충동을 이기지 못해 가끔 눈을 들어 볼 때마다 그는 제인과 자기를 번갈아 보고 있거나 그렇지 않으면 방바닥만 내려다보고 있었다. 지난번에 둘이 만났을 때보다도 더 생각이 깊고 덜 걱정스러운 표정이 솔직하게 드러나 있었다.

엘리자베스는 실망했다. 그리고 실망한 데 스스로 화를 냈다. 그녀는 혼자 속으로 이렇게 말했다.

'하지만 달리 내가 무엇을 기대할 수 있을까? 그런데 도대체 여긴 왜 왔을까?'

엘리자베스는 오로지 다아시 씨하고만 이야기를 주고받고 싶었으나 그에게 말을 건넬 용기는 없었다. 겨우 조지아나 양의 안부를 물어본 다음에는 한마디도 더 할 수가 없었다.

"빙리 씨, 여길 떠나신 지 꽤 오래됐죠?"

베넷 부인이 말했다. 그는 그렇다고 대답했다.

"난 빙리 씨가 다신 돌아오지 않을 줄 알고 걱정했어요. 사람들은 빙리 씨가 미카엘 제(祭) 때 네더필드를 아주 떠나 버릴 작정이었다고 했지만 난 믿지 않았죠. 빙리 씨가 안 계신 동안에 많은 일이 있었어요. 루카스 양이 결혼해서 살림을 차렸고, 내 딸애도 하나 결혼했어요. 아마 벌써 들으셨거나 신문에서 보셨겠죠. 제대로 나진 않았지만 《타임스》와 《쿠리어》신문에 났어요. 겨우 '조지 위컴 씨와 리디아 베넷 양이 결혼'이라고만 했어요. 리디아의 아버지라든가 그 애가 사는 곳이라든가 그런 것에 대해선 한마디도 없었죠. 내 동생인 가드너가 기사를 작성한 모양인데 왜 그렇게 서툴게 썼는지 모르겠어요. 그 기사 보셨어요?"

빙리 씨는 보았다고 대답하고 축하의 인사를 했다. 엘리자베스는 감히 고개를 들지 못했기 때문에 그때 다아시 씨의 표정이 어땠는지는 알 수가 없었다. 베넷 부인은 말을 이었다.

"딸을 좋은 데로 시집보낸다는 건 확실히 즐거운 일이죠. 그러나 동시에 그 딸이 멀리 떨어져 산다는 건 무척 괴로운 일이에요. 두 사람은 뉴캐슬로 갔는데 상당히 북쪽이라나 봐요. 거기서 얼마 동안 살는지는 나도 몰라요. 위컴의 부대가 거기에 주둔하고 있죠. 참, 위컴이 그전에 있던 곳에서 나와 정규군에 입대했다는 말은 들으셨겠죠? 고마운 일이에요. 위컴과 비길 만한 친구는 많지 않아도 꽤 친구가 있는 편이에요."

이 말이 다아시 씨를 겨냥한 것임을 아는 엘리자베스는 어찌나 커다란 수치심을 느꼈던지 거의 앉아 있을 수조차 없을 지경이었다. 그러나 이것은 그녀에게 말할 용기를 갖게 해 주었다. 전에는 어느 것도 그녀에게 그럴 만한 용기를 주지 못했던 것이다.

엘리자베스는 빙리 씨에게 네더필드에는 얼마나 머물 예정이냐고 물었다. 그는 몇 주일쯤 될 거라고 대답했다. 베넷 부인이 또 거들었다.

"빙리 씨, 네더필드의 새를 모두 잡으시거든 롱본으로 오셔서 베넷 가의 소유지에서 마음대로 사냥하세요. 바깥양반께서도 빙리 씨에게 호의를 베푸는 것을 무척 좋아하실 것이고, 가장 좋은 새들은 당신을 위해 남겨 놓으실 거예요."

엘리자베스의 슬픔은 이러한 어머니의 불필요하고 공연한 친절 때문에 더욱 커졌다. 만약 제인과 빙리 씨가 지금도 일 년 전에 그랬던 것과 똑같이 아름다운 꿈을 기대하고 있다면, 모든 것은 그때와 동일한 괴로운 종말을 향해 질주하고 있을 것이라고 그녀는 생각했다. 그 순간 그녀는 수년간의 행복도 제인과 자기의 그 순간의 고통을 보상해 줄 수는 없을 것이라고 느꼈다.

엘리자베스는 다음과 같이 중얼거렸다.

'내 마음이 우선 바라는 것은 이제 저 두 사람과는 더 이상 교제하지 않는 거야. 그들과의 교제는 지금과 같은 슬픔을 보상할

만한 기쁨을 줄 수가 없어. 이제는 아무와도 다시 만나지 않겠
어.'

그러나 수년간의 행복조차 지금의 슬픔을 보상할 수 없으리
라던 엘리자베스의 마음도, 제인의 아름다움이 빙리 씨의 애정
을 다시 불러일으키는 것을 보았을 때 금방 사라졌다. 처음 방
안에 들어왔을 때 빙리 씨는 제인에게 말을 조금밖에 걸지 않았
으나 시간이 흐를수록 제인에게 더욱 주의를 기울이는 것 같았
다. 그는 제인이 지난해처럼 아름답고 말은 적었으나 온순하고
침착하다는 것을 알았다.

제인은 자기에게 달라진 점이 없다는 것을 보이려고 애를 썼
다. 그리고 제 딴에는 다른 때처럼 말을 많이 했다고 믿었으나
마음만 바빴을 뿐 언제 자기가 침묵을 지켰는지조차 알지 못했
다. 두 사람이 가려고 일어서자 베넷 부인은 의도했던 계획을
잊지 않고 그들을 정찬에 초대했다.

그들은 2, 3일 후 롱본의 오찬에 참석할 것을 약속했다. 그러
자 그녀는 또 덧붙였다.

"빙리 씨, 나한테 빚진 방문이 아직도 한 번 더 남아 있어요.
지난겨울에 런던으로 가시면서 돌아오는 즉시 우리들과 저녁
을 들기로 약속했었죠? 난 아직 잊지 않고 있어요. 그런데도 곧
돌아오지 않고 약속도 안 지켜서 얼마나 실망했다고요."

이 말에 빙리 씨는 잠깐 어리둥절한 표정이었으나 일 때문에 그렇게 된 것이라며 미안하다는 변명을 했다. 그리고 두 사람은 가 버렸다.

베넷 부인은 바로 그날 저녁에 그들을 초대하고 싶은 마음이 간절했다. 그러나 비록 평상시에도 늘 식탁을 훌륭하게 차린다 해도, 적어도 두 코스의 요리가 아니면 자기가 그렇게도 대접하고 싶어 하던 빙리 씨에게는 충분한 것이 못 되고, 또 연 수입이 만 파운드나 된다는 다아시 씨의 식성과 자존심을 만족시키지도 못할 것 같아 그녀는 생각을 고치기로 했다.

54

두 사람이 가 버리자 엘리자베스는 기분을 회복하기 위해, 말하자면 오히려 기분을 더 가라앉게 할 그런 화제들을 아무런 방해 없이 생각해 보기 위해 밖으로 나갔다. 다아시 씨의 태도는 엘리자베스를 놀라게 하고 괴롭게 했다.

'도대체 벙어리처럼 엄숙하고 냉담하게 앉아 있을 바에는 무엇 때문에 왔을까?'

이렇게 엘리자베스는 혼잣말을 했다. 그녀는 이것을 자기 마음에 들도록 해석해 볼 길이 없었다.

'런던에 있을 때에는 외삼촌 내외분께 상냥하고 유쾌하게 대했으면서 왜 내게는 그렇지 않는 것일까? 나를 두려워한다고 치자, 그럼 무엇 때문에 여길 왔으며, 이제는 나를 더 이상 좋아하지 않는다고 치자, 그럼 도대체 왜 꿀 먹은 벙어리 모양 앉아 있었을까? 괜히 사람만 괴롭히고. 이젠 생각을 말아야지.'

이 결심은 제인이 다가오는 바람에 본의 아니게 잠시 중단되었다. 제인이 즐거운 표정으로 엘리자베스 곁에 와 앉는 것을 보니, 그녀는 엘리자베스보다 두 사람의 방문에 만족한 것 같았다. 제인은 이렇게 말했다.

"그를 만나고 나니까 이제 아무렇지도 않은 거 같아. 난 내 담력을 알았어. 빙리 씨가 또 오더라도 절대로 당황하지 않을 거야. 화요일 오찬에 오신다니 반가워. 이젠 다른 사람들도 우리가 특별한 관계 없이 친구로서만 만난다는 것을 알게 될 테니까 말이야."

그러자 엘리자베스가 웃으면서 말했다.

"아무렴, 아무 관계도 없고말고. 하지만 언니, 조심해."

"리지, 너는 내가 위험한 지경에 빠질 만큼 약하다고 생각하고 있구나."

"내 생각에 지금 빙리 씨와 언니는 어느 때보다도 더 사랑에 빠질 위험이 농후한 것 같아."

그들은 화요일에야 두 사람을 다시 만났다. 그동안 베넷 부인은, 빙리 씨가 반 시간 동안의 방문에서 보여 준 활기와 공손에 의해 되살아난, 모든 즐거운 기대에 마음을 쏟고 있었다.

화요일에 롱본에서는 대규모 파티가 열렸다. 그들이 가장 간절히 기다리던 두 사람은 사냥꾼의 영예에 어긋나지 않도록 시간에 맞추어 당도했다. 그들이 식당으로 들어가자 엘리자베스는 빙리 씨가 예전에 파티 때마다 그랬듯이 제인의 옆자리로 가는지를 열심히 주시했다. 약삭빠른 베넷 부인도 그녀와 같은 생각을 하고, 제인 옆에 앉으라고 권하고 싶은 마음을 꾹 참으며 그가 어떻게 하는지를 보았다.

빙리 씨는 방 안에 들어서자 잠시 망설이는 듯했다. 그때 제인이 우연히 주위를 둘러보다가 그를 발견하곤 씽긋 웃었다. 그래서 모든 일은 결정되었고 그는 제인 옆에 가서 앉았다. 엘리자베스는 의기양양한 기분으로 다시 씨 쪽을 바라보았다. 그는 아무렇지도 않은 듯한 기색이었다. 만약 빙리 씨가 반은 웃으면서 놀랐다는 표정으로 다시 씨를 바라보지 않았더라면, 그가 다시 씨의 제재를 기꺼이 받아들인 것으로 엘리자베스는 생각했을 것이다.

식사하는 동안 제인에 대한 빙리 씨의 태도는, 이전보다 주시하는 사람이 더 많았음에도 불구하고 애정을 역력히 드러내고 있었기 때문에, 엘리자베스는 만약 두 사람끼리만 내버려 둔다면 그들의 행복은 급속도로 진전될 것이라고 믿었다.

그녀는 빙리 씨가 제인에게 구혼하게 되는 결과까지는 감히 기대하지 않았으나 그러한 빙리 씨의 태도를 보는 것만도 기뻤다. 엘리자베스 자신은 전혀 유쾌한 기분이 아니었기 때문에 이러한 생각은 그녀의 기분에 최대한 생기를 불어넣어 주었다.

다아시 씨는 그녀와 가장 멀리 떨어져서 베넷 부인 옆에 앉아 있었다. 그녀는 그러한 위치가 다아시 씨나 어머니에게 아무런 기쁨도 되지 못한다는 것을 알고 있었고, 두 사람 모두에게 무익한 것임을 알고 있었다. 엘리자베스의 위치는 두 사람의 대화를 들을 수 있을 만큼 가깝지는 않았으나, 두 사람이 이야기를 주고받는 것이 얼마나 드문가, 또 대화를 할 때라도 서로 태도가 얼마나 냉랭하고 형식적인가 하는 것은 볼 수 있었다.

다아시 씨에 대한 어머니의 불친절한 태도는 그에게 은혜를 입었다는 사실을 알고 있는 그녀의 마음을 더욱 아프게 했다. 엘리자베스는 모든 것을 제쳐 놓고 그의 친절을 온 가족이 알지도 느끼지도 못한다는 사실을 그에게 말해 버리고 싶은 충동이 문득문득 솟구쳤다. 엘리자베스는 저녁에 다아시 씨와 단둘이 만날 기회가 오기를 바랐다. 파티가 끝나기 전에 손님을 맞는 형식적인 인사 이상의 어떤 대화를 엘리자베스는 그와 주고받고 싶었다.

두 사람이 들어오기 전에 응접실에서 보내는 불안하고 초조한 시간 동안 엘리자베스는 거의 무모하리만큼 지루하고 우울해했다. 그녀는 두 사람이 나타나면 매우 즐거워질 것이라고 기대하고 있었다. 그녀는 속으로 이렇게 중얼거렸다.

'만약 다아시 씨가 내게로 오지 않으면 그땐 그를 영원히 단념할 테야.'

드디어 두 사람이 들어왔다. 엘리자베스는 아마 다아시 씨가 자기 희망을 들어줄 것이라고 생각했다. 그러나 애석한 일이었다. 제인이 차를 만들고 그녀가 그 차를 따르고 있는 테이블 주변에는 여자들이 어찌나 빈틈없이 모여 있었는지 의자 하나 갖다 놓을 만한 자리도 없었다. 게다가 남자들이 다가오자 한 아가씨가 엘리자베스에게로 더 바싹 다가와서 귓속말로 이렇게 말하는 것이었다.

"남자들이 와서 우리를 갈라놓지 못하도록 할 테야. 사내들은 필요 없어, 그렇지?"

다아시 씨는 그 방의 다른 구석으로 걸어가 버렸다. 엘리자베스는 눈으로 그의 뒤를 좇으면서 그가 말을 건네는 모든 사람을 부러워한 나머지 사람들에게 차를 권하는 친절마저 거의 잊어버리고 말았다. 그러나 다음 순간 자신의 멍청한 행위에 화가 치밀었다.

'내가 한 번 거절했던 사람에게서, 이렇게 사랑이 부활하기를 바보처럼 기대할 수 있단 말인가? 도대체 남자들 중에 같은 여자에게 두 번씩이나 구혼하는 쓸개 빠진 사람이 단 한 명이라도 있을까? 그만큼 욕된 감정이 또 있을까?'

그러나 다아시 씨가 자기 찻잔을 몸소 돌려주러 오는 바람에 엘리자베스의 기분은 약간 좋아졌다. 엘리자베스는 이 기회를 놓치지 않고 말을 걸었다.

"누이동생은 지금도 펨벌리에 있나요?"

"네, 크리스마스 때까지 머물 예정입니다."

"혼자서요? 친구들은 다 갔나요?"

"앤슬리 부인과 같이 있죠. 다른 분들은 요 3주일 동안 스카버러에 가 있습니다."

엘리자베스는 더 이상 할 말이 생각나지 않았다. 그러나 만약 다아시 씨가 그녀와의 대화를 원했더라면 그는 그녀보다는 성공했을 것이다. 하지만 그는 엘리자베스 옆에 선 채 몇 분간 입을 다물고 있었다. 그러다가 결국 문제의 아가씨가 엘리자베스에게로 다시 다가와 귓속말을 하자 그는 가 버리고 말았다. 찻종이며 찻잔들을 치우고 카드 테이블을 갖다 놓자 여자들이 모두 일어섰다.

엘리자베스는 다시금 다아시 씨와 자리를 같이할 희망에 잠겼으나, 그가 휘스트 놀이를 할 사람을 모으고 있던 어머니에게 붙들려 잠시 후에 다른 사람들과 함께 자리에 앉는 것을 보자 그녀의 희망은 또다시 무너지고 말았다.

엘리자베스는 이제 모든 희망을 잃고 말았다. 저녁 내내 그들은 서로 다른 테이블에 앉아 있었다. 엘리자베스에게는, 다아시 씨가 자기처럼 카드놀이가 제대로 안 될 만큼 매우 자주 그녀 쪽으로 눈길을 돌린다는 사실 외에는 희망을 가질 만한 것이 아무것도 없었다.

베넷 부인은 빙리 씨와 다아시 씨를 만찬 때까지 붙들어 둘 심산이었으나 불행하게도 두 사람은 다른 사람들보다 먼저 마차를 불렀다. 베넷 부인은 그들을 만류할 기회가 없었다. 모든 사람이 가고 가족들만 남게 되자 베넷 부인은 이렇게 말했다.

"그런데 얘들아, 오늘 어땠니? 내 생각엔 모든 것이 아주 기막히게 잘됐어. 정찬은 내가 본 중에서도 가장 잘 차린 것이었지. 사슴 고기도 아주 알맞게 구워졌고. 다들 그러는데 그렇게 살찐 사슴의 허리 고기는 처음 먹어 보았다는 거야. 수프도 지난 주일에 루카스 댁에서 먹은 것보다 50배나 더 맛있었고, 다아시 씨까지도 자고새 요리가 참 잘되었다고 인정하더라. 내 생각엔 그가 프랑스 요리사를 적어도 두세 명은 데리고 있을 텐데 말이야. 그리고 제인, 난 네가 그렇게도 예쁜 걸 처음 봤다. 롱 댁도 그러더라. 내가 예쁘지 않으냐고 물어봤거든. 롱 댁이 또 뭐랬는지 아니? '베넷 부인, 결국 제인이 네더필드로 시집가게 됐군요'라고 말했어. 정말 그랬단다. 롱 댁은 세상에서 가장 착한 사람이야. 그 조카딸들은 아주 얌전한 처녀들이지. 조금도 예쁘진 않지만 난 그 애들이 아주 좋더라."

요컨대 베넷 부인은 기분이 매우 좋았다. 제인에 대한 빙리 씨의 태도를 보고 드디어 그를 사로잡았다고 확신한 것이다. 그를 사위로 맞으면 자기 가정에 돌아오는 이익도 많을 것이라는 이성을 초월한 기대가 어찌나 컸던지, 바로 그 이튿날 빙리 씨가 다시 와서 청혼을 하지 않자 부인은 몹시 크게 낙담했다. 제인은 엘리자베스에게 이렇게 말했다.

"꽤 유쾌한 날이었어. 사람들도 잘 골라서 초대했고 피차에 아주 잘 어울리는 파티였어."

엘리자베스는 웃기만 했다.

"리지, 그러면 못써. 날 의심해선 안 돼. 의심하면 억울해. 난 명랑하고 지각 있는 청년으로서 빙리 씨와 얘기하기를 즐긴 것뿐이지 그 이상의 의도는 없다는 것을 단언해. 난 그분의 태도에서, 그분에게 내 애정을 끌려는 의사가 전혀 없다는 것을 알고 더할 나위 없이 만족했어. 그것은 단지 빙리 씨가 다른 어떤 사람보다도 더 부드러운 말씨와 모든 일에 즐거워하려는 강한 욕망을 타고났기 때문이야."

"언닌 몹시도 심술궂네. 나보고 웃지 말라고 하면서 자꾸 웃음이 나오게 만드니."

"경우에 따라서는 남이 나를 이해해 주기를 바란다는 것이 얼마나 어려운 일이라고."

"또 어떤 경우에는 아주 불가능하기도 하지."

"하지만 넌 왜 내가 입으로 말하는 것 이상으로 마음으로도 사랑하고 있다고 자꾸 설득시키려 드는 거지?"

"바로 그게 내가 어떻게 대답해야 할지 모르는 문제야. 사람들이란 알 만한 가치도 없는 것만을 겨우 가르칠 수 있으면서도 그래도 대개 남들을 가르치고 싶어 하는 법이지. 용서해. 그래도 언니가 무관심하다고 고집을 부리려면 이젠 날 믿을 수 있는 동생으로 생각하지 마."

55

며칠 후에 빙리 씨는 혼자서 또 롱본에 들렀다. 다아시 씨는 그날 아침 런던으로 떠났는데, 열흘 후면 다시 돌아올 예정이라는 것이었다. 그는 한 시간 이상을 앉아 있었는데 무척 기분이 좋아 보였다. 베넷 부인이 같이 식사를 하자고 했으나 그는 여러 가지 걱정 어린 말로 다른 데에 약속이 있다고 말했다. 그러자 부인이 말했다.

"다음에 오실 땐 우리에게 좀 더 기쁨을 베푸셔야 돼요."

빙리 씨는 어느 때라도 좋았을 것이고, 만약 베넷 부인이 허락한다면 아무 때고 가장 빠른 시일 내에 그들을 방문하고 싶었을 것이다.

"내일 오시겠어요?"

사실 그는 내일은 아무 약속도 없었다. 그는 쾌활한 태도로 부인의 초대를 수락했다.

이튿날 빙리 씨가 왔다. 그런데 어찌나 이른 시간에 왔던지 여자들이 옷을 입기도 전이었다. 베넷 부인은 화장 옷을 입은 채로 머리도 반쯤 빗다 말고 제인의 방으로 뛰어가서 소리쳤다.

"제인, 빨리빨리 하고 어서 내려가 봐. 왔다, 빙리 씨가 왔어. 정말이야, 빨리. 사라, 이럴 땐 이리로 좀 와서 제인 아가씨가 옷 입는 것을 도와주렴. 리지 아가씨 머리는 이따가 하고."

그러자 제인이 말했다.

"준비되는 대로 곧 내려가겠어요. 하지만 키티가 우리들보다 더 빠를 텐데요. 반 시간 전에 이층으로 올라왔거든요."

"빌어먹을 키티는. 그 애가 무얼 아니? 자, 빨리, 빨리. 허리띠는 어디 있어?"

그러나 어머니가 가 버리자 제인은 동생들 중에 누가 같이 가 주지 않으면 내려가지 않겠다고 말했다.

빙리 씨와 제인만을 한곳에 남겨 두고 싶어 하는, 언제나 다름없는 부인의 희망이 그날 저녁에도 눈에 띄게 드러났다. 차를 마신 후 베넷 씨는 습관대로 서재로 들어가 버리고, 메리는 악기가 있는 이층으로 올라가 버렸다. 이로써 방해자 다섯 명 중에 두 명은 제거된 셈이었다. 베넷 부인은 앉은 채로 엘리자베스와 캐서린을 바라보며 계속 눈짓을 했으나 두 사람은 아무런 눈치도 채지 못했다. 엘리자베스는 일부러 모르는 체했지만 키티는 나중에야 눈치를 채고 아주 천진스럽게 말했다.

"무슨 일이에요, 엄마? 왜 자꾸만 제게 눈을 깜박이세요? 어떻게 하라는 거예요?"

"아냐, 아무것도 아니다. 네게 눈짓을 하다니."

베넷 부인은 5분을 그냥 더 앉아 있었다. 그러나 이렇게 귀중한 시간을 허비할 수 없다고 생각했는지 돌연 일어서더니 키티에게 말했다.

"이리 온 키티, 얘기하고 싶은 게 있어."

그러면서 부인은 키티를 방 밖으로 데리고 나갔다. 제인은 즉시 엘리자베스를 돌아보았다. 그 표정이 어머니의 뜻을 미리 짐작하고 당황하는 눈치였고, 그녀에게 제발 나가지 말아 달라고 간청하는 듯했다. 몇 분이 지나지 않아 부인은 방문을 반쯤 열더니 엘리자베스마저 불러냈다.

"리지, 네게도 얘기하고 싶은 게 있어."

엘리자베스는 일어나지 않을 수가 없었다. 복도로 나가자마자 어머니가 속삭였다.

"둘만 남겨 두어야 하잖니? 키티와 난 이층에 가서 내 침실에 앉아 있을 테다."

엘리자베스는 어머니에게 따지려 들지 않았다. 그녀는 어머니와 키티가 보이지 않을 때까지 복도에 그대로 잠자코 서 있다가 객실로 돌아와 버리고 말았다. 베넷 부인의 이날 계획은 성과를 보지 못했다.

자기 딸의 애인이라고 부인이 자인하지 않더라도 그날 빙리씨는 비할 바 없이 훌륭했다. 여유 있고 명랑한 그의 기질은 그날 저녁 모임을 매우 즐겁게 했다. 그는 베넷 부인의 지각없는 간섭과 참견을 꿋꿋이 참아 냈고, 부인의 모든 어리석은 말을 듣고도 그것을 견뎌 내며 가소롭다거나 불쾌한 기색을 얼굴에 드러내지 않았다.

제인에게는 이것이 여간 고마운 일이 아니었다. 그들은 구태여 빙리 씨에게 저녁때까지 머물렀다가 만찬에 참석해 달라고 권할 필요가 없었다. 그는 가기 전에 주로 자신의 의사와 베넷 부인의 주선에 의해, 이튿날 아침 베넷 씨와 사냥을 함께 하러 오겠다는 약속을 했다.

이날 이후로 제인은 '무관심 운운⋯⋯'하는 말을 다시는 하지 않았다. 제인과 엘리자베스는 빙리 씨에 관한 이야기를 다시는 한마디도 나누지 않았으나, 엘리자베스는 만약 다아시 씨가 언약한 기한보다 빨리 돌아오지만 않는다면 모든 일이 급속도로 진행될 것이라는 행복한 기대를 안고 잠자리에 들었다. 그러나 모든 일은 결국 다아시 씨가 동의해야만 이루어질 수 있다는 사실을 그녀는 엄숙히 인정하지 않으면 안 되었다.

이튿날, 빙리 씨는 약속 시간을 어기지 않고 왔다. 베넷 씨와 그는 전날 합의한 대로 아침나절을 함께 보냈다. 베넷 씨의 비웃음을 사거나 또는 그의 비위를 건드려서 침묵 속에 몰아넣을 만한 위선적이거나 어리석은 행동을 하지 않았기 때문에, 베넷 씨는 빙리 씨가 지금까지 보아 온 어느 때보다도 말을 많이 하고 괴벽을 덜 부렸다. 빙리 씨는 물론 베넷 씨와 함께 돌아와서 오찬에 참석했다. 저녁이 되자 베넷 부인은 또다시 모든 사람을 빙리 씨와 제인으로부터 떼어 놓으려는 '명안'을 실천했다.

써야 할 편지가 있었던 엘리자베스는 차를 마신 다음 곧 편지를 쓰기 위해 식당으로 가 버렸는데, 그 이유는 다른 사람들은 모두 응접실에서 카드놀이를 할 예정이었으므로 그녀 혼자 구태여 어머니의 계획을 방해할 필요가 없었기 때문이다.

엘리자베스가 편지를 다 쓰고 응접실로 돌아왔을 때, 그녀는 어머니가 자기는 도저히 따라가지 못할 만큼 현명했다는 것을 알고 매우 놀랐다. 응접실 문을 열었을 때, 엘리자베스는 빙리 씨와 제인이 마치 무슨 이야기에 골몰하는 듯 벽난로 앞에 서 있는 것을 보았다. 이것이 '설마'라고 생각되지 않았다손 쳐도, 급히 돌아서서 서로 떨어질 때 두 사람의 얼굴이 이것을 충분히 말해 주었던 것이다.

그들은 매우 난처해했다. 특히 제인은 입장이 더욱 난처하리라고 엘리자베스는 생각했다. 아무도 말을 꺼내지 않았다. 엘리자베스가 다시 문을 닫고 가 버리려 하자, 제인과 함께 일단 앉았던 빙리 씨가 돌연 일어나서 제인에게 몇 마디 귓속말을 하고는 방을 뛰어나갔다. 흔히 비밀이란 기쁨을 주는 것이긴 하나, 이렇게 되자 제인은 엘리자베스에게 아무것도 숨길 수가 없었다.

제인은 엘리자베스를 포옹하면서 무척 고조된 감정으로 자기는 세상에서 가장 행복한 사람이라고 말했다. 그러면서 다음과 같이 덧붙였다.

"내겐 과분해. 너무 기울어. 내겐 그만한 가치가 없어. 아아, 어째서 모든 사람이 나처럼 행복하지 못한 것일까?"

엘리자베스는 진지하고 기쁜 마음으로 따뜻하게 축하했으나 그 표현은 오히려 빈약했다. 친절한 말 하나하나가 제인에게는 새로운 행복의 원천이 되었다. 그러나 제인은 엘리자베스와 같이 있으려 하지 않았고, 현재로서는 아직 남아 있는 이야기를 반도 하려 들지 않았다. 제인은 이렇게 말했다.

"곧 어머니를 가 뵈어야겠어. 무슨 일이 있어도 어머니의 사랑 깊은 염려를 소홀히 하고 싶진 않아. 나는 이 얘기를 꼭 내 입으로 들려드리고 싶어. 빙리 씨는 이미 아버지께 말씀드리러 가셨어. 오, 리지, 내가 하는 이야기가 온 식구에게 얼마나 기쁨을 줄 것인가를 생각하면 가슴이 뛰어. 내가 이렇게 벅찬 행복을 감당할 수 있겠니?"

그러고는 제인은 어머니에게 달려갔다. 베넷 부인은 일부러 카드놀이 판을 걷어치우고 키티와 함께 이층에 가서 앉아 있었다. 혼자 남은 엘리자베스는 지난 몇 개월 동안 그들에게 놀라움과 괴로움을 주어 온 일이 결국 이렇게 급속히, 또 쉽사리 해결된 것을 생각하고는 미소를 지었다. 엘리자베스는 혼자 중얼거렸다.

'결국 이것이 다아시 씨가 그렇게도 걱정하고 조심하던 일의 결말이로군. 또 빙리 양이 꾸몄던 거짓과 계책의 결말이기도 하고. 아, 얼마나 행복하고 슬기롭고 지당한 결말인가!'

몇 분 후에 빙리 씨가 들어왔다. 그와 베넷 씨의 대화는 아주 짧았는데 요점만을 이야기했던 것이다. 문을 열더니 그는 다급하게 물었다.

"제인 양은 어디 있습니까?"

"이층 어머니께 갔어요. 아마 곧 돌아올 거예요."

그러자 빙리 씨는 문을 닫고 엘리자베스에게 다가와서 제인의 호의와 애정을 기뻐해 달라고 했다. 그녀는 성실한 태도로 머지않아 서로 친척의 인연을 맺게 되는 것을 진심으로 기뻐한다고 했다. 그러고는 두 사람은 아주 다정스럽게 악수를 했다.

그 후 제인이 돌아올 때까지 엘리자베스는, 자기는 행복한 남자이고 제인은 흠이 없는 여자라는 등 그의 이야기를 들었다. 그들의 애정은 탁월한 이해심과, 더할 나위 없이 고결한 제인의 성품과, 빙리 씨와 제인 두 사람의 감정과 취미의 유사성을 토대로 하고 있었기 때문에, 빙리 씨가 기대하는 행복은 합리적인 바탕을 지니고 있는 것이라고 엘리자베스는 진심으로 믿었다. 그날 저녁은 그들 모두에게 유난히 기쁜 날이었다.

흡족한 마음은 제인의 얼굴에 생기와 홍조를 띠게 해 주었다.

제인은 웃으면서 곧 엘리자베스 차례도 돌아올 것이라고 말했다. 베넷 부인은 빙리 씨와 반 시간 동안이나 이야기를 했으면서도, 두 사람의 사랑을 응낙한다는 말을 함에 있어 자기 감정을 충분히 만족시킬 만큼 부드러운 말을 찾지 못했다.

저녁 식사를 함께 하러 나온 베넷 씨의 목소리와 태도도 그가 얼마나 기뻐하고 있는가를 역력히 드러내 주었다. 그러나 밤이 되어 빙리 씨와 작별할 때까지도 여기에 대한 말은 한마디도 베넷 씨 입 밖으로 새어 나오지 않았다. 하지만 빙리 씨가 돌아가자마자 그는 제인을 돌아보며 말했다.

"제인, 축하한다. 넌 매우 행복한 아내가 될 거야."

제인은 곧 아버지에게 달려가서 입을 맞추고, 친절하셔서 고맙다는 인사를 했다. 베넷 씨는 이렇게 대답했다.

"넌 착한 아이야. 난 네가 이렇게 잘된 것을 생각하면 너무 기쁘다. 나는 너희들이 유복하게 살 것을 의심치 않아. 그렇지만 너희 둘의 성격은 너무도 똑같아. 둘 다 서로의 요구에 응하려 하기 때문에 아무것도 결정되는 게 없을 거고, 마음씨가 너무 좋아서 모든 하인이 속이려 들 거고, 씀씀이가 너무 헤퍼서 언제나 수입을 초과할 거다."

"그렇지 않을 거예요, 아버지. 금전 문제에 대해서 경솔하거나 지각없는 짓을 전 용서 못 해요."

베넷 부인은 다음과 같이 소리쳤다.

"수입을 초과한다고요? 여보, 도대체 무슨 말씀을 하시는 거예요? 빙리는 연 수입이 4, 5천 파운드나 된다는 걸 모르세요? 아마 그보다 훨씬 더 많을 거예요."

그러더니 베넷 부인은 제인에게 이렇게 말했다.

"얘, 제인아, 정말 기쁘구나. 오늘 밤은 아마 밤새 한잠도 못 잘 게다. 나는 이렇게 될 줄 알았어. 결국은 이렇게 될 것이라고 내가 늘 말했잖니? 예쁘게 태어난 보람이 있지 뭐냐. 작년에 빙리 씨가 처음 하트퍼드셔에 왔을 때, 난 그를 보자마자 너희들 둘이 결합하면 얼마나 그럴 듯한 한 쌍이 될까 하고 생각했단다. 지금도 기억하고 있지. 그는 내가 본 남자 중에서 가장 잘생긴 사람이야."

베넷 부인은 위컴 씨도 리디아도 모두 잊고 있었다. 지금은 제인만이 그의 둘도 없는 사랑스러운 딸이었다. 이 순간 베넷 부인은 다른 아무에게도 관심이 없었다. 메리와 키티는 제인이 가까운 장래에 자기들에게 나누어 줄 수 있는 행복을 얻기 위해 곧 제인에게 공작을 펴기 시작했다. 메리는 네더필드의 서재를 이용할 수 있게 해 달라고 탄원했고, 키티는 겨울마다 무도회를 몇 번씩 열어 달라고 열심히 간청했다.

이때부터 빙리 씨는 매일같이 롱본에 드나들었다. 어느 속 모르는 몹시도 밉살스러운 이웃 친구가 빙리 씨가 수락하지 않을 수 없는 오찬에 그를 초대하지 않는 한, 대개는 아침 식사 전에 왔다가 저녁 늦게야 돌아갔다. 엘리자베스는 이제 제인과 이야기할 시간이 거의 없었다.

왜냐하면 빙리 씨가 있을 때면 제인은 그 외의 사람에게는 주의를 돌릴 겨를이 조금도 없었기 때문이다. 그러나 때때로 두 사람이 서로 떨어져 있는 시간이면 엘리자베스는 자기가 그들에게 상당히 도움이 되는 존재임을 알았다. 제인이 없을 때 빙리 씨는 언제나 엘리자베스에게 다가와 즐거운 듯이 이야기를 했고, 반대로 그가 가 버리면 제인도 언제나 같은 방법으로 그녀에게서 위안을 얻었던 것이다.

어느 날 저녁, 제인은 엘리자베스에게 이렇게 말했다.

"내가 지난봄 런던에 가 있던 일을 그가 까맣게 몰랐었다는 이야기를 듣고 난 얼마나 기뻤는지 몰라. 난 여태까지 그럴 리가 없다고 믿었거든."

"나도 그렇게 생각했었어. 그런데 왜 몰랐대?"

"아마 분명히 빙리 씨 누이들의 소행이었을 거야. 그들은 내가 빙리 씨와 친하다는 것에 호의를 갖지 않았던 모양이야. 그야 그럴 수밖에. 빙리 씨는 여러 면에서 나보다 더 나은 배우자를 고를 수도 있었으니까. 그러나 이제 빙리 씨가 나와 더불어

행복하다는 것을 알게 되면 그들도 만족해할 거야. 난 그러리라고 믿어. 그러면 다시 우리 사이가 좋아지겠지. 비록 예전처럼 될 수는 없겠지만 말이야."

"그건 지금까지 언니가 한 말 중에서 가장 용서할 수 없는 말이야. 언니는 마음씨가 착하기도 하지. 언니가 또 빙리 양의 거짓 호의에 속는 것을 보다니, 정말 괴로운 일이야."

"리지, 만약 빙리 씨가 작년 11월에 런던에 갔을 때 이미 나를 진심으로 사랑하고 있었다고 하면, 또 내가 정말 무관심한 줄 알고 이번에 다시 내려오지 못할 뻔했다고 하면, 넌 그 말을 믿겠니?"

"빙리 씨는 약간 실수를 했어. 그러나 그것도 천성이 겸손했기 때문이야."

이렇게 되자 빙리 씨는 매사에 조심스럽다든가 자기의 훌륭한 자질을 낮게 평가한다든가 하는 등 그에 대한 찬사가 제인의 입에서 쏟아져 나왔다. 엘리자베스는 다아시 씨가 그들의 일에 간섭한 사실을 그가 누설하지 않은 것을 알고 기뻐했다. 왜냐하면 비록 제인이 세상에서 가장 관대하고 쾌히 용서하는 마음씨를 지니고 있다 해도, 그 사실을 알게 되면 다아시 씨에 대해 나쁜 편견을 갖지 않을 수 없으리라는 것을 엘리자베스는 알고 있었기 때문이다. 제인은 이렇게 말했다.

"나는 확실히 지금까지 생존해 온 인간들 중에서 가장 행복한 사람이야. 아, 리지, 난 왜 이렇게 식구들과 동떨어져 나 혼자만 큰 축복을 받는 것일까? 너도 나처럼 행복한 것을 볼 수 있다면! 네게도 빙리 씨 같은 남자가 한 사람 생겼으면 좋으련만."

"언니, 그런 사람 40명쯤 준대도 난 언니만큼 행복할 순 없을 거야. 언니 같은 성품과 미덕을 지니기 전엔 언니처럼 행복할 수 없어. 없고말고. 난 나대로 그럭저럭 살아가게 내버려 둬. 그러다가 재수가 좋으면 콜린스 씨 같은 사람을 또 한 번 만나게 될지 누가 알아."

롱본 집의 경사는 오래 비밀이 지켜지지 못했다. 베넷 부인이 필립스 부인의 귀에다 속삭이자, 필립스 부인이 허락도 없이 메리턴 인근에 이 소식을 퍼뜨리고 만 것이었다. 겨우 일주일 전만 하더라도 리디아가 처음으로 도망쳤을 때 모두들 베넷 집을 불운이 깃든 집이라고 단정했으나, 이제는 세상에서 가장 운 좋은 집안이라는 말이 재빨리 나돌았다.

56

빙리 씨와 제인이 약혼한 지 일주일쯤 되는 어느 날 아침, 그와 다른 여자 식구들이 식당에 모여 있을 때 마차 소리가 들렸으므로 그들의 주의는 갑자기 창 쪽으로 쏠렸다. 그들은 네 필의 말이 끄는 마차가 잔디 위로 달려오는 것을 보았다. 방문객이 오기에는 너무 이른 시간이었다.

뿐만 아니라 그 마차는 인근 사람들의 마차와는 달랐다. 말들은 역말이었다. 마차도 그렇고 앞장을 선 하인의 복장 또한 그들에게는 낯선 것이었다. 그러나 누가 오고 있는 것만은 틀림없었기 때문에, 빙리 씨는 이러한 방문객의 거북스러운 관심을 피하기 위해 관목 길로 같이 산책을 나가자고 얼른 제인을 설득했다.

두 사람이 나가 버리자 남아 있는 세 사람은 여러 가지 추측을 해 보았으나 누군지 짐작이 가지 않았다. 그때 문이 활짝 열리면서 방문객이 들어왔다. 그 사람은 캐서린 영부인이었다. 그들은 물론 신 나는 일로 놀라고 싶었으나 그 순간의 놀라움은 예상 밖의 것이었다.

베넷 부인과 키티는 캐서린 영부인과는 생면부지였으므로 엘리자베스보다는 덜 놀랐다. 캐서린 영부인은 유난히 불손한 태도로 방에 들어서서 엘리자베스가 절을 하자 머리를 약간 까딱했을 뿐 아무 말도 없이 자리에 앉았다. 엘리자베스는 그녀가 들어올 때 소개하라는 부탁은 없었지만 어머니에게 그녀가 누구라는 말을 했다.

베넷 부인은 이렇게 굉장한 손님을 맞은 것이 기뻤지만 너무 놀란 탓에 아주 공손하게 그녀를 영접했다. 잠시 묵묵히 앉아 있다가 캐서린 영부인은 몹시 딱딱한 어조로 엘리자베스에게 말했다.

"베넷 양, 별고 없었겠지요. 저분은 어머니이신가요?"

엘리자베스는 그렇다고 대답했다.

"그리고 저 아가씬 동생이에요?"

"네, 부인."

베넷 부인은 캐서린 영부인과 이야기하고 싶어서 재빨리 말했다.

"그 애는 끝에서 둘째랍니다. 막내는 얼마 전에 결혼했죠. 그리고 만딸은 정원 어딘가에 있을 거예요. 어떤 청년과 산책하고 있는데, 그 사람도 곧 한 식구가 된답니다."

"댁의 정원은 좁군요."

캐서린 영부인은 잠시 묵묵히 있다가 말했다.

"로징스 댁에 비하면야 상대가 안 되죠. 하지만 윌리엄 루카스 댁보다는 크죠."

"여름날 저녁엔 이 거실을 쓸 수가 없겠군요. 창이 모두 서향이니까."

베넷 부인은 자기들은 저녁 먹은 후엔 그 방에 들어가지 않는다고 힘주어 말하고 나서 다음과 같이 덧붙였다.

"콜린스 씨 내외분도 모두 안녕하시겠지요?"

"그럼요. 그저께 밤에도 만났죠."

엘리자베스는 샬럿이 자기에게 쓴 편지를 캐서린 영부인이 가지고 와서 꺼내 놓을 것만 같이 생각되었다. 이 부인이 여기를 찾아온 오직 하나의 동기가 그것인 것만 같았다.

그러나 편지를 내놓지 않았기 때문에 엘리자베스는 대체 무슨 영문인가 싶었다. 베넷 부인은 아주 정중한 태도로 캐서린 영부인에게 다과를 들라고 권했다. 그녀는 단호하게, 게다가 그다지 공손하지 않은 말투로 아무것도 먹고 싶지 않다고 말했다. 그러고는 자리에서 일어나며 엘리자베스에게 말했다.

"베넷 양, 잔디밭 저쪽에 아담한 숲이 있는 것 같던데, 나하고 함께 거닐어 주지 않겠어요? 그곳을 한 바퀴 돌아보고 싶군요."

"얘, 그렇게 하거라."

어머니가 말했다.

"부인께 여기저기 길을 안내해 드리려무나. 정자를 보면 좋아하실 거다."

엘리자베스는 어머니 말씀에 따랐다. 그래서 자기 방으로 뛰어 들어가 양산을 들고 나와 귀빈을 아래층으로 모시고 내려왔다. 복도를 지나면서 캐서린 영부인은 식당과 응접실 문을 열고 잠깐 훑어본 다음 정돈이 잘됐다고 말하면서 나갔다.

그녀의 마차는 문 앞에 있었다. 엘리자베스는 영부인의 시녀가 마차 안에 있는 것을 보았다. 그들은 묵묵히 조그만 숲과 잇닿은 자갈길을 걸었다. 엘리자베스는 유난스럽게 오만하고 불쾌한 이 영부인에게 애써 말을 걸지 않기로 작정했다.

'어떻게 이런 여자를 그 조카처럼 생각할 수 있었을까?'하고 엘리자베스는 그 여자의 얼굴을 쳐다보며 생각했다. 그들이 숲속으로 들어서자 캐서린 영부인은 다음과 같이 말을 시작했다.

"베넷 양, 내가 여기에 온 이유를 알겠지요? 내가 왜 왔는지 마음속으로 생각해 보고 양심에 물어보면 알 거예요."

엘리자베스는 가볍게 놀라며 그녀를 쳐다보았다.

"잘못 생각하셨습니다. 저는 이렇게 오시리라고는 생각도 못했습니다."

"베넷 양."

영부인은 노여운 어조로 말했다.

"날 놀리면 못써요. 성의가 있든 없든 그건 아가씨 좋을 대로이지만, 나는 그렇지 않아요. 내 성격은 성실하고 솔직한 것으로 알려져 있어요. 그리고 이러한 중대한 일에 있어서는 더군다나 성실하고 솔직해야지. 이틀 전에 아주 놀라운 소식이 왔어요. 당신 언니도 유리한 결혼을 하게 되어 있을 뿐만 아니라, 바로 당신 엘리자베스 베넷도 마찬가지 조건으로 조금만 있으면 내 조카하고 결혼한다는 얘기였어요. 바로 내 조카 다아시하고 말이오. 하긴 당치 않은 헛소문이라는 걸 나는 알지만—그런 소문이 사실이라고 생각해 조카의 마음을 괴롭히고 싶진 않아요—당장에 이곳으로 달려올 결심을 했어요. 내 기분을 당신에게 알려야겠기에 말이오."

"그것이 사실일 리 없다고 생각하셨다면."

엘리자베스는 놀라움과 모멸감으로 얼굴이 붉어지면서 말했다.

"여기까지 뭣 하러 오셨죠? 그럼 어떻게 하시겠다는 말씀이세요?"

"그따위 소문은 당치도 않은 것이에요."

"저와 제 가족을 보러 롱본까지 오신 것은."

엘리자베스는 냉정하게 말했다.

"오히려 그 사실을 확인하고 싶었기 때문일 겁니다. 만일 실제로 그런 소문이 있다면 말씀예요."

"만일이라고! 그럼 모르는 척하는 거예요? 당신들이 열심히 그런 소문을 퍼뜨리고 있는 것 아닌가요? 이 소문이 널리 퍼지고 있는 걸 모른단 말예요?"

"그런 소문이 퍼지고 있다는 얘긴 못 들었는데요."

"그럼 아무 근거 없는 얘기라고 단언할 수 있어요?"

"저는 부인과 같이 솔직한 성격을 지닌 척하지는 않겠습니다. 질문은 무엇이든 하실 수 있겠지만 제가 반드시 대답해야 하는 건 아니겠죠."

"이건 참을 수 없군요. 난 알아야만 되겠어요. 그 애가, 저, 내 조카가 결혼하자고 그럽디까?"

"그건 안 된다고 지금 그러셨잖아요."

"그야 물론이지. 그 애가 이성을 지니고 있다면야 안 되고말고. 하지만 당신이 술책과 유혹으로 홀리면 그 애로 하여금 제 자신과 가족에 대한 의리를 저버리게 만들 수도 있을 거예요. 당신은 능히 유혹할 수 있을 거예요."

"제가 그랬더라도 절대로 자백하진 않을 겁니다."

"베넷 양, 내가 누군지 알아요? 나는 그따위 말을 지금까지 결코 들어 본 적이 없어요. 나는 그 애의 가장 가까운 친척이에요. 그러니까 그 애와 관련된 일은 알 권한이 있어요."

"하지만 제 일은 알 권한이 없으시죠. 그런 태도로 저에게 자백을 받을 수는 없을 겁니다."

"잘 들어요. 이 결혼을 무척 하고 싶은 모양이지만 절대로 안될 소리예요. 안 되지, 절대로 안 돼. 다시는 내 딸하고 약혼했으니까. 그래, 할 말 있어요?"

"한 가지 있어요. 만약 그렇다면 그분이 저한테 결혼 신청을 했으리라고 생각하시는 이유가 성립되지 않죠."

캐서린 영부인은 잠시 주저했다. 이윽고 그녀가 대답했다.

"그 애들의 약혼은 좀 색다른 것이에요. 어렸을 때부터 피차에 그렇게 할 생각이 있었거든. 나는 물론이려니와 다아시 어머니도 그게 소원이었어요. 그 애들이 요람 속에 있을 때부터 짝지어 줄 것을 계획했으니까. 이제 우리 두 사람의 소원이 그들의 결혼으로 이루어지려는 순간, 가문으로 보나 사회적 지위로 보나 보잘것없고 또 우리 가족과 아무 관계도 없는 여자 때문에 방해를 받아야 한다니 될 법한 소리예요! 당신은 다아시 친구들의 소원은 생각하지도 않아요? 다아시와 드 버그의 묵인된 약혼엔 관심도 없어요? 옳고 그른 것을 분간하는 사리마저 잃어버렸나요? 다아시는 어릴 때부터 내 딸하고 짝이 되기로 정해져 있었다고 한 얘기를 지난번에도 들었지요?"

"네, 그전에도 들었어요. 하지만 그것이 저하고 무슨 상관예요? 제가 부인의 조카와 결혼하는 데 이의가 없다면, 다아시 씨의 어머니와 이모님이 드 버그 양과 결혼시키고 싶어 했다고 해서 제가 물러날 까닭은 조금도 없지요. 두 분께서 결혼 계획을 세우신 것까지는 좋아요. 그러나 하고 안 하고는 당사자에게 달렸죠. 다아시 씨가 명예라든지 애정에 의해서 드 버그 양에게 구속을 당하지만 않는다면 다른 여자를 선택하지 말란 법은 없잖아요? 제가 바로 그 상대자라면 그분을 받아들여선 안 될 이유가 없지 않습니까?"

"안 되지요. 명예, 예의, 지각, 아니 남의 이목을 봐서라도 그런 짓은 못 할 거예요. 베넷 양, 이목이란 말예요. 모든 사람들의 애호(愛護)를 고의로 거스르는 행동을 하면 다아시의 가족이나 친구들에게 인정받기는 어려워요. 다아시와 관계있는 사람이라면 으레 당신을 비난하고 모욕하고 업신여길 거예요. 그따위 결혼이란 불명예스러운 것이지. 아무도 당신 이름을 입 밖에 낼 사람은 없을 거예요."

"굉장한 불행이군요."

엘리자베스가 대답했다.

"하지만 다아시 씨의 아내 되는 사람은 응당 자기 지위에 따르는 특별한 행복을 누리겠죠. 그래서 전반적으로 보면 아내로서 불평할 이유가 없을 거예요."

"어쩌면 이렇게 고집이 세고 제멋대로일까! 부끄러운 일이야. 이것이 겨우 지난봄에 내가 베푼 친절에 대한 감사인가? 은혜를 원수로 갚는군. 자, 앉아요. 나는 내 목적을 이행할 결심을 하고 왔다는 걸 알아야 해요. 절대로 단념하지 않을 테니까. 나는 남의 대중없는 생각을 받아들여 본 적이 없어요. 실망을 참고 견뎌 본 적도 없고요."

"그러시다면 현재의 부인 입장을 더욱 가련하게 만드실 뿐예요. 저한테는 아무런 효과도 내지 못할 테니까요."

"가로막지 말아요! 잠자코 내 말을 들으란 말이야. 내 딸과 조카는 천생연분예요. 그 애들은 외가 쪽으로 같은 귀족 혈통을 이어받았고, 친가 쪽으로 작위는 못 받았지만 점잖고 존경할 만한 오래된 가문이지. 양가의 재산도 많아요. 그들은 양가의 모든 사람들 성원으로 피차에 인연을 맺게 되어 있는 거예요. 그런데 무엇이 그들을 갈라놓으려는지 알아요? 이렇다 할 가족과 친척도 없고 돈도 없는 어린 여자가 건방지게 권리를 내세운단 말예요. 될 법이나 한 소리예요? 어림없는 소리지. 자신의 이익을 잘 생각한다면 자기가 자라난 신분을 버려서는 안 돼요."

"조카님하고 결혼해도 그런 신분을 버렸다고는 생각하지 않겠어요. 그분은 신사이고 전 신사의 딸이니까 우린 동등합니다."

"그래요, 당신은 신사의 딸이긴 하지요. 그런데 어머니는 어떻지요? 또 외삼촌 내외는 어떤 사람들이지요? 그들의 신분을 내가 모르는 줄 알아요?"

"제 친척들이 어떻든 간에."

엘리자베스는 말했다.

"조카님께서 그분들한테 이의가 없으시다면 부인과 무슨 상관이 있습니까?"

"여러 말 할 것 없어요. 그 애하고 약혼했나요?"

엘리자베스는 다만 캐서린 영부인의 궁금증을 풀어 주기 위해 이 물음에 대답하기는 싫었으나 잠시 생각한 뒤에 "아뇨."하고 대답할 수밖에 없었다. 캐서린 영부인은 기뻐하는 것 같았다.

"그러니까 그런 약혼은 안 하겠다고 약속해 줘요."

"그런 약속은 못 하겠군요."

"베넷 양, 참 놀랍군요. 나는 당신이 좀 더 도리를 아는 여자인 줄 알았어요. 내가 손을 뗄 줄 알면 오해예요. 내가 요구하는 확증을 주지 않는 한 난 물러나지 않겠어요."

"하지만 전 그런 확증은 드리지 못하겠는데요. 위협하신다고 이치에 맞지 않는 일을 하시겠어요? 부인께서는 다시 씨를 따님하고 결혼시키고 싶으시죠? 그렇다고 원하시는 약속을 제가 한다고 해서 그분들의 결혼이 가능할까요? 다시 씨가 제게 애정을 느끼고 있다면 제가 그분을 거절했다고 해서 따님한테 구혼을 하게 될까요? 이런 말씀을 드려 죄송합니다만, 그런 황당한 이론의 적용은 걸맞지 않는 천박한 것입니다. 이러한 설득에 제가 좌우되리라고 생각하셨다면 저를 아주 잘못 보신 거예요. 조카님께서 부인이 자기 일에 간섭하시는 것을 어떻게 받아들일는지는 모르겠지만, 제 일에 대해서는 참견할 권리가 없으십니다. 그러니까 이 문제에 대해 이 이상 더 성가시게 하지 말아 주십시오."

"서두를 건 없어요. 아직 얘기는 끝나지 않았으니까. 지금까지 내가 주장한 반대 조건 외에도 또 한 가지가 있어요. 난 당신의 막내 동생이 수치스럽게도 도망친 일에 대해 다 알고 있어요. 당신 동생과 그 청년을 결혼시킨 것은 아버지와 외삼촌을 희생시켜 가면서 억지로 붙여 놓은 것밖엔 안 돼요. 그래, 그런 여자가 내 조카의 처제가 된다고? 그 남편이 다아시와 동서간이 된다고? 그 청년은 바로 돌아가신 다아시 어른의 청지기 아들이에요. 도대체 우리를 어떻게 생각하는 거예요? 펨벌리의 그늘이 이런 식으로 더럽혀져도 된단 말예요?"

"이젠 말씀 다 하셨죠?"

엘리자베스는 분개하여 대답했다.

"갖은 방법으로 저를 모욕하시는군요. 그만 집으로 돌아가시죠."

이렇게 말하면서 그녀는 일어섰다. 그러자 캐서린 영부인도 따라 일어나 그녀와 함께 돌아왔다. 영부인은 몹시 화가 난 것 같았다.

"그럼, 내 조카의 명예나 신용은 아무래도 좋단 말이군! 매정하고 이기적인 여자! 당신과 인연을 맺는 것은 바로 다아시를 모든 사람의 면전에서 불명예스럽게 만드는 것이라는 걸 몰라요?"

"더 드릴 말씀이 없어요. 제 생각은 이제 아셨겠죠?"

"그럼 기어코 그 애를 차지하겠단 말예요?"

"전 그런 말을 한 적은 없어요. 저는 스스로 생각해 봐서 제 행복을 이룰 수 있는 방법으로 행동할 것을 결심했을 뿐이에요. 부인과 상관할 필요도 없고, 저와 아무 관계도 없는 어떠한 사람과도 상관할 필요가 없어요."

"좋아, 그럼 내 말은 안 듣겠다는 거지. 의무와 명예와 감사에 복종하지 않겠다는 거로군. 다아시를 친구들의 입에 오르내리게 해서 망치려는 속셈이야. 세상의 웃음거리로 만들려는 거야."

"의무니 명예니 감사니 하는 것이."

엘리자베스는 대답했다.

"지금의 저에게는 아무런 호소력도 발휘할 수 없어요. 다아시 씨와 결혼한다고 해서 의무니 뭐니 하는 것의 원칙이 유린당하는 것도 아니고요. 그분 가족의 원한이니 사회의 분개니 하는 것에도 구애받지 않겠어요. 만일 그분이 저와 결혼한다고 해서 가족들이 원한을 품는다 해도 전 눈 하나 깜짝하지 않겠어요. 그리고 세상 사람들도 분별력이 있으니까 저를 욕하지는 않을 거예요."

"그게 당신의 진심이로군. 최종적인 결심이야. 좋아, 나에게도 다른 방법이 있지. 그런 야심이 이루어지리라고는 생각하지 말아요. 사실은 당신이 어떤 식으로 나오나 보려고 온 거야. 지각 있는 여자이기를 바랐는데. 그러나 난 내 고집대로 할 거야."

캐서린 영부인은 이런 식으로 말을 계속하면서 마차 앞까지 왔다. 거기서 그녀는 재빨리 돌아서며 덧붙여 말했다.

"베넷 양, 작별 인사는 그만두겠어요. 어머님께도 인사를 못 드려요. 그런 친절을 받을 자격들이 없으니까. 난 지금 불쾌하기 짝이 없어요."

엘리자베스는 대답하지 않았다. 그리고 영부인에게 집 안으로 들어가자는 말도 하지 않고 혼자 조용히 걸어 들어갔다. 그녀가 이층으로 올라갈 때 마차가 떠나는 소리가 들렸다. 그녀의 어머니는 매우 궁금했는지 화장실 문 앞에서 딸을 붙잡고 서서 캐서린 영부인이 왜 들어와서 쉬어 가지 않느냐고 물었다.

"마음이 내키지 않는 모양이죠."

딸은 말했다.

"가겠다고 그러더군요."

"아름다운 여자더구나. 여기까지 찾아와 주다니 얼마나 고마운 일이야. 어디 또 다른 데로 가는 길일 거야. 메리턴을 지나는 길에 너를 만나 보려고 온 거지 뭐니. 뭐, 특별히 너한테 할 얘기라도 있었니?"

엘리자베스는 거짓말을 할 수밖에 없었다. 캐서린 영부인과 주고받은 이야기를 알릴 수는 없었기 때문이다.

57

이 뜻밖의 방문이 던져 준 마음의 불안으로부터 엘리자베스는 쉽사리 벗어날 수가 없었다. 그녀는 몇 시간 동안이나 줄곧 그 일만을 생각하지 않을 수 없었다. 캐서린 영부인은 그녀와 다아시 씨 사이에 내정된 약혼을 깨뜨릴 유일한 목적으로 로징스에서 롱본까지 여행하는 수고를 일부러 한 것 같았다.

이것은 확실히 그럴 듯한 추측이었다. 그러나 도대체 어디서 그들의 약혼 이야기가 새어 나왔는지 아무리 생각해 보아도 그녀는 갈피를 잡을 수가 없었다. 그러다가 드디어 한 쌍의 결혼이 예정되고 모든 사람이 또 한 쌍의 결혼을 열망하는 이때, 그는 빙리 씨의 친한 친구요, 또 자기가 제인의 동생이라는 사실만으로도 그런 생각을 하기에 충분하다는 것을 깨달았다.

그녀 자신도 언니와 빙리 씨의 결혼이 자기와 다아시 씨를 더욱 가깝게, 또 자주 만나게 해주리란 것을 모르지는 않았다. 그래서 이웃의 루카스 집 사람들도 엘리자베스가 가까운 미래에 실현되기를 희망하고 있는 것이 거의 확정적이고 다 된 일이라고 생각하고 있었던 것이다.

이 루카스 집과 콜린스 씨의 친분 때문에 소문이 캐서린 영부인의 귀에까지 들어간 것이라고 엘리자베스는 결론을 내렸다. 그러나 캐서린 영부인의 말을 곰곰이 생각해 볼 때, 그녀가 간섭을 고집함에 따라 불러올 결과에 대해 엘리자베스는 어떤 불안을 느끼지 않을 수 없었다. 그들의 결혼을 방해하기로 결심했다는 캐서린 영부인의 말에서 그녀가 다아시 씨에게도 그런 권유를 했음이 틀림없다는 생각이 퍼뜩 떠올랐던 것이다.

다아시 씨가 자기와 결혼할 경우 여러 가지 해로운 일이 많이 따른다는 영부인의 이야기를 그가 어떻게 받아들일 것인지 엘리자베스는 감히 판단을 내리고 싶지 않았다. 영부인에 대한 그의 애정의 정도라든가 또는 그가 영부인의 판단에 의존하는 정도를 정확히 몰랐으나, 엘리자베스가 생각하는 것보다 그가 영부인을 훨씬 더 높이 평가하고 있으리라는 상상은 당연한 것이었다.

다아시 씨의 가장 가까운 친척인 캐서린 영부인과는 비교도 안 되는 친척밖에 없는 엘리자베스와의 결혼에서 올 불행을 낱낱이 열거함에 있어서, 영부인은 그중 으뜸가는 약점만을 골라서 말했을 것이 뻔했다. 또 품위에 대한 애착이 강한 그가 엘리자베스에게는 보잘것없고 가소롭게 들리는 말 속에서도 충분한 의의와 견실한 이유를 발견할 법도 한 일이었다.

게다가 만약 다아시 씨가 이전부터 자기가 취해야 할 태도에 대해 망설여 왔다면—이것은 있을 법한 일이라고 가끔 생각했는데—친척인 영부인의 충고와 간청은 그의 모든 의혹을 해결해 줄는지도 몰랐고, 그로 하여금 엘리자베스를 단념함으로써 자기의 품위와 위엄을 손상치 않는 것으로 만족하자는 결심을 하게 할는지도 모르는 일이었다.

그렇다면 그는 다시는 네더필드에 돌아오지 않을 것이다. 캐서린 영부인은 도중에 런던에 들러서 다아시 씨를 만나 볼 것이다. 그러면 그는 10일 후에 네더필드로 돌아오겠다고 빙리 씨에게 한 약속을 파기하고 말겠지! 엘리자베스는 생각이 꼬리에 꼬리를 물었다.

'만약 열흘 안에 약속을 못 지켜서 미안하다는 다아시 씨의 사과 편지가 빙리 씨에게 오면, 그땐 나도 그것을 어떻게 해석해야 할지 알게 돼. 그다음엔 나도 그의 지조에 대한 일체의 기대와 희망을 포기해야지. 만약 내 애정을 얻을 수도 있을 때 그가 나를 겨우 아까운 여자 정도로만 생각한다면, 나도 다아시 씨를 조금도 애석히 여기지는 않을 테야.'

방문자가 누구였다는 것을 들은 나머지 식구들의 놀라움은 매우 컸다. 그러나 고맙게도 그들은 베넷 부인의 호기심을 진정시킨 것과 같은 종류의 상상을 함으로써 만족했다. 그래서 엘리자베스는 그 일에 대해 시달림을 많이 받지는 않았다.

이튿날 아침, 엘리자베스는 아래층으로 내려오다가 편지 한 장을 들고 서재에서 나오는 아버지와 마주쳤다.

베넷 씨는 이렇게 말했다.

"리지, 너를 찾고 있었다. 내 방으로 들어오너라."

엘리자베스는 아버지를 따라 들어갔다. 아버지가 하려는 말씀에 대한 엘리자베스의 호기심은, 아버지가 손에 쥐고 있는 편지와 무슨 관련이 있을 것이라는 추측 때문에 더욱 달아올랐다.

그러나 갑자기 그 편지가 캐서린 영부인에게서 온 것이 아닌가 하는 생각이 떠오르자, 엘리자베스는 실망이 되어 이런저런 뻔한 내용들을 예상했다. 엘리자베스는 난로 가까이로 아버지를 따라갔다. 두 사람이 자리에 앉자 베넷 씨는 이렇게 말했다.

"오늘 아침에 편지 한 장을 받고 굉장히 놀랐다. 주로 너에 관한 일이었기 때문에 그 내용을 너도 알고 있어야 할 것 같아서 불렀다. 난 딸년들이 한꺼번에 둘씩이나 결혼하려고 한다는 걸 몰랐지. 아주 상당한 남자의 사랑을 얻었더구나. 축하한다."

엘리자베스는 즉각적으로 캐서린 영부인에게서 온 편지가 아니라 다아시 씨가 보낸 것임을 확신하고는 뺨이 갑자기 빨개지기 시작했다. 그러나 다음 순간, 도대체 그가 직접 편지한 것을 기뻐해야 할지 아니면 자기에게 직접 편지하지 않은 것에 대해 화를 내야 할지 망설이고 있는데 베넷 씨가 말을 이었다.

"넌 참 생각이 있어 보여. 하기야 젊은 여자들은 이럴 때에는 비상한 힘을 발휘하는 법이지만. 그래도 어디 네 슬기로움을 찬미하는 남자의 이름이 무엇인가 한번 알아맞혀 볼래? 이 편지는 콜린스에게서 온 거야."

"콜린스 씨에게서요? 무슨 할 말이 있었을까요?"

"물론 있지. 요령 있게 꽤 많이 썼어. 머지않아 있을 제인의 결혼을 축하한다는 말로 시작했는데, 이 소식은 순하고 수다스러운 루카스네 식구 중의 한 사람에게 들은 모양이야. 이에 대해 콜린스가 한 말을 내가 읽어 주마. 공연히 네 인내심을 즐기진 않겠다. 너에 대한 사연은 다음과 같아.

이 경사에 대해 제 아내와 저는 심심한 축하를 드리며 아울러 또 다른 건에 관해서도 잠깐 암시를 드릴까 합니다. 우리는 그것을 동일한 소식통에게서 들었습니다. 그것은 다름 아니라 따님 되시는 엘리자베스 양도 맏따님이 베넷이라는 성을 양도한 이후 오래지 않아 그 성을 양도할 것이라는 겁니다. 그리고 엘리자베스 양이 선택한 반려자는 이 나라에서도 가장 저명한 인사 중의 한 분으로서 존경받아 마땅한 분이라고 생각합니다.

리지, 누구 얘기를 하는 건지 짐작할 수 있겠니?

이 젊은 신사는 만인이 부러워하는 많은 재산에다 명문의 혈연이며 광범위한 승직 수여권이며 그 외의 모든 것에 있어서 축복을 받은 사람입니다. 그러나 이 모든 유혹을 고사하고 아저씨께서 이분의 청혼을 조급히 동의함으로써—물론 즉석에서 수락하고 싶으시겠죠—입으실 재난에 대해 저는 엘리자베스 양과 아저씨께 삼가 경고를 드릴까 합니다.

리지, 누군지 정말 생각이 안 나니? 그러나 이제 곧 알게 돼.

제가 주의를 드리는 동기는 다음과 같습니다. 즉, 저희는

그분의 이모님 되시는 캐서린 드 버그 영부인께서 그 결혼을
호의적으로 보시지 않는다고 추측했기 때문입니다. 거기에
는 그럴 만한 충분한 이유가 있습니다.

이제 알았지? 바로 다아시란다. 자, 리지야, 놀랐지? 콜린스
나 루카스네가 우리가 아는 사람들 중에서 그 이름을 말하는 것
이 거짓임을 다아시보다 더 효과적으로 밝힐 사람을 선정할 수
있겠니? 어느 여자에게나 흠을 잡았고, 또 생전 너 같은 정도의
여자는 거들떠볼 것 같지도 않던 다아시가 아니냐? 참 감탄할
노릇이구나."

엘리자베스는 될수록 아버지의 익살에 장단을 맞추려 했으
나 간신히 내키지 않는 웃음만 새어 나올 뿐이었다. 아버지의
재치가 지금처럼 엘리자베스를 불쾌하게 만든 적은 한 번도 없
었다.

"재미없니?"

"아뇨, 재미있어요. 그다음을 읽어 주세요."

지난밤, 영부인께 이 결혼의 가능성을 여쭤 보았는데 영부
인께서는 평소처럼 친절한 태도로 곧 이에 대한 자신의 견해
를 말씀하셨습니다. 영부인께선 엘리자베스 양 가정의 몇 가

지 결함을 이유로 결코 이 치욕적인 결혼을 승낙할 수 없다고 명백히 하셨습니다. 그래서 저는 이 사실을 가장 빨리 엘리자베스 양에게 전해서 그녀와 그녀의 고매한 찬미자께서 지금 어떤 상황에 처해 있는가를 알게 함으로써, 정당하게 승인받지 못할 결혼을 서두르지 않도록 하는 것이 제 의무라고 생각했습니다.

콜린스는 또 이런 말도 덧붙이고 있단다.

리디아의 슬픈 사건이 아주 잘 해결된 것을 진심으로 기뻐하며, 지금은 두 사람이 결혼하기 전에 동거했다는 사실이 너무 멀리까지 퍼지지 않을까 걱정하고 있을 뿐입니다. 그러나 저는 제 지위상의 의무를 등한히 할 수 없는 바, 두 사람이 결혼한 즉시 집안에 받아들여졌다는 말을 듣고 적이 놀랐다는 말씀을 드리지 않을 수 없습니다. 그것은 악의 조장이므로 만약 제가 롱본의 교구 목사였다면 한사코 이에 반대했을 것입니다. 기독교인으로서 마땅히 용서는 해 주어야하되, 그들을 눈앞에 들인다거나 그들의 이름이 귀에 들리게 해서는 안 된다고 생각합니다.

흥, 이것이 소위 기독교인의 용서관이로군. 이 나머지는 샬럿이 임신 중인데 아들이기를 바란다는 사연뿐이야. 그런데 리지, 넌 기쁘지 않은 듯한 기색이니 웬일이냐? 이젠 숙녀인 척 새침하고 부질없는 소문에 모욕당한 척해선 안 돼. 때로는 이웃 사람들을 위해 장난거리를 만들고, 그다음엔 차례로 우리가 이웃 사람들을 놀려 주지 않는다면 무슨 재미로 산단 말이냐?"

"아버지, 전 무척 재미있어요. 하지만 너무나 이상한걸요."

"그렇지, 바로 그게 일을 즐겁게 만드는 것이란다. 만약 어느 한 사람에게만 고정되어 있다면 그건 아무것도 아니지. 다아시의 완전한 무관심과 너의 명백한 증오―이것이 일을 터무니없이 유쾌하게 만들거든. 난 편지 쓰기를 죽기보다도 싫어하지만 어떤 일이 있어도 콜린스에게 답장하는 건 단념치 않았어. 천만에! 이 편지를 읽으니까 내가 위컴의 몰염치와 위선을 높이 평가하는 것과 마찬가지로 콜린스를 위컴 이상으로 좋아하지 않을 수 없겠는걸. 그런데 리지, 이 소문에 대해 캐서린 영부인은 뭐라고 하던? 승낙하지 않겠다더냐?"

이 물음에 엘리자베스는 다만 웃음으로 대답했다. 그리고 이 질문에는 추호의 의심도 없었기 때문에 엘리자베스는 아버지가 그 질문을 반복하는데도 조금도 당황하지 않았다.

일찍이 엘리자베스는 지금처럼 자기 감정과는 반대되는 감정을 드러내야 하는 곤경에 빠진 적이 없었다. 울고 싶었지만 엘리자베스는 오히려 웃어야 했다. 다아시 씨가 무관심하다는 아버지의 말이 엘리자베스에게는 더없이 슬프고 억울했다.

엘리자베스는 아버지의 통찰력이 어째서 이토록 부족한가를 이상하게 생각할 수밖에 없었으며, 혹은 아버지의 통찰력이 부족한 것이 아니라 아마도 자기의 상상이 너무도 지나쳤던 것이라고 근심할 수밖에 없었다.

58

엘리자베스는 빙리 씨가 그의 친구의 사과 편지를 전해 주기를 기다렸으나 편지가 오지 않았다. 캐서린 영부인이 다녀간 지 며칠 지나지 않아 그는 다아시 씨를 데리고 롱본으로 왔다. 그들은 아침 일찍 도착했다.

베넷 부인이 다아시 씨의 이모님이 왔다 갔다는 얘기를 하기도 전에, 제인과 단둘이 있고 싶은 빙리 씨는 그녀에게 소풍 가자고 제의를 했다. 엘리자베스는 어머니가 그 얘기를 꺼낼까 봐 잠시 불안해하고 있었으므로 모두 소풍 가자는 제의에 동의했다. 어머니는 산책을 별로 좋아하지 않았고 메리 역시 시간을 낭비하는 성격이 아니었기 때문에 나머지 다섯 사람만 가게 되었다.

빙리 씨와 제인은 곧 일행과 뒤떨어지게 되었다. 그들은 엘리자베스와 키티와 다아시 씨가 걸어가는 동안에 뒤에 처져서 꾸물거렸다. 엘리자베스는 다아시 씨를 두려워하고 있었기 때문에 말도 걸지 못했다. 그녀는 마음속으로 굉장히 중요한 결정을 내리기로 결심했다. 아마 다아시 씨 역시 그런 생각을 하고 있었는지도 모른다. 키티가 마리아를 만나고 싶다고 했기 때문에 그들은 루카스 댁으로 가고 있었다.

엘리자베스는 그들 모두가 마리아를 만날 필요는 없다고 생각했기 때문에, 키티가 그 집으로 들어가자 다아시 씨와 단둘이서 걸어갈 용기를 내었다. 이제 결심을 실천에 옮길 때가 온 것이다. 그래서 자기가 대담해진 이 순간을 놓치지 않으려고 곧 말을 꺼냈다.

"다아시 씨, 저는 정말 이기적인 인간예요. 제 괴로운 마음을 달래기 위해 당신의 감정에 얼마든지 상처를 입힐 수 있으니까요. 당신이 제 동생에게 베푼 보기 드문 친절에 감사드리지 않을 수 없군요. 전 그 사실을 안 다음부터 어떻게 감사의 말씀을 드려야 좋을지 퍽 걱정하고 있었어요. 우리 가족이 그 사실을 알았다면 나뿐만 아니라 모두 당신께 감사드렸을 거예요."

"미안합니다."

그는 놀라면서 감동된 어조로 말했다.

"어떻게 잘못 전달되었든 간에 그렇게 기분 나쁜 사실에 대해 들으셨다니 정말 미안합니다. 가드너 부인은 그다지 믿을 만한 분이 못 되는군요."

"우리 외숙모를 탓하지 마세요. 당신이 그 사건에 관련되어 있다는 말을 처음으로 제게 해 준 사람은 조심성 없는 리디아였으니까요. 물론 사건의 전말을 다 알 때까진 퍽 걱정했어요. 우리 집안을 대표해서 당신께 거듭 감사의 말씀을 드려요. 그들을 찾아내기 위해 그렇게 많은 수고와 고생을 아끼지 않으신 것을 정말로 고맙게 생각하고 있습니다."

"만일 고맙다는 인사를 하시려거든."

다아시 씨가 말했다.

"당신의 감사한 마음만 표시하십시오. 당신을 행복하게 해 주고 싶다는 마음에 그 일에까지 참견하게 되었다는 사실을 부인하고 싶지는 않습니다. 하지만 댁의 가족들이 저에게 감사해야 할 하등의 이유는 없습니다. 저는 그분들을 모두 존경하고는 있지만 당신 한 분만을 사랑하고 있으니까요."

엘리자베스는 너무 당황했기 때문에 한마디도 할 수가 없었다. 잠시 후 그는 이렇게 덧붙였다.

"당신은 마음이 넓은 분이니까 저를 나무라지는 않을 겁니다. 만일 저에 대한 당신의 감정이 지난 4월과 조금도 변함이 없다면 그렇다고 말씀해 주십시오. 저의 사랑과 희망에는 변함이 없습니다. 하지만 당신이 아니라고 한마디로 대답하신다면 이제 영원히 이 문제는 단념해 버리겠습니다."

엘리자베스는 여느 때와는 달리 어색하고 초조한 그의 입장을 알아차리고 억지로 말을 하지 않을 수 없었다. 그래서 유창하지는 않았지만, 그동안 자기의 감정이 실질적인 변화를 겪었다는 것을 그가 곧 알아들을 수 있을 만큼 이야기했다.

그리고 그의 변함없는 사랑에 감사하고 기쁘게 생각한다고 말했다. 이 대답을 듣자 다아시 씨는 지금까지 느낄 수 없었던 크나큰 행복을 느꼈다. 이러한 기쁨 속에서 그는 열렬히 사랑하는 사람들이 흔히 하는 식으로 분별 있으면서도 열정적으로 자기의 심정을 털어놓았다. 만일 엘리자베스가 그의 눈을 바라보았다면 말할 수 없는 기쁨에 넘친 그의 얼굴이 얼마나 멋있는가를 알 수 있었을 것이다.

엘리자베스는 그의 눈을 쳐다볼 수는 없었지만 그의 기쁨에 넘친 말을 들을 수는 있었다. 그는 엘리자베스가 자기에게 얼마나 중요한 존재인가를 고백하면서, 그의 사랑을 더욱더 가치 있는 것으로 이끌어 주는 자기의 모든 감정에 대해 말했다. 그들은 어디로 가고 있는지도 모른 채 무턱대고 걸었다.

다른 것을 고려할 여지가 없을 만큼 그들은 생각할 것이 많았고, 느낄 것이 많았으며, 이야기할 것이 많았다. 엘리자베스는 자기들이 이렇게 서로를 잘 이해하게 된 것은 순전히 캐서린 영부인 덕분이라는 것을 알았다. 캐서린 영부인은 집으로 돌아가는 길에 런던에 들러서 다아시 씨를 만났고, 그에게 롱본에 갔었다는 것과 그 동기와 엘리자베스와 만나서 한 이야기까지 모두 말했던 것이다.

더구나 엘리자베스의 표정 하나하나까지 다 말하며, 자기 생각에는 엘리자베스가 성미가 몹시 까다롭고 염치없는 사람같이 보이더라는 말을 특히 강조했다. 이렇게 말하면 엘리자베스가 자기 조카의 사랑을 얻을 수 없을 것이라고 믿었기 때문이다. 그러나 사실상 엘리자베스는 그의 사랑을 거절하고 있었는데, 불행히도 캐서린 영부인은 자기 생각과는 정반대의 결과를 초래하고 말았던 것이다.

"그런 말을 듣고 저는 예전에는 가망이 없다고 생각했던 일에 희망을 품게 되었지요."

다아시 씨는 말했다.

"저는 당신이 어떻게 바꾸려야 바꿀 수 없을 만큼 확실히 저를 싫어했음을 잘 알고 있었습니다. 그런 사실을 솔직하게 저의 이모님께 털어놓지 그러셨어요."

엘리자베스는 얼굴이 상기된 채 웃으며 말했다.

"네, 제가 그런 말까지도 할 수 있을 만큼 솔직한 사람이라는 걸 잘 아시는군요. 당신 눈앞에서 그렇게 지독한 말을 한 사람이니까 당신 친척 앞에서도 얼마든지 그렇게 할 수 있었겠지요."

"제가 들을 자격이 없는 말씀도 하셨다는데요? 비록 그때 당신의 비난이 근거가 없는 것이고 또 무조건 오해하신 것이라 해도, 확실히 그때의 제 태도는 질책을 받을 만했습니다. 정말 용서받을 수 없는 짓을 했죠. 지금도 그 생각을 하면 몹시 불쾌합니다."

"그날 밤에 일어났던 일에 대해서는 잘잘못을 따질 필요도 없어요. 사실 엄격하게 따지자면 피차에 다 잘못이 있었으니까요. 하지만 그 후론 둘 다 예의를 좀 차릴 줄 알게 되었나 봐요."

"난 그렇게 쉽사리 만족할 수 없어요. 그때 제가 한 얘기를 다시 생각해 보면―그때의 제 행동, 태도, 또 저녁 내내 지었던 표정 같은 것을 생각해 보면―몇 달이 지난 지금도 말할 수 없이 괴롭습니다. 그리도 적절했던 당신의 질책을 저는 잊을 수가 없어요. '당신이 좀 신사다운 태도를 취하셨다면', 바로 이게 그때 하신 말씀이죠. 아마 당신은 이 말이 얼마나 나를 괴롭혔는지 상상도 못 하실 거예요. 하긴 내가 그 말이 옳다는 것을 깨달은 것은 훨씬 후의 일이지만요."

"저는 그 말이 그렇게 심한 상처를 주리라고는 생각조차 못 했고, 또 그렇게 느끼시리라고는 꿈에도 몰랐어요."

"그러실 거예요. 그때 당신은 내가 올바른 감정을 갖지 못한 사람이라고 생각했으니까요. 나도 잘 알아요. 당신이 내 고백을 받아들일 수 있게끔 구혼할 줄도 모르는 인간이라고 말씀하셨을 때의 그 표정을 난 평생 잊을 수가 없습니다."

"아이, 그때 제가 한 말을 자꾸만 되풀이하지 마세요. 그런 기억을 상기해 보았자 아무 소용도 없는걸요. 전 오래전부터 그런 말을 한 내 자신을 정말로 부끄럽게 생각하고 있어요."

다아시 씨는 자신이 썼던 편지 이야기를 꺼냈다.

"그 편지가, 그 편지가 저에 대한 나쁜 감정을 곧 풀어 주었습니까? 그걸 읽고 제 진의를 알게 되셨나요?"

엘리자베스는 그 편지가 어떤 효과를 나타냈는가를 설명했다. 그리고 그에게 가졌던 자신의 편견이 차츰 사라지기 시작했다고 말했다.

"나는 그 편지가 당신에게 괴로움을 줄 것을 잘 알고 있었습니다. 하지만 그런 편지를 쓰지 않을 수가 없었어요. 그 편지를 모두 없애 버리셨기를 바랍니다. 더구나 맨 첫 구절은 두 번 다시 읽을 용기조차 나지 않으실 거예요. 당신으로 하여금 저를 증오토록 만든 구절들을 나는 아직도 기억할 수 있습니다."

그는 말했다.

"당신이 저에 대한 호감을 보존하기 위해 필요하다고 생각하신다면 물론 태워 버리겠어요. 하지만 비록 제 생각이 아주 변할 수 없는 것은 아니라 할지라도, 그 편지에서 말씀하신 것처럼 그렇게 쉽사리 변하는 것도 아닐 거예요."

"저는 그 편지를 쓸 때 내가 아주 침착하고 냉정한 마음으로 쓰고 있다고 생각했어요. 그러나 그 후에야 그 편지를 쓸 때 몹시 감정이 상해 있었던 것을 알았지요."

"아마 그런 감정으로 편지를 쓰기 시작하셨을 거예요. 하지만 끝에 가서는 그렇지도 않더군요. 마지막 인사말은 애정이 가득 넘쳐흐르고 있었어요. 어쨌든 그 편지에 대해서는 이제 그만 생각하기로 해요. 그 편지를 쓴 사람이나 받은 사람의 감정이 이제는 그때와 아주 달라져서 그때의 모든 불쾌한 감정은 다 잊어버리게끔 되었으니까요. 당신도 제 철학을 배우셔야 해요. 즉, 기쁨을 주는 과거만을 회상하라는 제 철학을요."

"그런 철학은 그다지 훌륭하다곤 말할 수 없는데요. 당신의 과거는 대체로 가책을 받을 만한 것이 없으니까, 과거를 회상하고 만족을 느낀다는 것은 어떤 철학이 있어서가 아니라 고통을 모르기 때문에 저절로 그렇게 되는 것일 거예요. 하지만 저는 그렇지 않습니다. 쫓아 버릴 수도 없고 또 쫓아 버려서도 안 될 괴로운 추억이 저를 괴롭힙니다. 저는 어려서부터 생각은 그렇지 않았는지 모르지만 실제로는 꽤 이기적인 인간이었죠. 어렸을 때 저는 무엇이 올바른 것인가를 배웠어요. 하지만 제 성격을 고치라는 충고를 받지는 못했습니다. 저는 훌륭한 원칙들을 배웠지만, 오만과 자부심을 가지고 그 원칙들을 실천에 옮겨도 아무도 탓하지 않았어요. 불행하게도 외아들로 태어나서—오랫동안 동생이 없었죠—부모님이 버릇없게 기르셨어요. 부모님은 꽤 선하셨지만, 특히 아버지는 인정이 많으시고 친절하셨는데, 저의 이기적이고 오만한 행동을 나무라기는커녕 오히려 장려하고 가르쳐 주기까지 하셨지요. 우리 집안사람들 외에는 아무에게도 관심을 갖지 않았고, 다른 사람들은 모두 천하게 생각했는데 그것은 적어도 그들의 지각과 가치가 제게 비하면 천하다는 말입니다. 여덟 살 때부터 스물여덟 살이 된 오늘날까지 저는 언제나 그랬어요. 그리고 가장 소중하고 사랑스러운 엘리자베스 당신 이외의 사람들에게는 아직도 마찬가지일 겁니다. 제가 당신에게 무슨 빚이 있습니까? 당신이야말로 저에게 훌륭한 교훈을 주신 분입니다. 처음에는 무척 배우기 힘들었지만 그러나 가장 이로운 교훈이었지요. 당신 덕분에 저는 겸손해졌습니다. 저는 으레 환영해 주실 줄 알고 당신한테 찾아왔죠. 당신은 좋아하는 여자를 기쁘게 하기 위해 취하는 모든 겉치레가 얼마나 쓸데없는 것인가를 깨닫게 해 주셨습니다."

"그때 당신은 내가 그런 태도를 받아들일 것이라고 생각하셨어요?"

"물론이죠. 당신은 내 허영심을 어떻게 생각하십니까? 그때 나는 당신이 내 구혼을 원하고 있으며 기다리고 있다고 생각했었죠."

"저의 태도는 정말 나빴어요. 그러나 고의로 한 짓은 아니에요. 전 결코 당신을 속이려고 생각하지는 않았어요. 하지만 제 마음은 곧잘 비뚤어지곤 한답니다. 그날 저녁 이후로 당신이 얼마나 저를 미워했을까요!"

"미워했다고요! 처음에는 좀 화가 났죠. 그러나 곧 적당한 방향으로 제 감정이 흐르기 시작했습니다."

"펨벌리에서 만났을 때는 저를 어떻게 생각하고 계시는지 물어볼 수도 없었어요. 속으로 저를 나무라고 계셨지요?"

"아닙니다. 난 다만 놀랐을 뿐입니다."

"당신이 저를 친절하게 대하시는 걸 보고 저는 당신 이상으로 놀랐어요. 저는 양심상 당신의 지나치게 공손한 대접을 받을 자격이 없다고 생각했지요. 그리고 제 분수에 넘치는 환대를 받을 생각은 꿈에도 하지 못했고요."

"그때의 내 목적은, 모든 면에 힘껏 예의를 차려서 내가 지난 일 따위에 원한을 품는 비겁한 인간이 아니라는 걸 당신에게 보여 주고 싶었던 것입니다. 그리고 당신의 용서를 구해 나쁜 감정을 덜고, 당신이 나무랐던 점을 고쳤다는 사실을 당신이 알도록 하고 싶었습니다. 언제 다른 감정이 내 마음에 떠올랐는지는 저도 잘 모르겠어요. 아마 당신을 보고 한 반 시간 후에 그런 감정이 생겼을 거예요."

다아시 씨는 조지아나가 엘리자베스를 알게 된 것을 아주 기뻐하고 있으며, 갑자기 오빠가 나타나서 방해를 한 것에 퍽 실망했다는 말도 했다. 그리고 오빠가 나타나게 된 원인을 생각하다 보니까, 더비셔에서 엘리자베스의 동생을 찾아오겠다는 결심은 그가 여관을 떠나기 전부터 한 것임을 알게 되었고, 또 거기서 그가 취한 신중하고도 침착한 태도는 이런 목적만이 가질 수 있는 노력에 의한 것이라는 사실도 알게 되었다고 말했다.

엘리자베스는 고맙다는 말을 다시 했다. 그러나 그 이야기는 피차에 더 이상 말할 필요조차 없는 괴로운 화제였다. 이렇게 한가하게 몇 마일을 걸어가면서도 그들은 아무것도 의식하지 못하고 있었다. 그들은 시계를 들여다보고 나서야 벌써 집에 가 있어야 할 시간이라는 것을 비로소 알게 되었다. '빙리 씨와 제인은 어떻게 될까?'하는 것이 자기들의 일을 의논케 만드는 동기가 되었다. 그는 그들의 약혼을 기뻐했다. 사실은 빙리 씨가 그 소식을 재빨리 그에게 알려 주었던 것이다.

"놀라셨어요?"

엘리자베스가 물었다.

"천만에요. 내가 떠나 있을 때 머지않아 그렇게 될 거라고 생각했습니다."

"말하자면 허락을 하겠다는 건가요? 저도 짐작했어요."

그 말에 다아시 씨는 아니라고 소리쳤으나 엘리자베스는 그것이 사실이었다는 것을 알았다.

"런던으로 떠나기 전날 밤에."

그가 말했다.

"오래전부터 해야겠다고 생각하던 걸 빙리 군에게 고백했죠. 그동안 일어났던 일을 전부 얘기했습니다. 내가 그 친구 일에 간섭한 것이 어리석고 주제넘었다는 걸 말예요. 빙리 군은 여간 놀라지 않더군요. 그런 줄은 전혀 모르고 있었으니까요. 난 또 제인 양이 빙리 군에게 애정이 없다고 생각한 건 잘못이었다고 말했죠. 그런 데다 제인 양에 대한 빙리 군의 애정이 조금도 식지 않은 것을 쉽사리 확인할 수 있었기 때문에 두 사람의 행복은 확실하다고 생각했습니다."

엘리자베스는 다아시 씨가 친구를 생각하는 품이 몹시 담백한 것을 보고 미소를 금할 수가 없었다.

"직접 관찰해 보고 말씀하신 건가요?"

엘리자베스가 물었다.

"언니가 그분을 사랑한다고 말씀하셨다니 말예요. 지난봄에 제가 말씀드린 것만 가지고 그렇게 생각하신 건 아녜요?"

"제 눈으로 보고 알았죠. 최근에 제인 양을 여기 두 번 오시게 하지 않았습니까? 그때 유심히 관찰했거든요. 빙리 군에 대한 제인 양의 애정은 틀림없었습니다."

"그럼, 그렇게 확신하셨으면 빙리 씨도 그렇게 믿고 계시겠군요?"

"그렇죠. 빙리 군은 꾸미는 데가 없고 겸허하죠. 하지만 좀 소심해서 몹시 걱정스러운 일에 대해서는 자기 자신의 판단을 신뢰하지 못하거든요. 그러나 내 말은 믿습니다. 한 가지 그에게 고백해야만 할 일이 있었는데, 이거야말로 한동안 그 친구를 노엽게 했죠. 일리가 있는 일이었으니까요. 저는 제인 양이 지난 겨울 석 달 동안 런던에서 지내셨다는 사실을 숨길 수가 없었습니다. 그 사실을 알고 있으면서도 일부러 친구에게는 말하지 않았으니까요. 빙리 군은 노여워하더군요. 그러나 그 노여움은 그리 오래가지 않았습니다. 제인 양의 애정에 의심을 품었던 것보

다는 말예요. 이제는 그 친구도 내 잘못을 다 용서한 셈입니다."

엘리자베스는, 빙리 씨가 아주 유쾌한 친구이며 쉽사리 남의 말에 귀 기울이는 사람이기 때문에 그의 가치가 더욱 귀중한 것이라는 말을 하고 싶었으나 그만두었다. 다아시 씨야말로 남에게 농담조의 말을 들어 본 적이 아직 없으며 그러기엔 좀 이르다고 생각했기 때문이다. 설사 자기의 행복보다는 못할지라도 빙리 군은 행복하게 될 것이라고 예측하면서, 그는 집에 도착할 때까지 이야기를 계속했다. 현관에 들어서자 그들은 헤어졌다.

59

"애, 리지, 어디 갔었니?"

엘리자베스가 방으로 들어서자마자 제인이 물었다. 다른 사람들도 그녀가 식탁에 앉자 모두들 이렇게 물었다. 엘리자베스는 걷다 보니까 자기도 모르게 여기저기 돌아다녔다고 대답해 버렸다. 이렇게 말할 때 그녀의 얼굴이 약간 붉어졌다.

그러나 그렇다고 해서 그들에게 사실을 의심할 만한 근거는 없었다. 그날 밤은 특별한 일 없이 조용한 가운데 지나갔다. 이미 인정을 받은 애인들은 이야기를 하거나 즐거워했다. 아직 공인을 받지 못한 애인들은 조용했다. 다아시 씨는 행복감이 희열 속에 넘쳐흐르는 그런 기질을 지닌 사람은 아니었다.

엘리자베스는 들썩거리고 흥분했으나 자신이 행복하다는 것을 인식하고 나서야 비로소 행복감에 젖었다. 사실 이러한 자리의 어색함은 고사하고 그녀 앞에는 다른 어려운 일들이 놓여 있었다. 그녀는 자기 처지가 알려진다면 집안에서 어떻게들 생각할 것인가를 짐작할 수 있었다.

제인을 제외하고는 그를 좋아할 사람은 한 사람도 없었다. 심지어는 다른 문제와 더불어 그의 재산과 사회적 지위가 어느 정도 손상을 입을지도 모른다는 생각에 이르러서는 싫다 못해 불안하기조차 했다. 저녁에 그녀는 제인에게 마음을 털어놓았다. 제인은 좀처럼 남을 의심하지 않는 성질이었지만 이 점은 도무지 믿을 수가 없었던 모양이다.

"농담이겠지, 리지. 될 법이나 한 소리니? 다아시 씨와 약혼한다고! 괜히 날 속이지 마. 말도 안 되는 소리야."

"그건 너무 섭섭한 말이야, 언니. 난 언니만을 믿고 있었어. 언니가 내 말을 믿지 않는다면 누가 날 믿어 준단 말이야. 정말 난 진정이야. 내가 왜 거짓말을 하겠어? 그분은 아직도 날 사랑해. 우린 약혼할 거야."

제인은 그녀를 의심에 찬 눈으로 바라보았다.

"오, 리지! 그건 안 될 소리야. 네가 그분을 얼마나 싫어했니."

"언니는 아무것도 몰라. 싫어한 건 옛날 얘기야. 그때야 지금보다는 덜 사랑했지. 하지만 이런 경우에는 지나간 일을 일일이 기억하고 있는 건 좋지 않아. 이번을 마지막으로 다시는 지나간 일을 기억하지 않겠어."

제인은 여전히 어리둥절해했다. 엘리자베스는 조금 전보다도 더욱 심각하게 자신의 진실을 언니에게 확인시켰다.

"맙소사, 정말 그럴 수가 있니? 하지만 네 말을 믿을 수밖에."

제인은 소리쳤다.

"애, 리지, 난 저…… 축하한다. 하지만 정말…… 이런 걸 물어서 안됐다만…… 그분하고 정말 행복할 것 같니?"

"문제없어. 이 세상에서 가장 행복한 부부가 되자고 둘이 약속했거든. 언니도 기쁘지? 어때, 그분이 동생 남편감으로 괜찮은 것 같아?"

"괜찮다 뿐이겠니. 빙리 씨도 나에게 이 이상의 기쁨을 줄 수는 없어. 하지만 우리는 불가능하다고 생각하고 그 얘길 했단다. 그래, 정말 넌 그분을 사랑하니? 애, 리지, 애정 없는 결혼은 할 게 못 된단다. 정말 너 자신 있니? 네가 할 일을 잘 아느냔 말이야."

"그야 물론이지. 내가 해야 되는 것 이상으로 잘 알고 있다는 것만 생각해 둬, 내가 얘길 다 해 줄 테니. 얘기를 해야겠군. 나는 빙리 씨보다 다아시 씨를 더 사랑해. 언닌 골낼 테지."

"얘, 제발 농담 좀 하지 마. 난 진심으로 얘기하고 싶어. 어서 궁금한 걸 다 얘기해 줘. 넌 언제부터 그분을 사랑했니?"

"조금씩 진전된 거니까 언제 시작됐는지는 몰라. 그렇지만 펨벌리에서 그분의 아름다운 정원을 처음 구경했을 때부터일 거야."

그러나 진지하게 이야기하라고 제인이 또 한 번 간청했기 때문에 엘리자베스는 자기의 애정을 엄숙하게 확언함으로써 제인의 궁금증을 풀어 주었다. 이 문제에 대해 확신을 갖게 된 제인은 이제 더 바랄 것이 없었다.

"이젠 안심했다."

제인은 말했다.

"나와 마찬가지로 너도 행복하게 될 테니까 말이야. 난 늘 그분을 우러러봤어. 너에 대한 그분의 사랑만 아니라면 언제까지나 그분을 동경했겠지만 이제 빙리 씨의 친구요, 또 네 남편이 된다니 나한테는 빙리 씨와 너만이 소중하지. 하지만 리지야, 넌 앙큼스럽지 뭐냐. 나한테 한마디도 하지 않고. 넌 펨벌리와 램턴에서 일어난 일에 대해 나한테 별로 얘기한 게 없지 않니!

모두 다른 사람들한테서 들은 얘기뿐이야."

엘리자베스는 비밀로 하게 된 동기를 언니에게 이야기했다. 그녀는 빙리 씨에 관한 이야기를 언니에게 하고 싶지 않았고, 불안한 상태에 있는 자신의 감정이 역시 다아시 씨의 이름을 피하게 만들었던 것이다. 그러나 이제 와서는 리디아의 결혼에 대한 그의 공로를 감추려 하지 않았다. 제인은 모든 일을 알게 되었으며, 자매는 그날 밤의 절반을 이야기를 주고받으면서 보냈다.

"맙소사!"

다음 날 아침 창가에 서서 베넷 부인이 외쳤다.

"제발 저 기분 나쁜 다아시 씨가 다시는 우리 빙리 씨하고 같이 오지 말았으면 좋겠어. 날마다 오다니 성가신 일이야. 제발 사냥이든 뭐든 좋으니까 밖으로 나가서 우리 옆에 붙어 있지 않았으면 좋겠어. 거북하기 짝이 없거든. 리지, 네가 한 번 같이 나가거라. 빙리 씨에게 방해가 되지 않도록 말이야."

엘리자베스는 어머니가 이런 좋은 기회를 만들어 주는 것이 우스웠지만, 한편으로는 어머니가 늘 그를 못마땅해하는 것이 괴로웠다. 빙리 씨는 다아시 씨와 함께 들어오자마자 베넷 부인을 의미심장하게 바라보았다. 그리고 열렬하게 그녀와 악수를 했다. 그것은 좋은 소식을 가져왔다는 표시였다. 빙리 씨는 얼마 안 있다가 큰 소리로 말했다.

"베넷 부인, 이 근방에 리지 양이 오늘 또 길을 잃을 만한 좁은 길이 없습니까?"

"저, 다아시 씨하고 리지, 그리고 키티는 말이야."

베넷 부인은 말했다.

"오늘 아침엔 오컴 산으로 산책을 하렴. 다아시 씨, 산책로는 걸을 만할 거예요. 아마 처음 보실걸요."

"두 분에게는 좋을지 모르지만."

빙리 씨가 대답했다.

"키티에게는 힘들 거예요. 키티, 안 그래?"

키티는 차라리 집에 있겠다고 말했다. 다아시 씨가 산에서 경치를 내려다보고 싶다고 말하자 엘리자베스는 잠자코 동의했다. 그리고 준비를 하기 위해 이층으로 올라가자 베넷 부인이 따라오며 말했다.

"리지, 네게는 안됐다. 저 기분 나쁜 사람을 네가 억지로 떠맡아야 되니 말이야. 하지만 괜찮겠지? 다 제인을 위해서야. 네가 구태여 그에게 말을 걸려고 애쓸 필요는 없으니까, 이따금 몇 마디씩만 하면 돼. 그러나 너무 어렵게 생각하지는 마라."

그들은 산책하는 동안, 저녁 안으로 베넷 씨의 승낙을 얻어내기로 결정지었다. 어머니의 승낙은 엘리자베스가 맡기로 했다. 그녀는 어머니가 어떻게 생각할지 예측할 수 없었다. 다아시 씨의 전 재산과 위엄이 그에 대한 어머니의 증오를 억누를 수 있을지는 의심스러운 일이었다. 그러나 이 혼담을 맹렬히 반대하든 혹은 맹렬히 기뻐하든 간에 어머니의 태도가 세련되지 못할 것은 뻔한 일이었다. 그녀는 다아시 씨가 어머니의 맹렬한 반대보다는 맹렬한 환희의 외침을 듣게 되도록 해야 한다는 생각밖에는 아무것도 할 수가 없었다.

저녁에 베넷 씨가 서재로 들어간 뒤 얼마 안 되어 다아시 씨가 일어나서 쫓아 나가는 것을 엘리자베스는 보았다. 그녀는 몹시 마음이 설레었다. 그녀는 아버지의 반대를 두려워하지는 않았으나 아버지가 불행하게 되지는 않을까, 아버지의 귀여운 딸인 자기가 남자를 선택함으로써 아버지를 슬프게 하지나 않을까, 또 딸을 시집보내는 데 있어서 아버지의 마음을 불안과 후회로 가득 차게 해 드리지는 않을까 하고 괴로운 마음으로 곰곰이 생각해 보았다. 이렇게 비참한 마음으로 앉아 있자니까 다아시 씨가 다시 나타났다.

그가 미소를 띤 것을 보자 엘리자베스는 다소 마음이 놓였다. 조금 있다가 그는 키티와 같이 테이블에 앉아 있는 엘리자베스에게 다가왔다. 그러고는 그녀의 뜨개질을 칭찬하는 척하면서 조그만 소리로 말했다.

"아버님께 가 보세요. 서재에서 부르십니다."

엘리자베스는 곧바로 방을 나갔다. 베넷 씨는 근심스러운 표정으로 서재 안을 왔다 갔다 하고 있었다.

"리지."

그는 엘리자베스를 보자 말했다.

"어떻게 된 셈이냐? 정신 나갔니? 이런 사람을 받아들이다니. 넌 늘 그 사람을 미워하지 않았니?"

그때 엘리자베스는 그전의 자기 의견이 더 이치에 맞고 자기 표현이 더 온당했더라면 하고 얼마나 진심으로 바랐던가! 그랬다면 이렇게 어색한 해명과 고백은 하지 않아도 될 것이 아닌가! 그러나 지금은 확실한 해명이 필요했다. 그녀는 다소 당황하면서 자기도 다아시 씨를 사랑한다는 것을 아버지에게 분명히 이야기했다.

"다시 말해 그 사람을 붙잡기로 결심했단 말이지? 그 사람은 부자이니까 네 언니보다 좋은 옷도 많이 입을 것이고 멋진 마차도 타게 될 거란 말이지. 그러나 그것만으로 행복하겠니?"

"제게 애정이 없다고 믿으시는 모양인데."

엘리자베스는 말했다.

"그것 말고 다른 이의는 없으세요?"

"다른 건 없다. 우리는 모두 그가 오만하고 불쾌한 부류의 인간이라는 걸 잘 알고 있지 않니? 하지만 네가 정말로 그 사람을 사랑한다면 그런 건 문제가 안 돼."

"전 그 사람이 좋아요."

딸은 눈물이 괸 채 대답했다.

"그를 사랑해요. 사실 그 사람이 부당하게 거만을 부리는 건 아녜요. 아주 인자해요. 아버진 그 사람이 정말 어떻다는 걸 잘 모르세요. 그러니까 그 사람을 나쁘게 말씀하셔서 저를 괴롭히지 말아 주세요."

"리지, 그 사람한테 허락했다. 겸손하게 청하기 때문에 이쪽에서 전혀 거절할 수 없도록 만드는 그런 종류의 사람이더라. 이제 네가 확실히 그 사람하고 결혼하기로 결심했다면 너한테도 승낙하겠다. 그러나 좀 더 생각해 보는 게 좋아. 난 네 기질을 잘 안다. 네가 네 남편을 진정으로 존경하지 않으면 행복할 수도 없고 훌륭하게 될 수도 없다는 걸 난 잘 알아. 네가 우러러보는 사람이라야 되지. 넌 너무 재주가 많아서 네게 맞지 않는 결혼을 할 경우 몹시 위태로운 처지에 놓일 염려가 있다. 그러다간 불명예와 비참에서 빠져나오지 못해. 애, 제발 네가 남편을 존경하지 못하는 걸 보는 슬픔을 이 아비가 겪지 않도록 해 다오. 넌 네가 무엇을 하려고 하는지 잘 모르고 있어."

엘리자베스는 더욱 감동되어 진정으로 엄숙하게 대답했다.

다아시 씨가 정말 자기 남편감이라는 것을 거듭 확신시킴으로써, 또 그를 존경하는 가운데 자기가 정신적으로 변했다는 것을 설명함으로써, 또 그의 애정은 하루아침에 생긴 것이 아니라 여러 달 동안 시험해 본 결과라는 절대적인 확실성을 진술함으로써, 또 그의 장점을 끈기 있게 늘어놓음으로써 드디어 아버지가 의심을 풀고 그들의 결혼에 동의하게 만들었다.

"알았다."

딸의 말이 끝나자 그는 말했다.

"더 할 말도 없다. 사정이 그렇다면 네게 맞는 배필이지. 사실 너보다 처지는 자리로 시집보낼 수는 없었어."

엘리자베스는 다아시 씨의 좋은 인성을 더욱 강조하기 위해 그가 자진해서 리디아에게 베푼 친절을 아버지에게 이야기했다. 아버지는 놀라며 딸의 말을 들었다.

"이거 참 놀라운 밤이로구나. 그래, 모든 걸 그가 했단 말이지? 짝을 지어 주고, 돈을 주고, 친구의 빚을 갚아 주고, 장교로 만들어 주고. 잘됐다. 물심양면의 걱정거리가 없어지는 셈이로구나. 네 외삼촌이 돈을 치렀다면 갚아야 되고 사실 갚으려고도 했지. 그런데 이 맹렬한 애인들이 다 저희 마음대로 일처리를 해 놓았구먼. 내일 그 돈을 갚겠다고 말해야겠다. 그럼 그 친구는 너를 사랑하노라고 한바탕 신파극을 벌일 테지. 그러면 일은 그걸로 끝나는 거란 말이야."

그러자 그는 2, 3일 전 콜린스 씨의 편지를 읽었을 때 엘리자베스가 당황해하던 것이 생각났다. 그는 잠깐 딸을 보고 미소를 지은 다음 그만 나가 보라고 말했다. 딸이 방을 나가려 하자 그는 이렇게 말했다.

"어떤 청년이고 메리나 키티를 달라고 오거든 들여보내라. 아주 한가하니 말이야."

엘리자베스의 마음은 이제 무거운 짐에서 벗어난 것 같았다. 그래서 자기 방에서 반 시간 동안 조용히 명상한 뒤에 아주 침착한 태도로 다른 식구들과 어울릴 수가 있었다. 모든 것이 새로운 기쁨이었으나 그날 밤은 조용히 지나갔다. 이제는 물질적인 고통은 없었다. 그리고 얼마 안 있으면 오직 안락과 친밀함 속에서 맛보는 위로만이 찾아올 것이다.

어머니가 침실로 올라가자 엘리자베스는 뒤쫓아 가서 이 중요한 이야기를 했다. 그 효과는 아주 특별했다. 어머니는 처음에 그 말을 듣자 가만히 앉아서 한마디도 하지 않았다. 그러나 자기가 들은 것을 이해하는 데 그다지 많은 시간이 걸린 것은 아니었다. 물론 자기 가족에게 이익이 된다는 것과, 그 이익이 가족 중 하나의 애인이라는 이름으로 굴러 들어온다는 것을 모를 정도로 둔하지는 않았다.

드디어 베넷 부인은 마음을 가라앉히기 시작했다. 그러나 의자에 앉은 채 가만히 있지를 못하고, 일어났다 앉았다 경탄했다 하다가 성호를 그으며 신의 축복을 빌었다.

"맙소사! 어쩌면! 생각해 보렴! 아니, 다아시 씨라고! 누가 그런 생각을 했겠니? 그런데 정말이라고? 애, 리지, 넌 돈더미 위에 올라앉게 됐구나! 용돈이다, 보석이다, 마차다, 네 마음대로겠지! 제인은 네게 델 바도 아니다. 문제가 안 돼. 참 기쁘다. 아주 행복해. 얼마나 멋있는 남자냔 말이야! 잘생겼지, 후리후리하지. 리지, 내가 너무 싫어해서 미안하다고 대신 사과해 다오. 그 사람은 그런 건 문제시하지 않겠지. 귀여운 리지! 시내에 집을 지니게 되고! 얼마나 멋있니! 딸 셋이 결혼이라! 일 년에 만 파운드야! 오, 하느님, 난 어떻게 된다지? 정신이 몽롱해진다."

이런 말은 베넷 부인의 승낙을 의심할 필요가 없다는 것을 증명하기에 충분했다. 엘리자베스는 이런 말을 자기 혼자 들은 것을 다행스럽게 생각하며 조금 뒤에 방을 나갔다. 그러나 그녀가 자기 방으로 가서 채 3분도 되기 전에 어머니가 따라왔다.

"애야."

어머니는 외쳤다.

"다른 건 생각할 여지도 없다. 일 년에 만 파운드가 어디냐. 더 될지도 모르지. 희한하지 뭐니! 특별 면허야, 넌 특별 면허 결혼을 하는 거야! 애, 그런데 다아시 씨가 무슨 음식을 특별히 좋아하니? 내일 그 음식을 만들어야겠다.”

이것은 그 신사에 대한 어머니의 처신을 걱정스럽게 만드는 슬픈 전조였다. 엘리자베스는 다행히 다아시 씨의 가장 열렬한 애정 속에 있었고 친척의 동의도 틀림없었으나 그것만으로는 부족하다는 불안감이 생겼다.

그러나 다음 날은 생각했던 것보다 유쾌하게 지나갔다. 다행히도 베넷 부인은 사위 될 사람의 위엄에 눌려 그에게 말도 제대로 걸지 못했고, 기껏해야 자기 쪽에서 친절을 베풀고 상대편 의견에 경의를 표할 따름이었기 때문이다.

엘리자베스는 아버지가 다아시 씨와 친해지려고 애쓰는 것을 보고 마음이 흡족했다. 이윽고 얼마 후에 베넷 씨는 다아시 씨가 볼수록 훌륭한 사람이라고 그녀에게 확언했다.

“사위란 사위는 모두 훌륭해.”

베넷 씨가 말했다.

“아마 위컴이 제일 맘에 들 거야. 그러나 제인의 남편과 마찬가지로 네 남편도 무척 좋아질 것 같다.”

60

엘리자베스는 얼마 안 가서 명랑함을 되찾게 되었다. 그녀는 다아시 씨가 애초에 자기를 어떻게 사랑하게 되었는지 자세히 설명해 주기를 원했다.

"어떻게 시작됐어요?"

엘리자베스가 물었다.

"일단 시작하면 멋있게 끌어 나가시는 건 이해할 수 있어요. 하지만 첫째로 무엇이 그렇게 시작하도록 만들었을까요?"

"시작의 토대가 된 시간이라든지 장소, 얼굴 표정, 말, 이런 건 확실히 기억하지 못해요. 벌써 오래된 일이니까. 한참 후에 야 내가 그랬었구나 하는 걸 알았죠."

"처음에는 제 용모에 좀처럼 안 넘어가셨죠. 그리고 제 태도 로 말하면, 특히 당신에 대한 제 태도는 버릇이 없을 정도였어 요. 뿐만 아니라 당신과 얘기할 때에는 으레 고통을 주려고 했 거든요. 그런데 이건 농담이 아닌데요, 제가 무례했기 때문에 좋아하셨나요?"

"당신 마음이 명랑했기 때문이에요."

"그걸 무례하다고 표현해도 좋아요. 조금 덜했던 것뿐이니까 요. 사실 당신은 점잖은 것을 싫어했고, 복종을 싫어했고, 지나 친 친절을 싫어하셨어요. 당신은 당신 마음에 들려고 자나 깨나 얘기하고 보고 생각하는 여자들이 싫었죠. 저는 당신을 격려하고 흥미를 북돋워 드렸어요. 전 그런 여자들과는 아주 다르니까요. 당신이 정말 자상하지 않았다면 그런 이유로 저를 미워했을 거예요. 그러나 아무리 가장하려고 했어도 당신의 감정은 늘 고상하고 올바르셨죠. 그리고 당신은 마음속으로 부지런히 당신에게 애정을 표시하는 사람들을 경멸하셨죠. 자, 당신 대신 제가 설명을 다 했군요. 사실 이모저모로 생각해 봐도 이치에 어긋나는 해석은 아닌 것 같아요. 당신은 진짜 제 장점을 모르실 거예요. 사랑에 빠지게 되면 그 점은 잘 모르게 되거든요."

"제인 양이 네더필드에서 앓고 있을 때 그분에 대한 당신의 애정에 찬 행동은 장점이 아니었나요?"

"제인 언니요! 누군들 언니에게 그만큼 못 하겠어요? 하지만 어쨌든 장점이라고 해 두지요. 제 장점은 모두 당신의 보호를 받고 있어요. 그리고 당신은 제 장점을 과장하셔야 돼요. 그러면 그다음엔 이따금 당신을 골려 주거나 싸울 기회를 만드는 것은 제가 할 테니까요. 그럼 난 이런 질문으로 시작하겠어요. '당신은 왜 끝판에 와서 중대한 문제에 부딪히는 것을 꺼리셨죠? 당신은 처음 찾아오셨을 때, 그리고 나중에 여기서 식사를 하셨을 때 왜 그렇게 수줍어하셨죠? 왜 나 같은 건 안중에도 없는 것처럼 행동하셨죠?'하고 묻겠어요."

"당신이 너무 침착하고 말이 없는 데다가 용기를 주지 않았으니까요."

"하지만 전 어떻게 해야 좋을지 몰랐어요."

"나도 그랬어요."

"만찬에 오셨을 때에는 얘기라도 더 할 수 있지 않았어요?"

"감정이 메마른 사람이라면 그럴 수도 있었겠죠."

"당신은 이치에 맞는 대답만 하시고, 난 또 그걸 이치에 맞는 것으로 받아들여야만 하니 불행한 일이로군요. 하지만 당신을 혼자 내버려 두었다면 얼마나 오래 끌었을지 궁금해요. 내가 묻지 않았다면 결코 말씀하시지 않았을 거예요. 리디아에게 베푸신 친절에 대해 감사드리기로 결심한 것이 굉장한 효과를 가져왔죠. 지나친 효과예요. 우리들의 마음이 파혼하는 것으로 편안해진다면 애정의 의리는 어떻게 되죠? 그 문제에 대해서는 말하지 말걸 그랬어요. 해서는 안 될 소리죠."

"상심할 필요는 없어요. 우리들의 애정 문제는 잘 해결될 테니까. 우리를 떼어 놓으려고 하는 캐서린 영부인의 도리에 어긋난 노력은, 결과적으로 내 모든 의문을 풀어 주는 역할을 했습니다. 내가 지금 행복한 것은 자꾸 나한테 감사하고 싶어 하는 당신의 희망 때문은 아녜요. 난 그런 말을 기대하지 않았으니까. 당신 외숙모님의 전언이 나한테 희망을 주었거든요. 그래서 난 당장 모든 걸 알아보기로 결심했죠."

"캐서린 영부인은 우리에게 아주 유익한 일을 많이 해 주신 셈이군요. 그것으로 그분은 행복하실 거예요. 남에게 도움이 되는 걸 좋아하시니까. 그런데 네더필드엔 왜 오셨죠? 겨우 롱본에 말이나 타고 와서 어리둥절해하려고 오신 건가요? 아니면 좀 더 중요한 일 때문에 오신 건가요?"

"진짜 목적은 당신을 만나기 위해서였소. 그리고 될 수 있으면 당신이 나를 사랑하게 만들 수 있을지 없을지 판단해 보기위해서였죠. 내 공공연한 목적은, 말하자면 나 혼자 마음먹은 것은, 제인 양이 아직도 빙리 군을 사모하고 있는지 알고 싶은 것이었소. 그리고 만일 그렇다면 빙리 군에게 고백하려고 했소. 사실 그 후에 하긴 했지만."

"캐서린 영부인에게 무슨 일이 일어날 것인지 알려 드릴 만한 용기가 있으세요?"

"용기보다는 시간이 필요할 것 같소. 그러나 결국 알려 드려야지요. 편지지 한 장만 주면 당장 쓰리다."

"제게도 편지 쓸 데가 없다면, 당신 옆에 앉아서 전에 어떤 여자가 그랬던 것처럼 저도 당신이 글씨를 잘 쓴다고 칭찬이나 해주고 싶군요. 그러나 저한테도 외숙모님이 계세요. 오랫동안 편지를 안 드리면 야단맞죠."

다아시 씨와의 친교가 과대평가되어 온 것을 고백하기가 싫었기 때문에 엘리자베스는 가드너 부인의 긴 편지에 아직 답장을 하지 않고 있었다. 그러나 이제 환영받을 만한 소식이 생긴데다가 외삼촌 내외분이 편지를 기다리느라 사흘 동안이나 걱정했을 것을 생각하고, 그녀는 몹시 미안한 마음이 들어 즉시 다음과 같은 편지를 썼다.

외숙모,
일전에는 여러 가지로 자세한 편지를 주셔서 감사해요. 진작 편지를 드렸어야 했는데 사실은 마음이 내키지 않아 쓰지 못했어요. 외숙모께서는 사실 이상으로 상상하셨겠죠.
그러나 지금은 마음대로 상상하셔도 좋아요. 공상의 고삐를 놓으시고 상상의 날개를 타고 무한히 달리셔도 좋습니다. 그리고 제가 실제로 결혼했다고만 생각지 않는다면, 그 외엔 아무렇게나 생각하셔도 그다지 틀리지는 않을 거예요.
지체 말고 다시 편지 주시고, 지난번에 하신 것보다도 훨씬 더 그를 칭찬해 주세요. 호수 지방으로 가지 않은 것에 거듭거듭 감사드립니다. 그렇게 가고 싶어 하다니 저도 어리석었죠. 망아지에 대한 얘기는 기쁜 일이군요. 날마다 정원을 돌아다니겠어요.
저는 누구보다도 행복한 여자예요. 다른 사람들도 전에 한

번쯤은 그런 말을 한 적이 있겠지만, 저처럼 거짓말 하나 안보태고 정말 행복한 여자는 없었을 거예요. 전 언니보다도 행복하니까요. 언니는 미소를 지을 뿐이지만 저는 큰 소리로 웃거든요.

다아시 씨가, 제게서 떼어 갈 수 있는 한의 모든 사랑을 다 외삼촌 내외분께 보내 드린대요. 크리스마스에는 펨벌리로 모두 오셔야 해요.

그럼 이만 줄이겠어요.

캐서린 영부인에게 보내는 다아시 씨의 편지는 스타일이 달랐다. 그리고 베넷 씨가 콜린스 씨에게 쓴 회답은 엘리자베스와 다아시 씨의 편지와 스타일이 또 달랐다.

삼가 아룁니다.

축하를 받기 위해 한 번 더 폐를 끼쳐야겠습니다. 엘리자베스는 머지않아 다아시 군의 아내가 될 것입니다. 귀하께서 캐서린 영부인을 위로해 주시기 바랍니다. 그러나 내가 만일 귀하의 입장이라면 다아시 편을 들겠습니다. 어느 면으로 보나 그는 출중한 인물입니다.

불비례(不備禮).

다가오는 오빠의 결혼에 대한 빙리 양의 축하는 애정에 넘친 것이기는 했으나 성의가 없었다. 그녀는 제인에게 두 사람의 결혼을 정말로 기쁘게 생각한다는 편지를 하고, 전과 마찬가지로 말뿐인 인사치레를 늘어놓았다. 제인은 이런 것에 속지는 않았지만 감동을 받았으며, 그녀에 대해 어떤 기대도 갖지는 않았지만 분수에 넘칠 정도로 친절한 회답을 했다.

오빠의 결혼 소식을 들은 다아시 양의 기쁨은 자기 오빠만큼이나 진지한 것이었고 편지 역시 그러했다. 자기의 모든 기쁨과, 또 올케언니에게 사랑받고 싶다는 열렬한 희망을 다 적기에는 편지지 넉 장이 모자랄 지경이었다.

콜린스 씨에게서 답장이 오기 전에, 또 샬럿이 엘리자베스에게 축하의 말을 보내오기 전에, 롱본 가족은 콜린스 씨 내외가 루카스 로지에 왔다는 소식을 들었다. 이렇게 갑작스럽게 오게 된 이유는 곧 명백해졌다. 캐서린 영부인이 조카의 편지를 보고 몹시 화를 냈기 때문에, 엘리자베스의 결혼을 매우 기뻐하는 샬럿으로서는 일대 소동이 가라앉을 때까지 그곳을 떠나 있고 싶었던 것이다.

이러한 때에 친구를 만난다는 것은 엘리자베스에겐 매우 기쁜 일이었다. 그러나 그들이 만나는 가운데 콜린스 씨가 다아시 씨에게 아첨하는 듯한 예의를 일부러 나타내려고 하는 것을 볼 때에는, 친구를 만나는 기쁨이 그다지 쉽게 얻어지는 것만은 아님을 새삼 느꼈다. 그러나 다아시 씨는 감탄하리만큼 침착하게 이를 참아 냈다.

그는 윌리엄 경의 말까지도 가만히 듣고 있을 수가 있었다. 윌리엄 경은 그가 이 고장의 가장 빛나는 보물을 데려가게 된 데 대해 온갖 칭찬을 한 다음, 굉장히 점잔을 빼면서 성 제임스 궁전에서 자주 만나 보기를 바란다는 희망을 표시했다. 다아시 씨는 윌리엄 경이 눈앞에서 사라진 뒤에야 비로소 어깨를 으쓱거리며 불쾌한 듯한 몸짓을 했다.

필립스 부인의 예의 없는 태도는 그가 가장 참아 내기 어려운 것이었다. 필립스 부인은 자기 언니와 마찬가지로 사람 좋은 빙리 씨하고는 친밀하게 이야기를 나누었고, 다아시 씨와는 그렇게 하는 것을 두려워했다. 그녀가 말할 때에는 언제나 비천하게 보였다. 그녀는 다아시 씨에 대한 존경심 때문에 다소 조용히 있기는 했지만 조금도 품위 있게 보이지는 않았다.

엘리자베스는 그가 그 두 사람에게 시선을 자주 주지 않도록 자기 쪽으로 주의를 끌려고 애썼다. 또한 그가 수치심을 느끼지 않고 대화를 할 수 있는 식구들 쪽으로 그의 주의를 돌리려고 애썼다. 이런 데에서 일어나는 모든 불안한 감정은 그가 사랑을 호소할 좋은 기회가 왔을 때마다 방해가 되곤 했지만, 한편 앞날에 대한 희망을 갖는 데 도움이 되기도 했다. 그녀는 앞으로 이렇게 불쾌한 사람들과 헤어져서 펨벌리의 편안하고 훌륭한 가족 파티에 갈 날을 즐거운 마음으로 기다리고 있었다.

61

집안에서 가장 소중했던 두 딸이 출가하던 날, 베넷 부인은 딸을 떼어 놓는 어머니로서 느끼는 섭섭함보다는 기쁜 마음을 금할 수가 없었다. 베넷 부인이, 빙리 부인이 된 딸을 방문할 때 그 얼마나 기쁘고 자랑스러워했으며, 다시 부인이 된 둘째 딸의 이야기를 할 때에는 또 얼마나 만족스럽고 행복해했는지는 독자들이 상상할 수 있을 것이다.

나는 독자들에게 베넷 집안을 위해 다음과 같은 사실을 말하고 싶다. 딸들이 훌륭한 살림을 차리고 살기를 열망했던 베넷 부인의 소원이 성취되었기 때문에, 그녀는 지각 있고 인자하고 교양 있는 부인으로 변모했으며 나머지 반생을 그런 행복한 상태에서 보내게 되었다는 사실이다.

이런 특별한 집안의 경사를 기쁘게 생각하지 않았을지도 모르는 그의 남편에게는, 오히려 베넷 부인이 때때로 신경질을 부리고 전과 마찬가지로 어리석은 짓을 하는 편이 아마 더 행복했을지도 모른다. 베넷 씨는 둘째 딸을 몹시 보고 싶어 했다. 그녀에 대한 애정에 못 이겨 그는 가끔 집을 나왔다.

그리고 펨벌리에―특히 아무도 그가 오리라고는 생각하지 않을 때에―가기를 좋아했다. 빙리 씨와 제인은 네더필드에 겨우 열두 달밖에 머무르지 않았다. 제인처럼 성격이 부드럽고 마음이 착한 사람도 친정과 메리턴의 친척들과 너무 가까운 곳에 살고 싶지는 않았다. 빙리 씨는 사랑하는 누이의 소원대로 더비셔와 인접한 주에 땅을 샀다.

그래서 다른 모든 행복을 구비한 제인과 엘리자베스는 서로 30마일 떨어진 곳에 살게 되었다. 키티는 실질적으로 자기에게 유리하게 대부분의 시간을 두 언니네 집에서 보냈다. 자기가 평소에 접하던 사회보다 훨씬 고상한 상류 사회에서 그녀는 굉장한 발전을 보였다. 그녀의 성격은 리디아처럼 그렇게 제어하기 곤란할 정도는 아니었다.

그녀는 리디아와 같은 행위의 영향을 받지 못하게 되었다. 그녀는 적당한 주의와 조정에 의해 신경질이 줄어들었고, 덜 무지해졌으며, 좀 더 멋있어졌다. 물론 리디아로부터 나쁜 영향을 받지 않도록 제지도 당했다. 위컴 부인이 된 리디아가 때때로 무도회에 젊은 남자들이 많으니까 와서 놀다 가라고 초대했지만, 베넷 씨는 절대로 허락해 주지 않았다. 메리만이 혼자 집에 남게 되었다.

그러나 베넷 부인은 혼자 있지 못하는 성미여서 메리를 계속 끌어냈기 때문에 자기 취미를 제대로 살릴 수가 없었다. 메리는 사람들과 어울리지 않으면 안 되게 되었다. 그러나 아침 방문에 대해서는 아직도 도덕적인 교훈을 끌어낼 수 있었다. 이제는 언니의 아름다움과 자기의 아름다움을 비교해 보면서 마음을 괴롭히는 일이 없어졌기 때문에, 아버지는 메리가 이런 변화에 기쁘게 순응해 가는 것이 아닌가 하고 생각했다.

위컴 씨와 리디아의 성격은 언니들의 결혼을 보고도 아무런 변화가 없었다. 위컴 씨는, 엘리자베스가 전에는 자기의 망은과 허위의 행실을 전혀 모르고 있었지만, 이젠 모든 것을 다 알게 될 것이라고 생각했다. 그러나 자기의 나쁜 행실을 알더라도 다아시 씨가 여전히 자기를 도와주도록 설득시킬 수 있으리라는 희망을 버리지는 않았다. 리디아가 엘리자베스에게 보낸 결혼 축하 편지를 보면, 그 자신은 그런 마음이 없다 하더라도 적어도 리디아는 그런 희망을 가지고 있다는 것을 알 수 있었다.

그 편지는 다음과 같았다.

그리운 언니께,

결혼을 축하합니다. 만약 언니가, 내가 위컴 씨를 사랑하는 반만큼만 형부를 사랑한다면 언니는 정말 행복할 거예요. 언니가 그렇게 부잣집에 시집간 것을 생각하면 정말 마음이 흡족해요.

그리고 여가가 있을 때에는 우리 생각도 좀 해 주세요. 그는 궁중에 아무 자리라도 있으면 취직되기를 원하고 있어요. 우리는 도움을 받지 않고는 살아갈 수가 없어요. 그저 일 년에 3, 4백 파운드 가량만 받을 수 있는 자리라면 충분할 거예요. 하지만 형부에게 말하지 않는 편이 나을 거라고 생각하면 말하지 마세요.

그럼 안녕히.

엘리자베스는 남편에게 말하지 않는 편이 확실히 좋다고 생각했기 때문에, 그런 것을 부탁하거나 바라는 짓은 그만두라는 요지의 답장을 겨우 써서 보냈다. 그러나 엘리자베스는 자기 개인의 지출을 줄여서라도 힘닿는 데까지 리디아에게 경제적인 후원을 했다.

엘리자베스는 동생 내외가 뭐든지 사고 싶어 하고 장래를 생각하지 않는 성미이기 때문에 그 수입으로는 도저히 생활을 유지해 나갈 수 없다는 사실을 잘 알고 있었다. 그래서 그들이 숙소를 옮길 때마다 제인이나 엘리자베스는 집세를 치르는 데 보태 달라는 청구서를 받아야 했다. 이러한 생활 태도는 평화가 회복되어 군인들이 집으로 돌아오게 된 후에도 계속되었으므로 아주 불안정한 상태에 빠졌다.

그들은 값싼 집을 찾아 여기저기 이사를 다녔고, 언제나 분수에 넘치게 돈을 썼다. 리디아에 대한 위컴 씨의 애정은 곧 무관심으로 변해 버렸다. 리디아의 사랑도 그보다 좀 더 지속되었을 뿐이다. 그리고 자신의 나이와 처신이 그러함에도 불구하고 자기 결혼이 애초에 그에게 부여한 명예에 대해 모든 주장을 버리지 않고 있었다.

다아시 씨는 위컴 씨를 절대로 펨벌리에는 오지 못하도록 했지만, 엘리자베스를 위해 그의 직업을 얻어 주는 데는 힘을 썼다. 리디아는 때때로 남편이 혼자 런던이나 배스에 놀러 갔을 때면 펨벌리를 방문하곤 했다. 그러나 빙리 씨 집에는 리디아 내외가 자주 방문해서 너무 늦게까지 돌아가지 않곤 했기 때문에, 나중에는 빙리 씨의 유쾌한 기분까지 망쳐 놓아 은근히 가라는 암시까지 하게 만드는 것이었다.

빙리 양은 다아시 씨의 결혼에 대해 몹시 분개했다. 그러나 펨벌리를 방문하는 권리를 포기하지 않는 편이 현명하다고 생각했기 때문에 그런 원한을 모두 없애 버렸다. 전보다 조지아나를 더욱 좋아했고, 전과 마찬가지로 다아시 씨에게 친절했으며, 전에는 엘리자베스에게 갖추지 않았던 예의를 죄다 갖추게 되었다.

펨벌리는 이제 조지아나의 집이 되었다. 그리고 다아시 씨가 바라던 대로 시누이와 올케는 사이가 좋았다. 그들은 이미 예상했던 대로 서로를 사랑할 수가 있었다. 조지아나는 엘리자베스의 세계를 전보다 더 높이 평가하게 되었다. 처음에는 엘리자베스가 명랑하게 농담하는 듯한 태도로 자기 오빠에게 말하는 것을 보고 근심할 정도로 놀란 적이 있었다.

그러나 지금은 자기에게 항상 존경의 대상이었던 오빠, 그래서 애정보다도 존경심을 가지고 대했던 오빠가 터놓고 농담할 수 있는 대상이 되었다. 그녀는 전에는 한번도 생각해 본 적이 없는 새로운 지식을 얻었다. 엘리자베스의 교육에 의해 조지아나는, 차차 오빠가 열 살이나 아래인 동생에게는 절대로 허락지 않을 농담을 아내와는 주고받을 수 있다는 사실을 알게 되었다.

캐서린 영부인은 자기 조카의 결혼에 대해 몹시 분개하고 있었다. 그리고 너무나 솔직한 자기 성격을 이기지 못하여 결혼을 알린 편지에 보내는 답장에다 매우 심한 욕을, 특히 엘리자베스에 대한 욕을 써 보냈기 때문에 얼마 동안 조카와의 교제는 완전히 끊겨 버리고 말았다. 그러나 그런 모욕쯤은 다 무시해 버리라고 엘리자베스에게 설득을 당해 다아시 씨는 다시 이모님에게 화해를 청하게끔 되었다.

그의 이모님은 좀 더 고집을 부리더니, 조카에 대한 애착심에서인지 혹은 엘리자베스가 어떻게 처신하고 있는지 보고 싶어서인지 얼마 후에 화가 모두 풀려서 황송하게도 그들을 보러 펨벌리까지 왔다. 천한 아내를 맞아들였을 뿐만 아니라 그런 아내의 외숙모와 외삼촌이 다녀갔기 때문에 펨벌리의 숲이 더럽혀졌다고 생각했던 그녀 자신이 몸소 그곳으로 찾아왔던 것이다.

그들은 가드너 씨 부부와는 언제나 가장 친밀하게 지냈다. 다아시 씨는 엘리자베스와 마찬가지로 그들을 진정으로 사랑했다. 그리고 엘리자베스를 더비셔에 데려옴으로써 그들을 맺어준 두 분에 대해 그들 부부는 언제나 변함없이 깊은 감사의 마음을 간직하며 살아갔다.

〈끝〉

오만과 편견

◆ **작품 소개**

오해와 편견에서 빚어진 사랑의 엇갈림을 그린 소설

《오만과 편견》은 영국의 소설가 제인 오스틴이 쓴 소설이다. 스무 살 무렵(1796~1797년)에 《첫인상》이란 제목으로 완성했지만 발표되지는 않았다. 그러다가 1813년에 현재의 제목을 달고 그녀의 두 번째 소설로 발표되었다. 17~18세기 영국을 무대로 여성의 결혼과 오해와 편견에서 일어나는 사랑의 엇갈림을 그렸는데, 정밀한 인물 묘사와 흥미진진한 스토리 전개로 제인 오스틴의 작품 중에서도 걸작으로 유명하다. 《오만과 편견》은 발표 이래 꾸준히 사랑을 받아 왔으며 오늘날에도 가장 위대한 명작 중의 하나로 꼽히고 있다.

이 작품이 널리 사랑받는 이유 중 하나는, 계층과 돈에 얽매인 현실에서 엘리자베스와 다아시의 로맨스가 일종의 해방감을 안겨 주기 때문이다. '재산이 별로 없는 처녀가 명예롭게 얻을 수 있는 유일한 생계 대책이 결혼'인 현실에 순응하여 친구 샬럿은 사랑하지 않는 남자와 결혼한다. 그러나 샬럿과 별반 조건이 다르지 않은 엘리자베스는 자신의 분별력과 감성으로 당당하게 사랑과 행복, 재산과 사회적 지위까지 얻게 된다. 독자들은 이러한 엘리자베스의 성취를 보면서 통쾌함과 함께 대리 만족을 느끼게 되는 것이다.

◆ 줄거리

하트퍼드셔의 작은 마을에 사는 베넷 가에는 다섯 자매가 있는데, 그중 위의 두 명이 결혼 적령기에 접어든다. 맏딸 제인은 근처에 이사 온 빙리를 사랑하게 되지만, 신중한 성격으로 인해 자기 애정을 숨긴다. 엘리자베스는 빙리의 친구인 다아시의 오만한 태도에 반감을 가지지만, 다아시는 재치 넘치고 성격이 활달한 엘리자베스를 사랑하게 된다. 그러나 빙리는 제인과의 사랑에 자신감을 얻지 못해서, 다아시는 베넷 부인과 나머지 세 딸의 어리석은 행동이 비위에 거슬려서 결국 두 청년은 하트퍼드셔를 떠나버린다.

엘리자베스는 외삼촌 부부와 여행을 하던 중 우연히 다아시와 재회하게 되고, 그 일을 계기로 다아시는 신분의 격차 등 모든 장애를 뛰어넘어 엘리자베스에게 청혼을 한다. 하지만 그가 오만하다는 편견을 가진 엘리자베스는 청혼을 보기 좋게 거절한다. 그 뒤, 이런저런 사건과 우여곡절을 겪으면서 엘리자베스는 다아시가 사실 너그럽고 생각이 깊은 인물임을 알게 되고, 결국 자기 편견을 버리고 다아시의 사랑을 받아들인다. 제인과 빙리도 서로의 애정을 확인하여 맺어지게 되고, 엘리자베스와 다아시도 이해와 존경으로 인연을 맺는다.

◆ **등장인물 소개**

엘리자베스_ 베넷 가의 둘째 딸로 이 소설의 주인공이다. 밝고 활달해서 어떤 자리에서도 기죽지 않는 당당한 성품을 지녔다. 자매들 가운데 가장 영리해서 아버지의 사랑을 받는다. 언니 제인, 가드너 외삼촌 부부, 그리고 친구 샬럿과 특히 친하다.

다아시_ 이 소설의 남자 주인공으로 스물여덟 살 먹은 청년이다. 키가 훤칠하고 잘생겼으며 엄청난 재산을 가졌다. 거만하고 차가운 인상을 지녔으나 사실은 마음이 깊고 배려심이 많은 성격으로, 여주인공 엘리자베스를 사랑하게 된다.

제인_ 엘리자베스의 언니로 자매들 중에서 가장 아름답다. 활달하지는 않아도 부드럽고 상냥하며 사려 깊은 성격을 지녔다. 사람들을 잘 믿고, 흉보거나 미워할 줄을 모른다.

빙리_ 런던에서 이사 온 부자 총각으로 다아시와는 절친한 친구 사이이다. 의지가 약하고 그리 똑똑하지는 않지만 상냥한 호남형 인물로, 제인과 사랑에 빠진다.

베넷 씨_ 다섯 자매의 아버지로 점잖고 이성적이다. 수다스럽고 예의바르지 못한 아내와 다른 딸들을 못마땅하게 여기지만 바로잡아 주려는 노력은 하지 않는다. 엘리자베스를 특히 사랑한다.

베넷 부인_ 굉장히 수다스럽고 욕심이 많다. 딸들을 좋은 곳에 시집보내는 것이 인생 최대의 목표이다. 함부로 말하는 버릇 때문에 엘리자베스가 종종 부끄러워한다.

리디아_ 다섯 자매 중 막내로 열여섯 살이다. 성격은 엄마를 빼닮았으며, 과한 언행으로 엉뚱한 사건을 일으킨다. 나중에는 위컴의 아내가 된다.

위컴_ 브라이턴에 주둔하는 육군 장교이다. 상냥하고 말솜씨가 뛰어나지만 나름 문제를 안고 있는 청년이다. 다아시와는 악연으로 얽혀 있다.

콜린스_ 베넷 가의 친척이자 목사이며 베넷 가의 상속인이다. 아첨하는 말과 알랑거리는 태도로 비웃음을 산다. 후견인인 캐서린 영부인에게 맹목적으로 순종한다.

샬럿_ 엘리자베스의 이웃 친구이다. 엘리자베스에게 청혼했던 콜린스와 결혼함으로써 엘리자베스와는 다른 가치관을 보여 주지만, 그래도 우정은 지속된다.

캐서린 영부인_ 다아시의 이모이자 콜린스의 후견인이다. 막대한 토지와 재산을 소유한 부자로, 다아시를 딸의 약혼자로 내정하지만 그 뜻을 이루지는 못한다.

◆ 들어가는 말

중세기에 기독교에서는 '칠종죄(七宗罪)'라고 하여 신도들에게 일곱 가지 죄를 경계할 것을 가르쳤다. 분노, 시기, 음란, 탐식, 나태, 탐욕, 오만이 바로 그것이다. 그중에서도 오만은 가장 저지르기 쉬우면서도 지옥에 떨어질 만한 가장 무서운 죄다. 우리는 자신이 겸손하다고 생각하는 바로 그 순간 이 오만의 죄를 범하는 것이 된다. 세속으로 범위를 좁혀 보면 오만 못지않게 심각한 것이 편견이다. 우리는 편견의 색안경을 쓰고 세상을 바라보기 일쑤다. 오만과 편견에 눈이 가려 사물의 참모습을 제대로 보지 못하고 잘못 판단할 때가 참으로 많다.

이 오만과 편견을 둘러싼 문제를 다룬 작품이 영국 여성 소설가 제인 오스틴(1775~1817)의 대표작 《오만과 편견》(1813)이다. 위대한 작품이 흔히 그러하듯이 《오만과 편견》도 처음 출간되었을 때는 별로 환영을 받지 못하였다. 가령 《제인 에어》를 쓴 샬럿 브론

테는 조지 헨리 루이스라는 비평가에게 보낸 편지에서 "오스틴의 소설을 왜 그토록 좋아하세요? 저는 그 점이 이해되지 않습니다. 저 같으면 오스틴의 소설에 나오는 신사 숙녀들과 우아하지만 폐쇄적인 그들의 집에서 같이 살고 싶지는 않을 것 같습니다"하고 불평을 털어놓았다. 19세기 미국의 지성인 중의 지성인이라고 할 랠프 월도 에머슨도 "오스틴의 소설은 어조가 거칠고 예술적 창의성도 형편없으며 영국 사회의 관습에 갇혀 있는 데다 재능이나 기지, 또는 세계에 대한 인식도 부족하다"고 비난하였다.

그러나 이러한 부정적인 평가나 비판도 잠시 《오만과 편견》은 곧 영국뿐만 아니라 전 세계에 걸쳐 큰 인기를 끌었다. 지금 고전 중의 고전으로 평가받는 이 소설은 청소년 독자들이 반드시 읽어야 할 필독서 목록에서 맨 앞자리를 차지하고 있다. 수십 개 언어로 번역되어 출간되어 지금까지 전 세계적으로 무려 2천만 권 이상이 팔린 것으로 집계되었다. 더구나 이 소설은 연극이나 영화 또는 텔레비전 드라마로도 리메이크되어 뭇 사람한테서 사랑받고 있다.

섬세한 감정 묘사와 재치 있는 대화 그리고 산뜻한 문체로 18세기 영국 중류층과 상류층 여성의 삶을 다룬 제인 오스틴은 영국 소설에서 '위대한 전통'을 창시했다는 평가를 받는다. 여섯 편의 소설로 200년 가까운 세월 동안 전 세계의 독자들을 매료시켰다. BBC가 '지난 천년 동안 최고의 문학가'를 묻는 설문 조사에서 오스틴은 영국의 대문호 윌리엄 셰익스피어에 이어 두 번째 자리를 차지하였다.

◆ **작품의 배경과 특징**

오스틴의《오만과 편견》이 이 세상에서 빛을 보기까지는 여러 우여곡절을 겪었다. 말하자면 온갖 난산을 겪은 뒤에 비로소 이 세상에 태어난 셈이다. 그녀는 켄트의 오빠 집에서 머물던 1796년에 '첫 인상'이라는 작품을 쓰기 시작하여 그 이듬해에 완성하였다. 이때 오스틴의 나이 겨우 스무 살이었다. 오스틴은 여러 출판사에 이 작품의 원고를 보냈지만 출판사마다 출간을 거절하였다. 그러던 중 오스틴은 두 번째 소설《이성과 감성》(1811)을 썼고, 이 작품은 생각보다 쉽게 출간되었다. 이 작품이 인기를 얻자 출판사는 그녀의 처녀 작품의 원고에 관심을 기울이기 시작하였다. 그래서 10년 넘게 먼지를 뽀얗게 뒤집어쓴 채 사장(死藏)되어 있다시피 한 첫 작품《오만과 편견》이 마침내 빛을 보게 되었던 것이다. 오스틴은 이 원고를 수정하면서 '첫 인상'이라는 너무 흔하여 자칫 혼동을 줄 수 있는 제목도 '오만과 편견'으로 바꾸었다. 《오만과 편견》은 18세기 말엽에서 19세기 초엽을 시대적 배경으로, 영국의 시골 지방을 공간적 배경으로 삼는다. 그래서 이 작품을 제대로 이해하려면 이 무렵의 영국 사회에 대하여 알아야 한다. 첫째, 이 무렵의 영국은 신분에 따른 계급이 지배하는 사회였다. 상류 계급은 크게 귀족원에 의석을 가지고 작위를 가지는 귀족과 그밖에 '젠트리'라는 대지주 계급으로 나뉘었다. 그러나 젠트리 계급 안에서도 역사적 혈통이나 친족, 재산 따위에 따라 차이가 많았다.

《오만과 편견》에 등장하는 작중인물 가운데에서 피츠윌리엄 다시와 빙리 집안은 젠트리 계급이다. 주인공 피츠윌리엄 다아시는 작위는 없지만 지주 출신인 데다 예로부터의 명문가인 백작 가와 인척 관계가 있고 연수입 1만 파운드의 재산이 있다. 빙리는 다아시처럼 그다지 명문 가문은 아니지만 그래도 연수입 5천 파운드나 되는 부유한 사람이다. 한편 베니트 집안은 비록 지주이지만 상류 계급보다는 중류 계급에 속한다. 연수입도 다시의 5분의 1, 빙리의 절반에도 미치지 못하는 2천 파운드 정도밖에는 되지 않는다.

둘째, 이 무렵 한정 상속(限定相續)이라는 제도 때문에 영국 여성에게 결혼은 무엇보다도 중요하고 절실하였다. 한정 상속이란 아들이 없는 집안의 재산이 가장 가까운 남자 친척으로 상속되는 것을 말한다. 그러므로 베니트 집안처럼 아들이 없고 오직 딸밖에 없는 집안은 그 재산이 다른 남자 친척으로 넘어갈 수밖에 없다. 그렇게 된다면 다섯 명이나 되는 딸은 부모가 사망한 다음에는 결국 양노원에서 생활하거나 길거리로 쫓겨나야 한다. 《오만과 편견》에서 베니트 부인이 조금 지나치다 싶을 만큼 딸들을 결혼시키려고 안달하는 까닭이 바로 여기에 있다.

《오만과 편견》은 문학 장르로 보면 '풍속 소설(風俗小說)'에 속한다. 풍속 소설이란 글자 그대로 한 시대의 인정과 사회 풍속을 묘사하는 데 초점을 맞추는 소설을 말한다. 한 시대의 세태를 다룬다고 하여 흔히 '세태 소설(世態小說)', 시정에서 벌어지는 일을 다룬다고 하여 '시정 소설(市井小說)'이라고도 부른다. 이 소설 장르에서는 작중인물의 성격이나 심리 또는 사상보다는 작중인물을 에워싸고 있는 환경적 요소에 관심을 기울이고 인간의 약점이나 사회의 풍속을 날카롭게 꼬집는 풍자적 측면이 강하다.

◆ 작품의 소재와 주제

오스틴은 《오만과 편견》에서 베니트 부부와 그들의 다섯 딸 그리고 딸의 애정과 결혼을 둘러싼 문제를 중심 플롯으로 삼는다. 구애와 결혼은 이 소설의 집을 떠받들고 있는 기둥이다. 앞에서 이미 밝혔듯이 베니트 부인은 다섯 딸을 시집보내는 것이 삶의 유일한 목적이요 즐거움이다. 그래서 당사자의 감정이나 의사와는 거의 상관없이 귀족 출신의 돈 많은 젊은이에게 잘 보여 어떻게 해서라도 결혼시키려고 애쓴다.

바로 이때 이웃 마을에 젊고 부유한 신사인 빙리 씨가 별장을 빌려서 이사를 오자 베니트 부인은 딸들을 결혼시킬 수 있는 더할 나위 없이 좋은 기회라고 판단하고 무척 좋아한다. 베니트 부인은 딸을 시집보낼 목적으로 무도회에 참가하게 한다. 다섯 딸 중에서 얼굴이 제일 예쁘고 마음씨 상냥한 큰딸 제인은 빙리를 만나 서로 호감을 품는다.

한편 엘리자베스는 빙리의 친구인 다아시 씨에게 관심이 있다. 그는 사회적 지위가 높고 경제적으로도 부족함이 없을뿐더러 외모도 수려하고 예의바른 태도를 갖추었다. 그러나 언뜻 거만하고 차가운 듯한 성격으로 남에게 좋은 첫인상을 주는 사람은 아니다. 더구나 베니트 집안 딸들을 처음 만나는 무도회 장면에서 그는 베니트 가족을 무시하고 업신여기는 듯한 말을 하게 된다. 이 말을 우연히 엿들은 엘리자베스는 다시의 오만함에 적잖이 반감을 품는다. 그러나 다시는 실제로는 남에 대한 사려가 깊고 배려가 많은 사람이다.

점차 엘리자베스의 지적인 매력과 유머 감각에 끌리는 다아시는 그녀와 가까이 사귀고 싶어 하지만, 그녀는 좋지 않은 첫인상 때문에 그를 멀리한다. 성격이 활달한 데다 지혜롭고 합리적인 그녀가 이렇게 편견에 사로잡혀 있다는 사실이 자못 뜻밖이다. 그러고 보니 작가가 왜 처음에 이 소설의 제목을 '첫 인상'으로 정했는지 알 만하다. 그녀는 다아시에 대한 첫 인상 때문에 그에 대해 나쁜 편견을 품고 있다. 그래서 다아시가 마침내 엘리자베스에게 청혼을 하자 그녀는 그 청혼을 거절하기에 이른다.

오스틴은 《오만과 편견》에서 제목 그대로 오만과 편견이 어떠한 결과를 낳는지 설득력 있게 보여 준다. 다아시의 '오만'과 엘리자베스의 '편견'때문에 두 사람은 눈이 멀어 상대방의 진실을 제대로 보지 못한다. 그러나 여기에서 다아시에게 오만의 죄를 씌우고 엘리자베스에게 편견의 덫을 씌우는 것은 옳지 않다. 따지고 보면 다아시도 엘리자베스 못지않게 편견에 사로잡혀 있는가 하면, 엘리자베스 또한 다아시 못지않게 오만한 성격을 지니기 때문이다. 바꾸어 말해서 귀족 가문인 다아시는 베니트 같은 중산층 집안 사람들이라면 으레 교양 없고 천박하다는 편견을 품고 있다. 엘리자베스는 엘리자베스대로 자신이 남보다 똑똑하여 좀처럼 판단이 틀리지 않다고 오만하게 생각하는 경향이 있다.

크고 작은 문제로 갈등을 겪고 고통을 받으면서 엘리자베스는 마침내 자신이 그동안 오만과 편견의 노예에 지나지 않았다는 사실을 깨닫는다. 이 소설의 한 장면에서 그녀는 다아시에게 "저는 얼마나 혐오스럽게 행동했던가요? 분별력이 있다고 자랑스럽게 생각해 온 제가 ― 제 능력을 높이 평가해 온 제가 말입니다"하고 자신의 실수를 고백한다. 비록 늦게나마 엘리자베스는 자신의 과오를 깨닫고 솔직히 인정한다.

이렇게 오만과 편견은 진리를 인식하는 데 적잖이 걸림돌이 된다. 이 두 걸림돌을 제거하지 않는 이상 진리에 이르는 길은 참으로 멀고도 험난하다. 만약 다아시가 남에게 자칫 오만하게 보일지 모르는 태도를 버리고 좀 더 겸손했더라면, 그리고 엘리자베스가 귀족이란 으레 오만하고 허영심이 많다는 편견이나 선입관에서 벗어나 그의 겉모습 뒤에 숨어 있는 참모습을 발견했더라면, 아마 두 사람은 필요 이상으로 고통 받지 않고 좀 더 일찍 달콤한 사랑의 열매를 맛보았을 것이다.

한편 베니트 집안의 셋째 딸 메리는 오만과 허영심을 엄격히 구분 짓는다. "전에 책에서 읽었는데 오만은 가장 일반적으로 드러나는 결함이래. 인간의 본성이 워낙 오만하기 쉽기 때문이지. 실제로 자만심이 없는 사람은 거의 없거든. 허영과 오만은 흔히 같은 뜻으로 쓰이기도 하지만 그 뜻은 전혀 달라. 허영심이 강하지 않더라도 오만할 수 있지. 오만은 스스로 자신을 어떻게 생각하느냐와 관련이 있고, 허영심은 다른 사람들이 자신을 어떻게 생각해 주길 바라는 것과 관계가 있거든." 메리는 오만함과 허영심을 비교해 볼 때 전자가 후자보다는 조금 낫다고 말한다. 옆에서 이 말을 듣고 있던 엘리자베스도 메리의 말에 동의한다. 그러면서도 엘리자베스는 오만이 남에게 상처를 줄 수 있다는 가능성을 내비친다.

오스틴은 《오만과 편견》에서 엘리자베스와 다아시의 구애와 결혼 말고도 다양한 형태의 구애와 결혼을 묘사하기도 한다. 예를 들어 엘리자베스의 언니 제인은 빙리를 사랑하면서도 자신의 감정을 제대로 표현하지 못해 잠시나마 이별의 아픔을 겪는다. 세속적인 이해타산에 밝고 무엇보다도 안정된 생활을 중요하게 생각하는 엘리자베스의 친구 샬럿 루카스는 콜린스 목사의 청혼을 받아들여 곧바로 그와 결혼한다. 여러 모로 어머니를 닮은 베니트 집안의 막내딸 리디아는 일시적 충동에 따라 결혼한다. 브라이튼에 주둔하는 청년 장교 위컴은 부유한 여자와 결혼하여 단단히 한몫을 잡으려는 목적으로 배우자를 선택한다. 이렇게 오스틴은 여러 모습의 구애와 결혼을 보여줌으로써 독자들에게 과연 어떤 사랑과 결혼이 가장 이상적인지 묻는다.

◆ 더 깊이 들여다보기

오스틴은 《오만과 편견》에서 인간 내면에 깊숙이 자리 잡고 있는 오만과 편견을 둘러싼 주제에 그치지 않고 더 나아가 외견(外見)과 실재(實在)의 차이를 다루기도 한다. 즉 그녀는 베니트 집안사람들과 그 주변의 인물들을 통해 삶의 겉모습과 참모습 사이에 얼마나 깊은 심연이 가로놓여 있는지 새삼 일깨워 준다. 오스틴은 겉모습을 보고 쉽게 판단하지 말고 그 뒤에 숨어 있는 참모습을 꿰뚫어볼 것을 제안한다. 엘리자베스는 다아시의 겉모습만과 소문만을 근거로 그가 오만하고 버릇없는 사람으로 판단을 내린다. 또한 그녀는 뛰어난 말솜씨와 잘생긴 미모에 깜박 속아 위컴을 잘못 판단하기도 한다. 이러한 실수나 과오는 비단 엘리자베스나 다아시에 그치지 않고 이 작품의 거의 모든 작중인물들한테서도 찾아볼 수 있다. 그들은 겉으로 드러난 행동이 그럴 듯하다고 하여 좋은 성격의 소유자로 판단하는가 하면, 외모가 준수하다고 하여 영혼도 순수하다고 착각하기 일쑤이다.

티 없는 옥이 없다고 《오만과 편견》에도 문제가 없지 않다. 가령 오스틴이 이 작품의 시간적 배경으로 삼고 있는 18세기 말엽과 19세기 초엽은 세계사에서 격변기요 역사의 전화기였다. 예를 들어 프랑스에서는 왕정을 무너뜨린 대혁명이 일어났고, 미국에서는 영국 식민주의에 맞서 독립을 쟁취하기 위한 전쟁이 일어났다. 이렇게 대포 소리가 요란하게 울려 퍼지는데도 오스틴은 이 작품에서 오직 한적한 시골을 배경으로 젊은이들의 연애 이야기를 그린다. 그러므로 적어도 이 점에서 오스틴의 소설은 역사 의식과 사회 인식이 결핍되어 있다는 비판을 면하기 어렵다.

또한 오스틴은 상류 계급에 대하여 중류 계급이 느끼는 불만을 토로하고 은근히 계급 사회를 비판하면서도 하류 계급에 대해서는 좀처럼 입을 열지 않는다. 상류 계급을 시중드는 하인들의 열악한 삶이나 부당한 대우는 유럽이나 미국에서 들리는 대포 소리처럼 그녀의 관심에서 비켜간다. 이렇게 하류 계급에 대해 침묵을 지킴으로써 오스틴은 계급 구조를 계속 유지하거나 더욱 굳게 다지는 결과를 낳는다.

◆ 작가 소개

제인 오스틴은 1775년 12월 목사의 딸로 아버지의 교구인 햄프셔의 스티븐턴이라는 마을에서 태어났다. 아들 여섯 명과 딸 두 명 중에서 일곱 번째이자 둘째 딸인 그녀는 언니 캐산드라와 가장 친했는데, 두 자매는 평생 독신으로 지냈다. 정규 교육은 1782년경 언니와 함께 옥스퍼드에 가서 콜리 부인이라는 사람에게 개인지도를 받으면서 시작되었다. 1783~1784년경 레딩의 애비 스쿨로 옮겨가 1787년경까지 다녔으며, 그 뒤에는 계속 집에서 교육을 받았다.

대가족이라고 할 오스틴 가족이 함께 즐긴 오락은 연극이었다. 오스틴 일가와 그 이웃들은 스티븐턴 극단을 만들어 여름휴가 때는 목사관 헛간을 소극장으로 개조해 연극을 공연하였고 크리스마스 때가 되면 집안에서 공연하였다. 그들이 공연한 작품은 18세기 희극에 이르기까지 다양하였다. 이렇게 활기차고 애정이 넘치는 집안 분위기는 뒷날 오스틴이 소설가로 성장하는 데 밑거름이 되었음을 두말할 나위가 없다.